脳内にもやもやっと
妄想映像が浮かぶ。
猫耳や猫尻尾をつけて、
にゃーんと
ポーズをとる二人の姿。
……ヤバい、
めちゃくちゃかわいい。
[むそうだいち]
六槍大地
「……ちょっと、
大地くん。
またデレデレしてる」

「失礼しますニャ」

部屋に入ってきたのは、
獣人――猫耳族の少女だった。
手には、
ティーカップと茶菓子が載せられた
お盆を持っている。
パッと見で、
とてもかわいらしくて
魅力的な子だなと思った。

朝起きたら探索者《シーカー》になっていたのでダンジョンに潜ってみる 4

いかぽん

[Illustrator] tef

CONTENTS

[Illustrator]
tef

第一章

山中の道なき道を分け入って進む、三人の武装した男女と一体の従魔《じゅうま》。

ドワーフ大集落ダグマハルを出立した俺、風音《かざね》さん、弓月《ゆづき》の三人と、俺の従魔であるグリフォンは、山岳地帯を北上し「世界樹《せかいじゅ》」へと向かっていた。

「この異世界に来てから、うちらのレベルもずいぶん上がったっすよね」

険《けわ》しい山道を平然と歩きながら、バイト時代からの俺の後輩、弓月火垂《ほたる》がそう口にする。

俺の一個下である弓月は、現在十八歳。低身長で童顔のため、外見はもう何歳ぶんか幼く見える。

ショートカットの髪型とも相まって、少年と見えなくもない中性的な容姿を持つが、れっきとした女子である。体型も緩やかながら女子らしい曲線を描いていて、最近はさすがに男子と見間違えるのは無理だと思うようになってきた。

服装は魔導士風のローブに、魔導士風の三角帽子《さんかくぼうし》という、いかにもファンタジー世界の魔導士といった格好だ。

なお俺は、弓月をつい先日までは弟分としてかわいがっていたが、今では俺の彼女——すなわち恋人の一人である。

第一章

「そうだね。大地《だいち》くんと私が40レベル、火垂ちゃんが42レベルだっけ？　こっちの世界に来たときには全員25レベルだったから、ずいぶん上がったよね」

　ともに山道を進みながらそう応じるのは、小太刀《こだち》風音こと風音さんだ。歳《とし》は俺の一個上の二十歳《はたち》。綺麗《きれい》な黒髪をポニーテールにした、スタイル抜群の美人さんである。

　しかし近寄りがたい雰囲気でもなく、どこか子供っぽいあどけなさや人懐《ひとなつ》っこさを持ち合わせている。本人はお姉さんぶりたいようだが、ところどころ抜けているところもあり、かわいらしい印象も強い。

　服装はありていに言うと、忍者みたいな格好だ。「黒装束《くろしょうぞく》」という強力な防具なのだが、今や風音さんのトレードマークとも思えるほどに馴染《なじ》んでいる。

　なお風音さんは、俺のもう一人の彼女である。親密な関係としては、弓月よりも前に付き合い始めた。

「彼女が二人いるの？」と問われると「はい」と答えるしかない。恐縮《きょうしゅく》ながら、俺は二人と同時に親密な関係を築いているのだ。

　二股とは、ちょっと違うと思う。何しろ二人とも、俺がもう一方とも付き合っていることを了承している共犯関係にあるからだ。むしろ二人のほうが先に結託《けったく》していた節すらある。

　どうしてそうなったのかには紆《う》余曲折《よきょくせつ》あって、にわかには語りづらいのだが。確実に言えるのは、俺――六槍《むそう》大地は、世界一の幸せ者であろうということだ。

「この異世界にいられるのは、あと81日か。その間にどこまで『限界突破』できるかだよな」

俺もまた、二人の言葉に相槌《あいづち》を打つ。

ちなみに俺の容姿は、平凡でパッとしない、何の変哲もない十九歳男子のそれである。自己評価なので客観的にはどうだか分からないが、少なくとも、風音さんや弓月という美少女二人に囲まれた両手に花状態が相応《ふさわ》しく見えるような超絶美男子でないことだけは確かだろう。

そんな俺の今の装備は、金色にも近い輝きを持った褐色《かっしょく》の板金鎧《ばんきんよろい》と、お揃《そろ》いの兜《かぶと》である。どちらもドワーフの英雄バルザムントさんが作った傑作防具であり、一千万円以上に相当する多額の金貨をはたいて買った大事なお宝でもある。

そのような重装防具を着て山道を歩いて重くないのかというと、本来は相当に重いのだが、俺が修得している「スキル」の効果によってほとんど重さを感じない状態となっている。またそれを抜きにしても、俺の探索者《シーカー》としての人並み外れた筋力や体力をもってすれば、移動に大きな支障をきたすほどのものでもない。

探索者《シーカー》——常人とは比べ物にならないほどの高い身体能力を持ち、スキルと呼ばれる特殊能力を操る、超人的な存在だ。

俺と風音さん、弓月の三人は、全員が探索者《シーカー》である。いずれも数ヶ月前までは、現代日本で暮らす一般人だったのだが、ある日突然「力」に覚醒したのだ。

その後、あれよあれよといろんな出来事があって、俺たち三人はこの「異世界」に飛ばされてきてしまった。

俺たちが暮らしていた世界にも「ダンジョン」と呼ばれる不思議空間はあったのだが、そこで遭遇する奇妙な出来事の中でも、俺たちの身に降りかかった異世界転移現象《これ》はとびきり不可思議な事案だと思う。

この異世界で暮らし始めてから、すでに１９日が経過している。

その間にも実にいろいろなことがあったが、それはさておくとして。

「なんかうちらのこれ、めっちゃすごい『限界突破』するやつだったりしないっすか？　うちらの世界でもこの異世界でも、７０レベルを超えてたら世界最強クラスっぽいっすよね？」

「うん、そんな感じはするよね。『八英雄』のユースフィアさんやバルザムントさんが、どっちも７０レベル台だって話だったし」

弓月と風音さんのそんな会話に、俺もうなずく。

探索者《シーカー》には「レベル」と呼ばれる階梯《かいてい》が存在する。このレベルが上がれば上がるほど、探索者《シーカー》の基礎的な能力は上昇し、スキルもより多く修得できるようになる。

探索者《シーカー》の力に覚醒した者はいずれも最初は１レベルだが、モンスターを倒すことによって「経験値」を獲得し、それが一定の値に達するとレベルが上昇する。

ただ探索者《シーカー》のレベルは通常、２５が上限だ。２５レベルに達した探索者《シーカー》は、以後はどれだけモンスターを倒しても経験値を獲得できなくなり、レベルも上がらなくなる。だから十分な経験を積んだ熟練の探索者《シーカー》は、ほぼ全員が２５レベルだ。

だがわずかながら、２５レベルを超えてレベルアップする例外も存在する。

それが「限界突破」だ。

俺たちは現在進行形で、その「限界突破」の最中にある。この異世界に滞在する１００日間だけは、２５レベルを超えても経験値を獲得し続け、レベルアップを続けることができるというのだ。

また経験値は、通常どおりにモンスターを撃破することによっても獲得できるのだが、現在の俺たちにはそれに加えてもう一種類の経験値獲得手段が与えられている。

それが「ミッション」と呼ばれるものだ。

例えば、今俺たちが「世界樹」に向かっているのは、そうしたミッションのうちの一つ『世界樹に到達する』（獲得経験値３万ポイント）を達成するためである。

この異世界における俺たちの大目的は、大きく二つある。

一つは元の世界に戻るまでの１００日間、命を落とさずに生き延びること。

もう一つは、その間により多くの経験値を獲得して、可能な限りのレベルアップを図ることだ。

というわけで、俺たちは今、３万ポイントの経験値獲得を目的として「世界樹」に向かっている最中なのである。以上、状況説明おしまい。

なお「世界樹とは何か」という問いに答えることは、俺たちには難しい。

この世界の街の人たちに聞いてみても、人によって言うことが微妙に違った。

曰《いわ》く、大陸全土に根を張り巡らせた神聖な大樹である。

曰く、人語を解する善良なモンスターが棲《す》む楽園である。

曰く、千年以上も前からかの地に存在する伝説の木である、……などなどだ。

はっきりしているのは、とんでもない大きさの大樹であることぐらいか。

日本において富士山を遠くの地から望めるのと同じように、かなり遠い場所からでもその姿を視認することができる。……一体どういう大きさだよ。

いずれにせよ、この足で現地まで行ってみるしかないということだ。

そうしないと経験値も入らないしな。

＊＊＊

地図によれば、ドワーフ大集落ダグマハルから世界樹までは、徒歩で二日ほどだ。

ダグマハルを出立した初日は、これといった出来事もなかった。夜は野宿をして、無事に一日を過ごした。

二日目には山岳地帯を抜け、「魔獣《まじゅう》の森」と呼ばれる森林領域に入った。

魔獣の森は、うねうねと歪《いびつ》に曲がりくねった草木がはびこる、不気味な一帯だ。

ホラーが苦手な弓月は怯《おび》えながら俺にへばりつき、風音さんも対抗するようにそれに追《つい》随《ずい》した。二人に抱き着かれた俺は嬉《うれ》しい。

早朝だというのに薄暗い不気味な森の中を進んでいくと、やがて「魔獣の森」の名称に相応しいモンスターと遭遇した。

俺たちの進行方向、数十歩ほど先にのそりと姿を現したのは、いくつもの動物が合体したような見た目のモンスターだった。

ライオンに似た胴体から、三つの頭部が伸びている。頭部の一つはライオン、一つはヤギ、一つはドラゴンに見える。背中からはこれまたドラゴンのそれに似た翼が生えており、尻尾《しっぽ》は蛇の頭側だ。

全体のサイズ感は、ライオンよりは一回り大きいものの、エアリアルドラゴンやファイアドラゴンなどの本物の竜とは比較にならない。ドラゴンに似た頭部も、体のサイズ相応の大きさだ。

「ま、魔獣系のモンスター『キマイラ』っす！　ステータスはワイバーンと同じぐらい！　み、見えてるモンスターなら、こ、こ、怖くはないっすよ！」

震え声の弓月が、視界の先に現れたモンスターの解説をしてくれた。

弓月は【モンスター鑑定】というスキルを修得していて、目の前に現れたモンスターの名称や能力などを知ることができるのだ。

モンスターの数は一体。木々の陰から姿を現したそいつは、俺たちの姿を認めると、翼を羽ばたかせて浮かび上がり、こちらへと向かってきた。

「大地くん、作戦は？」

風音さんが、腰の鞘《さや》から二本の短剣を引き抜いて迎撃姿勢を取り、魔法発動の準備をしながら聞いてくる。

俺は愛用の槍を構えつつ、弓月からの情報を踏まえて答える。

「いつも通りでいきます」

「了解」

「こ、こっちも了解っす」

「クアーッ！」

最後の声は、俺の従魔であるグリフォンのものだ。

俺は【テイム】というスキルによって、特定のモンスターを一体だけ手懐《てなず》けて、従えておくことができるのだ。

グリフォンは、ライオンに似た胴体と、オオワシに似た頭部や翼などを持った大型モンスターである。毛並みはふさふさで触り心地《ごこち》がよく、風音さんや弓月などはしばしば抱き着いて愛玩《あいがん》している。今やこのグリフォンも、俺たちの大切な仲間だ。

そんな俺たち三人と一体は、襲い来る魔獣を迎え撃つ形で、戦闘を開始した。

弓月の報告から判断するに、キマイラは決して弱いモンスターではない。

だがたった一体を相手に俺たちが怯えるほどの脅威《きょうい》でもないはずだ。

まずは魔法や射撃武器を使った遠隔攻撃で、俺たちが機先を制する。

「くらえ、【ロックバズーカ】！」

「斬り裂け、【ウィンドスラッシュ】！」

「穿《うが》て、氷華《ひょうか》の矢！　フェンリルアロー！」

俺が作り出した魔法の岩塊《がんかい》が、風音さんが生み出した風の刃《やいば》が、弓月の魔弓《まきゅう》から放たれた氷の矢が、一斉にキマイラへと襲い掛かる。

岩塊に撃たれ、風刃《ふうじん》に斬り裂かれ、矢の直撃部に氷柱《つらら》の華を咲かせたキマイラは、苦悶《くもん》と怒りに満ちたうめき声をあげた。

だが曲がりなりにもそれなりの強さを持つ、ボス格の大型モンスターだ。それだけで生命力のすべてが尽きることはなかった。

キマイラは空中で大きく体勢を崩した様子を見せつつも、すぐに持ち直して、俺たちに向かって突進してくる。

そして中距離まで到達すると、三つの首のうちの一つ、ドラゴンの首が、その口から炎を吐き出してきた。

「「ぐぅっ……！」」

俺たち全員を、竜の炎が包み込む。

だがその威力は、以前に戦ったファイアドラゴン——正真正銘の炎竜《えんりゅう》のそれと比べれば、はるかに劣《おと》るものだった。今の俺たちにとってはどうということもない、軽傷程度のダメージである。

とはいえ、それで敵の攻撃が終わったわけでもない。

コンマ何秒かの後、炎が過ぎ去った頃には、キマイラはもうすぐ近くまで飛来してきていた。

「グリフォン！」

「クアーッ！」

俺の意志を受けたグリフォンが、キマイラに向かって飛び上がり、空中で激突する。

巨体同士がぶつかり合い、激しくもつれ合って、大きな地響きとともに両者は地面に落下した。

グリフォンはキマイラよりも、いくぶんか格下のモンスターだ。相手はすでに大きなダメージを負っているとはいえ、一対一でやり合うのは、やや荷が重いだろう。

だがもちろん、俺は従魔に一対一で戦わせるつもりなどなかった。

「風音さん！」

「うん、大地くん！　——はぁあああああっ！」

俺は風音さんとともに、二体のモンスターの落下地点へと駆けた。

風音さんは俺たち三人の中でも、特に秀《ひい》でた抜群の敏捷力《びんしょうりょく》を誇る。

黒装束の女探索者《シーカー》は、地に墜《お》ちてもつれ合っているキマイラのもとに瞬《またた》く間《ま》に駆け込んで、その両手に握った二振りの短剣を素早く閃《ひらめ》かせた。

「やあっ！」

波打つ刃を持った二振りの短剣が、キマイラの胴を斜め十字に斬り裂く。怪物の負傷部からは黒い靄《もや》があふれ出し、三つの頭部がもだえ苦しむ様子を見せた。

一撃を加えた風音さんは、素早くその場から跳《と》び退《の》く。蛇の頭を持つキマイラの尻尾が嚙《か》みついたのは、彼女がいなくなったあとの空間だった。

キマイラはすでに相当弱っている。

風音さんよりわずかに遅れてターゲットのもとに駆け込んだ俺は、愛用の槍を持った右手にスキルの輝きを宿し、解き放つ。

「トドメだ、【三連衝】！」

通常ではあり得ない速度で俺の腕が前後し、手にした槍がキマイラの胴を、一瞬にして三度穿つ。

直後、その生命力のすべてを失ったキマイラは、全身が黒い靄となって消滅した。

あとには魔石と呼ばれる宵闇色《よいやみいろ》の宝石が落ちる。

「「イエーイ！」」

俺は風音さん、それに駆け寄ってきた弓月ともハイタッチをして勝利を喜び合った。

それから火傷《やけど》を治癒《ちゆ》するため、全員に初級の治癒魔法【アースヒール】をかけていく。

やわらかな治癒の光を浴びると、俺たちが負った怪我《けが》はいずれも綺麗に癒《いや》され、わずかにあった痛みも完全に消え去った。

俺たち探索者《シーカー》は負傷にも強い。命さえ落とさなければ、こうして治癒魔法を使うことによって怪我を簡単に癒すこともできる。

それはモンスター（従魔を含む）も同様だ。グリフォンが懐っこく歩み寄ってきたので、俺は同様に【アースヒール】で傷を癒してから、その頭をなでてやった。

グリフォンの毛並みはふわふわとしていて触り心地がとてもよい。従魔はさらに上機嫌な様子ですり寄ってきたので、俺は半ば抱き着くようにして労をねぎらってやった。

そんなわけで、あっさりと戦闘終了だ。２５レベルの熟練者パーティでもまあまあ苦戦するぐらいの相手のはずだが、今の俺たちにかかればこんなものである。

しかし得られたものは、さりげなく大きかった。

俺の脳内でピコンッと音がして、視界に半透明のメッセージボックスが表示される。

ミッション『キマイラを１体討伐《とうばつ》する』を達成した！
パーティ全員が１５０００ポイントの経験値を獲得！

新規ミッション『クラーケンを１体討伐する』（獲得経験値２０００００）が発生！

六槍大地が４１レベルにレベルアップ！
小太刀風音が４１レベルにレベルアップ！

現在の経験値
六槍大地……５８７６３４／６３７８６８（次のレベルまで：５０２３４）
小太刀風音……５７３９２６／６３７８６８（次のレベルまで：６３９４２）
弓月火垂……６５７３０１／７２０２９８（次のレベルまで：６２９９７）

俺たちに与えられている「ミッション」は、一つではない。
十五個ほどあったミッションのうちの一つ、『キマイラを１体討伐する』を達成したことによって、俺たちはモンスター討伐による通常の経験値とは別に、１万５０００ポイントずつの経験値を獲得することに成功していた。

この経験値によって俺と風音さんがレベルアップ、いずれも41レベルになった。すでに42レベルの弓月は変化なしだ。

ちょっとした障害を撃破した俺たちは、さらに北へと向かって進んでいった。

＊＊＊

しばらく歩いたところで、森の風景ががらりと変わった。

それまでの歪にねじくれ曲がった不気味な草木で覆われていた風景が、いつしか健全さを感じる正常な草木に囲まれた景色へと変わっていたのだ。

木漏《こも》れ日《び》が落ちる森の風景は、むしろ神々《こうごう》しさすら感じられるほど。あちこちがキラキラと輝き、どこか善なる気に満ちているような——そんな錯覚《さっかく》を得たのは、俺だけではなかったらしい。

「なんか突然、森全体が綺麗な感じになったっすね」

「うん。神様が住んでいる森だとか言われても、納得しちゃう感じ？」

「クアッ、クアーッ♪」

弓月や風音さん、グリフォンですらも、世界が変わったような印象を受けている様子だった。

地図上では、世界樹の周辺一帯は「世界樹の森」と記されていて、「魔獣の森」とは明確に区別されている。森林地帯が続くなら、どこで線引きがされるんだろうと疑問に思っていたが、現物は予想していたよりも遥《はる》かに分かりやすかった。

そんな神聖さを感じる森の中を歩いていると、ニヤニヤ顔の弓月が、俺の前にぴょこんと顔を出してきた。

「でも先輩みたいな邪悪な存在は、こういうところに来ると、浄化されて苦しんじゃうんじゃないっすか？」

「ほほう。自分を棚に上げて、俺を邪悪だと言うか」

「そうっすよ。だって先輩、すぐエロいこと考えるじゃないっすか」

「邪悪の根拠はそれか。全国のエロいことが大好きな人たちに謝れ」

「そうだよ火垂ちゃん。エッチなのは悪いことじゃないよ。大事なのは愛だよ愛」

「はあっ、愛欲に溺《おぼ》れたカップルの発想っすね。やれやれっす」

「お、火垂ちゃんだけ綺麗なつもりか～？　そんな火垂ちゃんはこうしてやる。うりゃうりゃうりゃ～！」

「うわっ……!?　か、風音さん、やめるっす！　冒険中っすよ！　あっ、あっ、にゃあああああああっ……！」

風音さんが弓月の背後から抱きついて、魔導士姿の少女を弄《もてあそ》び始めた。

顔を真《ま》っ赤《か》にした弓月は、あられもない声をあげて身悶《みもだ》えする。……おのれ二人でイチャつきおって。俺も混ぜてくれないか。

そんな緊張感に欠けるムードで、森の中を歩いていると――

「――待って。前から何か来る」

あるとき風音さんが、真面目《まじめ》な顔でそう言って、警戒を促した。

風音さんは【気配察知】というスキルを修得していて、周囲の生き物などの気配をより敏感に察知することができるのだ。

風音さんのこの反応があったときは、たいていモンスターとの遭遇が待ち構えているパターンだ。キマイラと遭遇した際にも、直前には同じようなやり取りがあった。

だが今回の遭遇には、いつもとは大きく異なるところがあった。

俺たちの前方に現れたのは、一頭の白馬に似た生き物だった。

その額からは一本の角がまっすぐに伸びている。白馬の全身は、心なしか淡い純白の光を放っているようにも見えた。

その姿を見て俺は、美しいな、と素直に感じてしまった。この世界樹の森そのものと似た、どこか神々しさのようなものを感じさせる容姿だ。

それでも俺たちが油断をせず、いつものように攻撃準備を整えていると——

『待って、攻撃しないで。僕はキミたちの敵じゃない』

一角獣の口から、この世界の人間のものと同じ「言葉」が発せられたのだ。

森は静謐《せいひつ》で、ほかに脅威となるようなものは見当たらない。

「ど、どうしよう、大地くん」

風音さんが困惑した声を俺に向けてくる。

無理もない。俺も判断に迷っていた。あの一角獣の言うことを信用していいものかどうか。

街の人たちから聞いた話の中には、「世界樹には人語を解する善良なモンスターが暮らしている」というものがあった。

嘘《うそ》だろ、人の言葉を話すモンスターなんて聞いたこともない――と、その話を聞いた当時は半信半疑だったが、こうして目の前に現れてしまえば、そこは疑う余地もなくなった。

問題は「善良」という話が本当かどうかだ。

まあそもそも、「善良」か「邪悪」かなんて、俺たち人間の一人ひとりを見たって一概に言えるものでもないと思うが。

一角獣は俺たちの前方、数十歩ほどの位置から声をかけてきたまま、動かずにいる。俺たちがどう動くのか、様子を見ているようだ。

「弓月、【モンスター鑑定】の結果は？」

「モンスター名は『ユニコーン』、分類は『聖獣』っす。この分類のモンスターは初めてっすね。ステータスはさっき戦ったキマイラと同じぐらいっす」

「モンスター図鑑に載っていたかどうか、覚えてないか？」

「いんや、載ってなかったはずっすよ。そんなの載ってたら、覚えてないわけないっす」

「だよなぁ」

もっとも【モンスター鑑定】でステータスを識別できたということは、モンスターであることに違いはないはずだ。

モンスター図鑑に載っていないのは、それだけレアなモンスターということか。

これまでモンスターが敵対的でなかったことなど、【テイム】したグリフォンを除けば、一度もなかった。元の世界でもそんな話は聞いたことがない。

だがそれを言うなら、人語を解するモンスター自体、聞いたことがない。

あの一角獣——ユニコーンは、モンスターの中でも明らかにイレギュラーな存在だ。

ちなみに、キマイラ程度のステータスなのであれば、その気になれば倒すのは困難ではないだろう。俺たちの身の安全を最優先に考えるなら、そうしたほうがリスクは少ないかもしれないが——

「分かった、攻撃はしない。話をしよう」

俺は魔法発動準備を解除し、構えていた槍も下げて、交戦の意志がないことをユニコーンに伝えた。風音さんと弓月も、安堵《あんど》の様子を見せつつ俺に倣《なら》う。

相手が攻撃の意志がないことを示しているのに、こっちから攻撃をするっていうんじゃ、とんだ野蛮人だからな。

『よかった、ありがとう。やはりキミたちは善良な人間だ。そうと分かるから、僕はキミたちの前に姿を現したんだけどね』

ユニコーンもまた、好意的な言葉を返してきた。

しかし、「善良な人間」ねぇ……。何を根拠に言っているのか分からないが、善悪二元論的な見解をこうも強調されると、さすがにちょっと引っ掛かるな。

とは言え俺も大きい意味では、目の前のユニコーンというモンスターに、神聖さや善良さのようなものを感じていた。

ひどく感覚的なもので、その感覚を信頼しすぎるのもいかがなものかとは思うが。

「よかったっすね先輩。エロいことが大好きな先輩も、善良って認めてもらえたっすよ」

弓月がそう言って、にひひっと笑いかけてくる。そもそも俺を邪悪呼ばわりしたのはお前だけどな。

「だから言っただろ。エロいことは邪悪じゃないんだ」

「そうそう。エッチなことは悪いことじゃないんだよ。やっぱり愛が大事なんだよ」

「今日はそこ、ずいぶんこだわるっすね」

「お前が柄にもなく、エッチなのは邪悪ですとか言い出すからだ」

「柄にもなくとは何すか。うちみたいな清純派アイドルを捕まえておいて。ぷんぷん！」

『えーっと……少し近付いてもいいかな？』

俺たちがいつものコントを繰り広げていると、ユニコーンが困惑したような声をあげてきた。うむ、すまない。すぐに三人の世界に入り込むのは、俺たちの悪いところだ。

俺はユニコーンに、接近を許可した。トコトコと歩み寄ってくるユニコーン。

十歩ほどの距離までやってきたユニコーンは、そこですんすんと鼻を鳴らし、匂いを嗅《か》ぐような仕草を見せた。それから風音さんと弓月のほうを見て、大きくため息をつくと、悲しげな様子で首を左右に振ってみせる。

『キミたちは善良ではあるけれども、穢《けが》れなき清らかな乙女《おとめ》ではないみたいだね。残念だよ』

ぴきっと、うちの二人の女子の額に青筋が浮かんだ。

「あん……？　何すかあのクソ童●馬野郎。あの角引っこ抜いて尻にぶっ挿してやればいいっすかね」

「大地くん、やっぱりあいつ八つ裂きにしていいかな。いいよね。喧嘩《けんか》売ってるもんね」

「す、ストップストップ！　二人とも落ち着いて！」

魔法発動準備を始める弓月と、腰から短剣を引き抜こうとする風音さんを、俺は慌てて両腕で抱きかかえて制止する。

二人はふーふーと鼻息を荒くしていたが、俺の腕の中で徐々に落ち着いていった。

『す、すまない。侮辱《ぶじょく》のつもりはなかったんだ。僕が迂闊《うかつ》だった。許してほしい』

ユニコーンは数歩後退しつつ、ちょっと怯えた様子を見せていた。

同情の余地はないと思う。どう考えても百パーセント侮辱だったろ。

「分かってくれればいいけどさ。大地くんを穢《けが》れ呼ばわりはちょっと許せないかな」

「そうっすよ。先輩の心がだいぶ汚れてるのは認めるっすけど、存在そのものが穢れは言いすぎっすよ」

「えーっと……？　あいつが言った『穢れ』って俺のことなの？　それ二人の中で確定事項？」

まあ意味合い的にそうなるけど。なるけど。

いやいや、この話を引きずるのはもうやめよう。不毛だ。

俺は話題を逸《そ》らす目的も兼ねて、ユニコーンに問いかける。

「それで、俺たちに何か用か？」

『そうだった。僕はキミたちに頼みたいことがあるから、こうして姿を現したんだ』

ユニコーンは、思い出したというようにうなずいてから、向きを変える。

俺たちが向かっていた先――世界樹のほうへ。

『ここに来たということは、キミたちの目的は世界樹だろう？　それなら僕が案内するから、ついてきてよ。歩きながら話をしよう』

そう言ってユニコーンは、森の奥へとゆっくり進んでいく。

俺たちは、互いにうなずき合ってから、そのあとをついていった。

＊＊＊

静謐で穏やかな森の中を、ユニコーンのあとについて進んでいく。

生い茂る木々の葉の合間からは、やわらかな木漏れ日が落ちていて、まるで絵画の中にいるような美しさを感じさせた。

しばらく進んでいくと、周囲の木々の合間から、ささやき声が聞こえてきた。

『ねえ見て、ニンゲンよ』

『キャーッ！　私、ニンゲンをこんなに近くで見るの初めて』

『男のニンゲンと女のニンゲンがいるわ』

声だけが聞こえてきて、姿は確認できない。だがあちこちの木々の間で、キラキラとした光の粒が舞い散っては消えていくのが見えた。

俺たちが不思議がっていると、前を歩くユニコーンがこう伝えてくる。

『ピクシーたちだよ。恥ずかしがり屋だから、あまり姿は見せたがらない。姿隠しの力で身を隠しているんだ』

「ピ、ピクシーっすか？」

怪奇現象に弱い弓月が、震える体で俺にしがみつきながら問い返す。

『ああ。キミたち人間と似た姿の、小さな妖精たちだ。僕と一緒にいる限り、危害は加えてこないから安心して』

「そ、そう願うっすよ。見えないやつは怖いっす」

『怯えることはないさ。この森には、ほかにもたくさんの仲間たちがいるけど、みんな気のいいやつらだよ』

そうユニコーンが言ったとおり、彼（？）に連れられた道中では、ほかにもいくつかの種類のモンスターと出会った。色鮮やかな翼を持った空飛ぶ大蛇みたいなやつとか、蠢《うごめ》く植物の塊みたいなやつとか、いろいろだ。いずれも襲い掛かってはこないし、ユニコーンとも親しげに声をかけ合っていた。

そんな静かながらも賑《にぎ》やかな森の中を進みながら、ユニコーンはふと、俺たちに訊《たず》ねてくる。

『キミたちは世界樹に、何をしに来たんだい？　邪悪な目的でないのは分かるけど、よければ聞かせてくれないか』

善良だの何だのと見透かしてくるユニコーンでも、俺たちの全部を知り得るわけではないようだ。

嘘をつくのはあまり良くなさそうだと思った俺は、こう返事をした。

「詳しく話すと長くなるけど、一言で言うとレベルアップのため、かな」

『レベルアップ――人間の覚醒者が、より強い力を得るための営みだったね。キミたちはそうして力を得て、どうするつもりだい？　今のキミたちでも、人間の覚醒者たちの中では、相当に強い力を持っているように思うけど』

「どうする、と言われても……特に考えてはいないな。とりあえず強くて困ることはないだろ。その方が何かあったとき、好きな人だって守れる。理不尽な何かにだって対抗できる」

　俺は風音さんや弓月のほうへ、ちらりと視線を向ける。

　それと同時に俺は、自分が探索者《シーカー》になってすぐの頃に経験した、ある出来事を思い出していた。

　武具店のオヤジさんの前で、新田《にった》とかいうチンピラみたいな探索者《シーカー》に絡まれたときのことだ。風音さんに乱暴しようとする男に対して、あのときの俺は無様に打ちのめされることしかできなかった。

　もちろんあいつ程度なら、今の俺たちにとっては、どうということのない相手だろう。変に絡んできたところで、軽く捻《ひね》ってやれるはずだ。

　だが理不尽な暴力を振るってくるほかの相手が、もっと強くないとは限らないのだから、できるだけ力をつけておくに越したことはない。

『そうか。守りたいものを守るための力……やっぱりキミたちは善良だね。キミたちのような人間が力を得るのは、悪いことではないと思う。むしろ世界にとっては、善《い》いことだ』

「それはどうも」

実際には、言うほど単純な話でもないと思うけどな。

例えば俺たちは、モンスターを虐殺して回っている極悪人という見方も――いや、そんなことを考えても不毛か。ユニコーンが俺たちのことを善良だって認めているんだから、ひとまずそれでいいとしておこう。

その上で、ユニコーンはこう付け加えてきた。

『でも「力」を持つ者は、それだけの責任を求められることもある。何か善良なことをできる力を持つ者が、それをやろうとしないこと――そんな自由を身勝手だと思う人間は、きっと少なくない。力を求めるなら、覚悟をしておいた方がいいかもしれないね』

「あー……」

俺は少し前に出会った、強大な力を持つダークエルフの少女のことを思い出していた。

かつて「魔王」を打倒したという「八英雄」の一人、ユースフィアさんだ。

ドワーフ大集落ダグマハルで、俺たちがドワーフ戦士たちと協力してモンスターの軍勢から砦《とりで》を守ったとき。同じ集落に滞在していたユースフィアさんは、事が終わってからのんびりとやってきた。俺はそんなユースフィアさんに、少しイラッとした覚えがある。

それはユースフィアさんが「力」を持っていたからだと言われれば、そうかもしれない。

集落の一般ドワーフたちに対して、戦わないことを責める気にはならなかったし。

俺たちもまた、人並み以上の力を持っていることが知れ渡れば、同じような目で見られることになる……か。そういう見方をされることの是非はさておき、あるある話としては分かる気がする。

「んー、それってつまり、有名税ってやつっすかね」

「火垂ちゃん、それはちょっと違くない？」

『あははは っ。当たらずも遠からずかな。——さ、世界樹はもう目の前だよ』

ユニコーンの先導で森の中を歩いていた俺たちは、やがて開けた場所へとたどり着いた。鬱蒼《うつそう》とした森林地帯の中に、そこだけがぽっかりと、平原のように広がった地形だ。昼下がりの麗《うら》らかな木漏れ日が降りそそぐ、とても穏やかで広大な広場だった。

広場なのになぜ「木漏れ日」なのかというと、広場の中央に一本だけ巨大な樹木があるからだ。その巨大樹木の葉たちが、ドーム球場の天井のように広場全体を覆い、吹き抜けの大ホールのごとき様相を見せていた。

ユニコーンはゆっくりとした足取りで、正面にそそり立つ大樹へと向かっていく。

俺たちもまた、それに続いた。

「ところでユニっちの『お願い』、まだ聞いてないっすね」

弓月がふと、そう声をかけた。そのユニっちってのは、ユニコーンのことか。

けど言われてみれば、そうだな。俺たちの目的を聞かれたばかりで、ユニコーンからの頼み事はまだ聞いていない。

『うん、そうだね。キミたちに頼みたいのは、世界樹の「異常」に関することだ』

「世界樹の、異常……？」

オウム返しにする風音さんに応じて、ユニコーンはうなずく。

『ああ。おそらく実物を見てもらったほうが分かりやすいと思う。キミたちには、その目で確かめてほしい』

やがて俺たちは、広場の中央にたたずむ大樹――世界樹の前までやってきた。

あらためて目の前で見ると、どう表現したらいいのかも分からないぐらいの、途方もない大きさの樹木だ。

幹の太さは、百人が手を伸ばして輪になっても足りないぐらいある。高さに至っては、真下のこの位置からでは、てっぺんがどこにあるのかまるで想像もつかないほどだ。

そのあり得ないぐらいバカでかい大樹が、この森全体やユニコーンと同じような、淡くも神聖な輝きを放っている。

この途方もなく偉大で聖なる樹木を侵害できるものなど、この世に存在し得ないのではないか――そう感じさせるほどの威容が、俺の眼前にそびえ立っていた。

その世界樹の根元まで来たとき――ピコンッ。いつものようにメッセージボックスが開いた。


ミッション『世界樹に到達する』を達成した！

パーティ全員が３００００ポイントの経験値を獲得！

新規ミッション『空中都市に到達する』（獲得経験値１０００００）が発生！

現在の経験値
六槍大地……６１７６３４／６３７８６８（次のレベルまで：２０２３４）
小太刀風音……６０３９２６／６３７８６８（次のレベルまで：３３９４２）
弓月火垂……６８７３０１／７２０２９８（次のレベルまで：３２９９７）

ミッション達成だ。大した障害もなくたどり着けたから、丸儲《まるもう》けした気分になるな。

『それじゃあ、世界樹の中を案内するよ。ついてきて』

ユニコーンは世界樹の根元にできた洞《うろ》へと向かって進んでいく。

木の洞といっても、そこそこの大きさの洞窟《どうくつ》のようなもので、人間やユニコーンが中に入って悠々と歩けるぐらいのサイズ感があった。

「それにしてもマイペースっすね、ユニっちは」

「ま、いいんじゃない？　ついて行こうよ。いいよね、大地くん？」

「ええ。せっかくなので、世界樹の中にお邪魔しましょう」

ミッションは達成したが、ここまで来て、はいサヨウナラというのも味気ない。

俺たちはユニコーンに続いて、世界樹の根元にある洞へと踏み込んでいった。

＊＊＊

世界樹の内部は、まるでダンジョンのようだった。壁や天井が燐光《りんこう》を放つ洞の中を、ユニコーンのあとについて進んでいく。

やがて差し掛かった行き止まりは、小部屋のような形で、地面には転移魔法陣があった。ユニコーンとともに転移魔法陣に乗る。

光に包まれて転移した先は、開けた場所だった。地上何十メートルという高さの場所だ。足場は、空中に横たわる巨大な木の幹のよう。幅は数メートルもあり、普通に歩くぶんには転落する心配はまずなさそうだ。周囲には巨大な葉が無数に生い茂っていて、緑に囲まれた迷宮といった様相だった。

足元の転移魔法陣は、燐光を放ったまま。往復可能な転移魔法陣のようだ。

ユニコーンは横たわる巨大な木の幹の上を、トコトコと歩いていく。これが進路のようだ。俺たちもまた、おっかなびっくり、ユニコーンのあとについて進んでいく。

進んでいくにつれ、自分たちが歩いている足場が、木の「幹」ではなく「枝」なのだと気付いた。このぶっといのは、世界樹の枝なのだ。

世界樹の枝は、ときどき枝分かれして、道を分ける。ユニコーンは迷う様子もなく、片方の道を選んで進んでいく。枝分かれが数回続いたあたりで、俺は帰り道を自力でたどれる自信がなくなってきた。

やがて第二の転移魔法陣にたどり着いた。ユニコーンとともにそれに乗って転移する。

転移した先は、再び洞の中のようだった。だが最初の洞とは違う場所だ。

そこをしばらく進むと、また転移魔法陣。転移した先は、再び世界樹の枝の上。だがこれも、先程とは違う場所だ。ユニコーンはさらに先へと進んでいく。

そのような流れを、幾度《いくど》も繰り返した。転移魔法陣はいくつもあり、枝から洞へ、洞から枝へと目まぐるしく転移を繰り返して進んでいく。その頃には、帰り道の記憶は絶望的だった。帰りもユニコーンに送ってもらおう。

「ねぇユニっち、さっき言ってた世界樹の『異常』って何なんすか？」

道すがら弓月がユニコーンに問いかける。

ユニコーンは世界樹の枝の上をトコトコと進みながら答える。

『まず、世界樹そのもののことから話そうか。この世界樹は、善なる力で大陸全土を支える木だと言われている。大陸全土に根を張り巡らせて、その聖なる力で僕らの世界を守っているんだ』

「はあ……大陸全土に、根っこがあるんすか」

弓月の口から出たのは生返事だ。

隣で聞いていた俺も、ちょっと何を言っているのかよく分からないですね、と言いたい心境だった。大陸全土に根っこ？　何を言っているの？　アホなの？

地図を見た感じ、俺たちが今いるこの世界の、この「大陸」は、ざっくりオーストラリア大陸と同じぐらいの大きさがあるようだ。大陸の端から端まで、最も平坦《へいたん》な道を進んでも、徒歩で一ヶ月から二ヶ月ぐらいはかかる感じ。

世界樹の位置は、大陸のド真ん中あたりだが、だとしてもまったく意味が分からない。

しかもそれが、聖なる力で大陸全土を守っているときた。現代日本人の感覚でそれを信じろと言われても、途方もなさ過ぎてなんだかなぁだ。

しかし俺たちが関わっているのは、そもそもがファンタジーな世界だ。

事実かどうかはさておき、ひとまず呑《の》み込《こ》んでおくことにしよう。

「それで、その世界を支えている世界樹が『異常』って、どういうことなのかな？　今の話を聞いていると、だいぶヤバそうな事件に思えるけど」

今度は風音さんがユニコーンに問う。ユニコーンは鷹揚《おうよう》にうなずいた。

『うん、とても良くないことが起こっていると考えたほうがいい。世界樹に異常が見られるのであれば、大陸そのものに何らかの異常が起こっている可能性が高いからね。――さあ、着いたよ。ここが世界樹の中心部だ』

ユニコーンに連れられて俺たちがたどり着いたのは、世界樹の洞の中にあって、大ホールのようになったドーム状の空間だった。

ダンスホールになりそうなほど広い空間の、中央部上方には、巨大なエネルギーの球体が浮かんでいる。

俺たち人間どころか、グリフォンやユニコーンですら容易《たやす》く呑み込んでしまえそうな大きさのエネルギー球は、まばゆくもやわらかな純白の光を放っている。なんとなくだが、エネルギー球が放つその光は、聖なるものであるように感じられた。

だが、それだけではない。そのエネルギー球の周囲を、何かどす黒い、別のエネルギーがちょろちょろと周回していた。

そのどす黒いエネルギーは、蛇のように光球の周囲を蠢きながら、ときたま光球にかじりつくように襲い掛かる。光球はそれを拒み、強い力ではじき返す。だが光球が黒い蛇に噛まれた部分は、わずかに淀《よど》み、神聖な力を失ったようにも見えた。

黒いエネルギーの蛇は一つではない。いくつもの黒蛇が光球の周囲を走り回り、隙あらば光球に食らいつこうとしている。

光球は偉大で、今すぐにどうこうなるような段階には見えない。地球に向かってミサイル一発撃ち込んだところで、どうにもならないようなものだ。

しかし光球は確実に、少しずつ、着々と蝕《むしば》まれている——そのように感じた。

その光景を憂うように見つめながら、ユニコーンが口を開く。

『あの光る球体が世界樹の「核」だ。世界樹の中枢《ちゅうすう》であり、善なる力の源であり、この大地を支えるエネルギーの根源でもある。だけど周囲を巡っている黒いやつは違う。あれは世界を害そうとしている、邪悪な力だ』

「世界を害そうとする、邪悪な力……」

確かに俺も、あの黒い蛇は、何か良くないものであるように感じていた。例によって漠《ばく》然《ぜん》とした感覚ではあるが。

光球を見つめていたユニコーンは、振り返り、俺たちに向かってこう口にする。

『もし世界樹の核があいつに呑み込まれるようなことがあれば、この世界は邪悪な力で満ち、善なる生き物が穏やかに棲める地ではなくなってしまう。血と殺戮《さつりく》、憎しみと苦しみ、飢餓《きが》と争いが支配する世界になってしまうだろう』

俺は言葉を失ってしまった。

いや正直なところ、ユニコーンが言っていることを信じられない部分も大きい。あまりにも漠然としていて、抽象的かつ概念的で、具体性に欠ける話だ。

しかし一方で、探索者《シーカー》である俺の体は、ユニコーンが言っていることの意味を何となく摑《つか》んでもいた。

イメージとして浮かんだのは、空も大地も赤く染まり、邪悪なモンスターが無数に跳《ちょう》梁跋扈《りょうばっこ》し、人々や生き物が無限に殺戮される世界。作物はろくに育たず、人々は飢え、互いに争い、憎しみ合い、殺し合う。

あの世界樹の核が、育った黒蛇たちにすべて呑み込まれたとき、そんな世界が訪れる――そういう直感を得てしまっていたのだ。

無論、それは俺たちの目の前にある現象――光球と黒蛇をどうこうしたところで収まらないし、どうこうできるものでもない。あれらは象徴でしかないのだ。

もっと全世界的に、根源となる邪悪を取り除くことでしか、あの黒蛇を消し去ることはできない――そういう類《たぐい》の話であるように思えた。

ユニコーンは、さらに続ける。

『あの世界樹の異常は、今からおよそ三十年前、この世界に「魔王」が現れたときとよく似ている』

「『魔王』っていうと、八英雄が倒したっていうアレっすか？」

『うん。あのときは八英雄の手で、魔王という原因を取り除くことで、最悪の事態は未然に防がれた。今回はまだ、その原因すら判然としないが、世界の危機であることは確かだと思う』

相変わらず非常に漠然とした話だ。

そもそも俺たちは、この話に出てきた「魔王」なるものがどういう存在だったのかも、よく分かっていない。かつてそう呼ばれるヤバい存在がこの世界に現れて、うっかり人類が滅びそうになったけど、「八英雄」と呼ばれるものすごく強い八人の覚醒者が団結してそれを討ち倒したのだとかなんとか。

まあ俺たちはその「八英雄」のうち、二人には会ったことがあるんだけど。ユースフィアさんやバルザムントさんには、もうちょっと詳しく話を聞いておけばよかったか。

ただ今回の件は、その「魔王」とは直接の関係はないのかもしれない。それと同程度の脅威が、再びこの世界に襲い掛かろうとしている――そんな話に聞こえた。

「世界の危機って……。じゃあ、俺たちはどうしたらいいんだ？」

俺はユニコーンに、そう問いかけていた。何か「お願い」があると言っていたはずだ。

なお、ものすごくドライなことを言うと、もともと俺たちはこの世界の住人じゃないわけで。極論を言えば、元の世界に帰還するまでに事が起こらなければ、この世界に何が起ころうが他人事《ひとごと》と言うこともできなくはない。

しかし風音さんも弓月も、自分には関係ないという顔はしていなかった。どうにかしないといけない。そう感じているように見える。

俺もそうだ。完全な他人事だと言うには、この世界の人たちと関わりすぎた。

これまでに出会った人たちの顔を思い浮かべる。領主の娘アリアさんや、ダークエルフの英雄ユースフィアさん、女商人エスリンさんとその従者たち、令嬢騎士ティアと黒狼《こくろう》騎士団の面々、孤児院のカレンさんやギルバートさんと子供たち、そのほかにもたくさんの人々と関わってきた。

彼ら彼女らが住むこの世界が、地獄のようになるのは嫌だな――俺は率直に、そう思った。

ユニコーンが、その顔をどこか優しげに微笑《ほほえ》ませながら、こう話を結ぶ。

『ひとまずキミたちに頼みたいのは、この情報の伝達だ。世界樹の異常を、人間たちの世界に伝えてほしい。ここから北に三日ほど歩いたところに、聖王国ラーディルトの王都がある。八英雄の一人、聖王エルドリックならば、事を伝えればきっと動いてくれるだろう』

そのとき、ピコンッ。いつもの通知音が頭の中で響くとともに、眼前にはメッセージボックスが開いた。

特別ミッション『世界樹の異常を聖王エルドリックに伝える』が発生！
ミッション達成時の獲得経験値……３０００ポイント

予感はしていたが、やはり特別ミッションが出た。

この世界樹から、さらに北か。国境をまたいで「聖王国ラーディルト」に入る必要があるらしい。

この特別ミッション、かかる日数も加味すると、獲得経験値が取り立てて大きいわけではないが――

「分かった。その頼み、引き受けるよ」

俺はユニコーンに、そう答えていた。

『ありがとう。キミたちならそう言ってくれると思っていたよ』

「うちらは穢れなき乙女じゃなくても善良っすからね」

「そうそう。私たちは穢れなき乙女じゃないけど善良だから」

『ね、根に持たれているね……』

ユニコーンの気まずそうな様子を見て、俺たちは声を上げて笑った。

そんなわけで俺たちは、ここからしばらく北上した場所にある、聖王国ラーディルトへと向かうことになったのである。

＊＊＊

ユニコーンに世界樹の出口まで送ってもらった俺たちは、北にある聖王国ラーディルトを目指して出発した。

その日は世界樹の森で一夜を過ごし、翌日からは再び魔獣の森に入る。

魔獣の森は、世界樹の森を同心円状に囲むようにして広がっている。世界樹からは東西南北どこに向かっても、一度は通らなければならない領域だ。

しかも北側は、南側よりも魔獣の森の領域が分厚く、一日では抜けることができない。やむを得ず、魔獣の森の内部でも一夜を過ごすことになった。

不気味にねじくれた木々に囲まれたホラー空間で野宿をするのは、いささか度胸が必要だった。

弓月は怖い怖いと言って、寝るときまで俺の毛布に入り込み、俺に抱きついてきた。見張りも一人では怖いというので、必ず俺か風音さんとセットで見張りをするか眠りにつくかして、就寝と見張りは二交代制になった。

ちょっと甘やかしすぎという気もしたが、まあいいかといったところ。代償はいずれ何かで支払ってもらうとしよう。くくくっ。

風音さんもまた、「しょうがないなぁ」と言いながら弓月を寝かしつけたりしていた。そこはかとない母性を感じた。

そうして、世界樹を出立してから二つの夜が過ぎ、三日目の夕方頃。

もうしばらく歩けば魔獣の森を出られるだろうという頃に、俺たちはアクシデントに遭遇した。

「わぁーっ、こんなところに冒険者が！　た、たたた助けてぇえええええっ！　無理だったら逃げてぇえええええっ！」

森の奥から、そう叫びながら姿を現したのは、一人の冒険者らしき女性だった。俺たちの方に向かって一目散に駆けてくる。

オレンジにも近い明るい茶色のショートヘアに、エメラルド色の瞳。女性にしてはやや長身で、活動的な衣服の上に軽装の防具を身に着け、腰には剣をさしている。年の頃は二十代中頃から後半ぐらいだろうか。実力的にも年齢相応、すなわち熟練の冒険者であろうと感じた。

その女性冒険者の後ろからは、巨大なモンスターが追いかけてきていた。大蛇が何匹も束になったようなモンスターだ。

より厳密に言うと、爬虫類《はちゅうるい》を巨大化させたような胴体から、体長十メートルほどもある大蛇の首が五本生えている形だ。全体のサイズ感でいえば、ドラゴンにも匹敵するほど。俺の探索者《シーカー》としての本能が感じ取る脅威度も、エアリアルドラゴンやファイアドラゴンと遜色《そんしょく》ないぐらいだ。

そいつが魔獣の森の木々をよけるかなぎ倒すかしながら、恐ろしい勢いでこちらに向かってきている。

このまま行くと、あの女性冒険者ごと俺たちにぶつかってくる勢いだが——

「弓月、データ頼む！」

「ほい来たっすよ、先輩！　モンスター名は『ヒュドラ』！　ＨＰ１０００、攻撃力４５、防御力９０、敏捷力３５、魔力４５、特殊能力は『ポイズンブレス』『五回攻撃』『再生能力（１００）』、弱点は火属性っす！」

俺のオーダーに淀みなく答える弓月。こういうあたりは頼りになるんだよなこいつ。

しかし、やはりあれが「ヒュドラ」か。

確か討伐ミッションがあったはずだ。獲得経験値は2万とかだったはず。

鴨《かも》がネギ背負《しょ》ってきた——と言えるほど、油断していい相手ではないのだろうが。

「迎え撃ちます！　二人とも、魔法発動準備を！」

「了解！」

「こっちも了解っすよ！」

俺、風音さん、弓月が魔法発動のため、各色の魔力の輝きを身に帯びていく。

一方、ヒュドラに追われた女性冒険者は、慌てた様子で俺たちのほうへと駆けてくる。

「か、かかかか、勝てるの、ヒュドラだよっ⁉　頼りにしていいの⁉　ていうかグリフォン⁉　なんで⁉」

「こいつは味方です。あれは俺たちが倒すので、下がっていてください」

「えっ……⁉　で、でも、せめてあたしも戦——」

「いいから！　ここは俺たちに任せて！」

「は、はいぃっ！　お、お願いしますぅっ！」

女性冒険者は俺たちの横を通り過ぎて、後ろに逃げ込んだ。

よしよし、それでいい。ヒュドラをあなたに倒されたら困るんだ。ミッション達成にならないからな。

女性冒険者が逃げ込んできたのとほぼ同時に、俺たち三人の攻撃魔法が発動した。

「【ロックバズーカ】！」

「【ウィンドスラッシュ】！」

「【フレイムランス】！」

俺の左手の前に岩塊が、風音さんの短剣の先に風の刃が、弓月の杖《つえ》の先に炎の槍が生まれ、各々に発射された。

いずれも一瞬後にはヒュドラに直撃、それぞれにダメージを与える。

だが当然、それだけでヒュドラは止まらない。被弾箇所から黒い靄を漏らしながらも、勢いを止めずに突進してくる。

「風音さん、グリフォン！」

「うん、大地くん！　行くよ！」

「クアーッ！」

俺、風音さん、グリフォンが一斉に地面を蹴り、ヒュドラに向かって駆け出した。

一方のヒュドラは突進行動を中止して、五つの大蛇が大きく息を吸い込むような仕草を見せる。

同時にヒュドラの全身が淡く輝き、負傷がいくぶんか治癒されたように見えた。

次の瞬間、五つの首が同時に、その口から紫色の液体を吐き出してきた。

それらのおぞましい液は、交差して混ざり合い、一つの攻撃となって俺たちに襲い掛かる。

俺は盾を掲《かか》げるも防御しきれず、その液を全身に浴びてしまった。

「ぐぅううぅっ……！」

全身にヒリヒリとした痛みが走り、体調に負の影響が与えられたことを感じる。

特殊能力の「ポイズンブレス」だろう。ファイアドラゴンが炎を吐いてくるのと同じように、毒液を吐きかけてくる攻撃というわけだ。

ダメージは小さくないが、瀕死《ひんし》の重傷でもない。見れば、風音さんとグリフォンも毒液を浴びたようだが、同じく致命傷を受けた様子ではなかった。

回復を検討するが、槍を手にヒュドラの目前まで来ている今は、そのときじゃない。

俺は右手にスキルの力を宿らせ、解き放つ。

「くらえ、【三連衝】！」

「お返しだよ！　はぁあああっ！」

「クァアアアッ！」

俺の槍による三連撃が、風音さんの二振りの短剣が、グリフォンの爪やくちばしによる連続攻撃が、次々とヒュドラの首や胴体に突き立てられる。

「もう一発っすよ！　【フレイムランス】！」

さらに弓月が放った二発目の炎の槍が、ヒュドラの首の一本を焼いた。

五本あるヒュドラの首が、苦悶の叫びを上げながらも、反撃とばかりに俺たちに向かって噛みついてくる。

同時に再びヒュドラの全身が輝き、その傷がいくぶんか治癒されていく。

五本の首による攻撃のうち、三本は俺に来た。残りの二本は風音さんとグリフォンに一本ずつ向かったようだが、しっかり確認するほどの余裕はない。

俺は、一本の首が頭にかじりつこうとしてきたところを、上半身を左に逸《そ》らせて回避に成功する。これは体が半ば勝手に反応した。だいぶ前に修得した【回避強化】のスキルが効いているのかもしれない。

さらに左側から噛みつこうとしてきた首は、盾で弾いて防御する。これも成功。珍しく回避と防御が順調だ。

だがさすがに、追って右側から来た三つ目の首による攻撃は回避しきれず、大蛇の牙に横っ腹を噛みつかれてしまった。

「ぐぅっ……！　――って、あれ？」

だが、その噛みつき攻撃による痛みは、一切感じなかった。

どうやらガイアアーマーがヒュドラの牙を通さず、ダメージを完全にゼロにしてしまったようだ。

弓月が言っていたヒュドラの攻撃力は４５だったか。このクラスのボスにしてはずいぶん低いなと思っていたが、実際にもこの程度か。

まあヒュドラは首の数が多い分だけ攻撃の手数も多いから、個々の頭の攻撃力がドラゴンや巨人並みにあったら、それはそれでシャレにならないのだが。

俺の槍による反撃を恐れたのか、噛みついてきた首は悔しそうな様子を見せながらも、すぐに引き下がっていく。

俺もまた一度バックステップして距離を取り、状況を確認した。

見れば風音さんも攻撃を回避したようで、今はヒュドラから少し離れて間合いを取っている。グリフォンはしっかり噛みつかれたようで負傷はしていたが、こちらも大事はなさそうだ。

これなら――

「弓月、ヒュドラの残りＨＰ！」

「３１０っす！　光るたびに１００点回復してるっすよこいつ！」

「『再生能力』ってやつか」

毒液を吐いてきたタイミングと、五つの首が噛みついてきたタイミングで、ヒュドラの全身が淡く輝きを放っていたのを思い出す。

モンスターとの戦闘は基本的に、ＨＰ――ヒットポイントと呼ばれる値の削り合いだ。攻撃によってダメージを与えるとＨＰが減少し、0になるとモンスターは消滅して魔石へと変わる。

俺たち探索者《シーカー》も似たようなものだ。キマイラの炎やヒュドラの毒液攻撃などを受けるとＨＰが減少する。ＨＰが0を下回ると戦闘不能状態になって意識を失う。もっと大きなダメージを負うと命を落とすこともある。

不思議なことだが、俺たち探索者《シーカー》やダンジョンといった界隈《かいわい》には、こういった不思議現象が枚挙に暇《いとま》がないほど存在するため、一つ一つ原理がどうこう考えていたらとてもやっていけない。「そういうもの」だと思うしかない。

また逆に、治癒魔法などを使ってＨＰを回復すれば、受けた傷を癒すことができる。

ヒュドラの「再生能力」という特殊能力も、それと同じ類の効果なのだろう。

しかしこの速度で１００点ずつ自動回復するとか、まあまあヤバい回復力だな。こんなの並みの熟練冒険者パーティじゃ、削り切れないんじゃないか？

だが幸いなことに、俺たちはすでに、「並みの熟練冒険者パーティ」とは一線を画する戦闘力を持っている。

実際にも、初期には１０００あったＨＰを、ほんの十秒かそこらで残り三割近くまで削ってやった。俺たちなら、いけるはずだ。

「このまま押し切ります！　【三連衝】！」

「了解！　――はぁああああっ！」

「こっちも了解っすよ！　【フレイムランス】！」

「クアッ、クアーッ！」

結局、俺たちは総攻撃によってヒュドラのＨＰを削り切り、数秒の後にはモンスターを消滅させていた。

討伐ミッション達成だ。いつものようにメッセージボックスが現れる。


ミッション『ヒュドラを1体討伐する』を達成した！

パーティ全員が２０００ポイントの経験値を獲得！


新規ミッション『レッサーデーモンを3体討伐する』（獲得経験値５００００）が発

生！

弓月火垂が４３レベルにレベルアップ！

現在の経験値
六槍大地……６３７６３４／６３７８６８（次のレベルまで：２３４）
小太刀風音……６２３９２６／６３７８６８（次のレベルまで：１３９４２）
弓月火垂……７３２３０１／８１３０３２（次のレベルまで：８０７３１）

惜しむらくは、ヒュドラの撃破経験値が弓月に入り、また弓月のレベルが抜きんでてしまったことか。俺や風音さんとの経験値がさらに大きく離れてしまった。

できればダメージコントロールしたかったけど、ちょっとそこまでの余裕はなかったんだよな。経験値の調整は、もっと余裕があるときにやっていこう。

一方で、助けた女性冒険者はと見ると——

「す、すっごぉ……。嘘でしょ、ヒュドラだよ……？　こんな簡単に……」

俺たちの後ろで腰を抜かし、心底驚いたという様子で目をぱちくりさせていたのだった。

うん、まあ、普通はそういう反応になるよね。

俺は女性冒険者のもとに歩み寄ると、彼女に手を差し伸べてやった。

＊＊＊

俺が手を差し伸べると、女性冒険者はその手を取って立ち上がった。

彼女はお礼を言うためか、口を開こうとしたのだが――

「っと」

このとき、俺のほうが立《た》ち眩《くら》みして、ふらりとよろめいてしまった。

とっさに駆け寄ってきた風音さんが、俺の体を支えてくれる。

気を張っていた戦闘中は問題なかったが、気を抜いたらふらっときた感じ。

「す、すみません、風音さん」

「大地くん、どうしたの、大丈夫？　顔色悪いみたいけど……」

心配そうな顔で俺を見詰めてくる風音さん。弓月もまた駆け寄ってきて、不安そうな様子を見せた。

「いえ、大事はないんですが、ちょっと体調が悪いみたいで……これは、アレかな……」

この感じの体調不良には覚えがある。まだ元の世界にいた頃、ダンジョンの森林層で経験したやつだ。

でも風音さんとグリフォンは、ダメージこそ負っているものの、それ以外は元気そうな様子だ。毒液を浴びたら必ず、というわけでもなさそうだが――

「風音さん、『毒消しポーション』、出してもらってもいいですか？」

「……っ！　うん、分かった、ちょっとだけ待ってて！【アイテムボックス】！」

風音さんの前の地面に、衣装ケースほどの大きさの光り輝く箱が現れる。風音さんは慌てて箱のふたを開けると、中から一本の瓶を取り出し、俺に渡してくれた。

俺は受け取った瓶の中身をぐいっとあおる。飲み干して息をついた。

体調は急速に回復していった。やがて毒液のダメージによる痛みこそ残っているものの、それ以外はすっかり元気な状態になった。

「やっぱりバッドステータスの『毒』だったみたいですね。治りました」

「はぁーっ、良かったぁ。でもびっくりした。大地くんに何かあったら、私死んじゃうよ」

「本当っすよ。先輩のくせに、心配かけるなっす」

憎まれ口を叩《たた》いてきた弓月も、見れば瞳に涙をためていた。俺は苦笑しつつ、弓月の帽子をぽんぽんと叩く。

ヒュドラの毒液を浴びると、ダメージに加えて一定確率で「毒」状態になる感じか。被害に遭ったのが俺だけでまだよかったが。

「毒」状態を放っておくと、ＨＰがじわじわ減っていく。戦闘が終了したら無害になるような性質のものでもないので、可及的速やかに治療したいバッドステータスだ。

ただ俺たちは「毒」状態を治療できる魔法を誰も持っていないので、アイテムに頼る必要がある。五本ストックしてあった「毒消しポーション」が、これで四本に減ってしまった。まだ買い足しが必要なほどではないと思うが、残数には注意が必要だな。

さておき、俺の「毒」状態も治ったので、気を取り直してＨＰの回復に取り掛かろう。

全員の被ダメージをチェックすると、俺と風音さんが毒液によってそれぞれ６４点と６１点、グリフォンが毒液と噛みつきによって合計９５点のダメージを受けていた。最大ＨＰは軒並み２００～３００前後なので、そこそこの被ダメージだ。

今の俺の【アースヒール】では、回復量の平均は６０点弱といったところ。全員のＨＰを確実に全快するには、上位治癒魔法の【グランドヒール】を三回使う必要があるだろう。それだと消費ＭＰ６点×三回で、ＭＰを１８点消費することになる。

まあそれでもいいのだが、今回はちょっと試してみたい新技があった。４１レベルで修得可能スキルリストに新たに出現していた新魔法だ。

俺はステータス画面を開いて、スキル修得の操作をする。スキルポイントを1点使って、その魔法をポチッと修得した。俺の体に新たな力が宿ったことを感じる。

俺たち探索者《シーカー》は、レベルが1上がるごとに「スキルポイント」を1点獲得することができる。これを消費することで、新たなスキルを修得したり、すでに修得しているスキルのランクを上げたりできるのだ。

「よし。じゃあ風音さんとグリフォンは、俺の近くに集まって」

「大地くんの近くに……？　こんな感じでいいの？」

「クアーッ？」

「ですです。それじゃ——【エリアアースヒール】！」

俺は二人と一体の中心点を目標にして、魔法を発動した。

目標にした地点の周囲、半径五メートルほどの領域に、地面から円筒状に治癒の光が立ちのぼる。その光は俺、風音さん、グリフォンの全身を覆い、全員の負傷をいくぶんか治癒してくれた。

「おおーっ、すごぉい。大地くんの新魔法だ」

風音さんが感嘆の声をあげる。

それから自身の怪我の具合とステータスを確認して、こう伝えてきた。

「でも私のＨＰ、全快まであと４点足りないや。このままでも大丈夫だとは思うけど」

「俺も少し足りなかったですね。回復量は風音さんが５７点、俺が６１点、グリフォンが５６点……回復量自体は【アースヒール】と一緒ってことか。消費ＭＰは７点。複数人を一度に回復できるにしては安いな」

【アースヒール】の消費ＭＰ４点に対して、新たに修得した範囲回復魔法【エリアアースヒール】の消費ＭＰは７点だった。コスパはかなりいいな。二人以上に使うなら元が取れる。戦闘中にも使いようがあるだろうし、なかなか勝手がいい魔法のようだ。

なおＭＰも別にカツカツではないので、俺はもう一発【エリアアースヒール】を使って、全員のＨＰを全快しておいた。

状態回復を終えた俺たちは、移動を再開した。

奇妙にねじくれた木々が蔓延《はびこ》る魔獣の森を、新たに一人の女性冒険者を加えた一行が進んでいく。このまましばらく北上していけば、聖王国の領内に入るはずだ。

移動の最中、さっきは機を逸したという様子の女性冒険者が、からからと笑いながら話しかけてきた。

「いやぁ、それにしても本当に助かったよ。ヒュドラに追いかけられたときは、さすがのあたしも今生《こんじょう》の終わりかと思ったね。――っとと、自己紹介がまだだったか。あたしはレベッカ。世界じゅうの秘境を旅する『冒険家』さ」

「冒険『家』？　冒険『者』じゃないんすか？」

弓月がそう問い返す。

俺たちの世界で探索者《シーカー》と呼ばれる存在は、この世界では「冒険者」「騎士」「戦士」「覚醒者」などと呼称されている。

どういうわけか、俺たちの世界の探索者《シーカー》とこの世界の「冒険者」などは、まったく同等の超常的能力を持っているようだ。レベルがあって、ＨＰやステータスがあって、スキルを修得している。俺たちもこの世界では冒険者を名乗っている。

そんなわけで、彼女のような人は「冒険者」と呼ばれるのがこの世界のスタンダードであるはずだが。

弓月の疑問に対して、女性冒険者――レベッカさんはニヤリと笑う。

「よくぞ聞いてくれました！　『冒険者』っていうと、なんかこう、お金を稼ぐための職業って感じじゃん？　あたしの『冒険』は、そういうんじゃないのよ。もっとこう、夢と浪漫《ロマン》にあふれた生き様、みたいな？」

「ふーん。つまりは変人ってことでいいっすかね？」

「あっはっは。だいたい合ってる」

弓月の容赦ないツッコミにも、笑って答えるレベッカさんである。なんというか、さっぱりした性格の人だな。

「で、そういうキミたちは何者だい？　魔獣の森《こんなばしょ》にいることといい、若さに似合わない強さといい、ただ者には見えないけども」

「何者、と聞かれても困るんですが――」

俺はレベッカさんに、自分たちの状況をひと通り話した。

南から旅をしてきたこと、ドワーフ大集落ダグマハルや世界樹を経由してきて、今は聖王国の王都に向かっていること。もちろん異世界から来たことは言わないし、限界突破についても濁しておいたが。

レベッカさんが食いついてきたのは、「世界樹」という単語だった。

「へぇーっ！　キミたち世界樹から来たの⁉　じゃあ世界樹は目の前で見た⁉　人語を喋《しゃべ》る善良なモンスターの楽園があるって本当⁉」

「え、ええ、まあ。ユニコーンと出会って話をしたり、世界樹の中を案内してもらったりしましたね」

「ほかにもピクシーっていう姿が見えない妖精だとか、ケツアルコアトル……だっけ？　翼が生えた大きな蛇みたいなのとか。なんかいろいろいたよね」

「いいなあーっ！　実はあたしも、この魔獣の森に来たのは、世界樹をこの目で見るためだったんだ。でも世界樹の森って、善良な人間しか入れないっていうじゃん？　あたしは善良だからいいとして、ほかの冒険者を連れてると無理かなと思ってさ。だから女は度胸って思って、一人で来てみたらこのザマよ。いやあ、失敗失敗。まさかヒュドラに遭遇するとはね」

「世界樹の森って、善良な人間しか入れないんすか？　それ初めて聞いたっす」

「え、マジで？　わりと有名な話だよ」

レベッカさんの話によると、世界樹の森には不思議な力が働いていて、邪悪な人間は近付けないようになっているらしい。世界樹に向かって歩いているつもりでも、なぜか魔獣の森で永久に迷い続けたりするんだとか。

俺たちが街で情報収集したときにはそんな話は聞かなかったから、ちょっと驚きだ。最悪、行こうとしても無駄足になった可能性もあったのか。

しかし相変わらず、善良だとか邪悪だとか不思議な力だとか、ふわっふわした概念が横行している世界だな……。

なんて思っていると、レベッカさんがすすすっと俺の横ににじり寄ってきた。ニヤニヤ笑って、俺の耳元でこうささやきかけてくる。

「ところで少年、見たところ両手に花のパーティみたいだけど、そのあたりはどうなんだね？　んん？　どっちかと『いい仲』なのかな？　お姉さんに話してみ？」

「あー、えっと……」

いきなり距離感が近い人だな。吐息が吹きかかってきて、さすがにちょっとドギマギしてしまう。

ていうか俺ももう、「少年」なんて呼ばれるような歳でもないと思うのだが。あと「二人とも」と答えたら、どういう反応をされるのか——

　などと思っていると、俺の右腕がぐいと引っ張られた。レベッカさんがいるのは俺の左側なので、反対側にだ。

　さらにその腕に、ふにょっとやわらかい布越しの感触が押し当てられる。

　見ればちょっと拗《す》ねたような表情の風音さんが、俺の腕に抱きついてきていた。

「むーっ。大地くん、浮気《うわき》はダメ」

「えっ……？　い、いや、そういうわけじゃ……」

「分かるんだよ。大地くん今、ドキドキしてた。大地くんがドキドキしていいのは、私と火垂ちゃんだけ」

「あー……はい、すみません……？」

　何、超能力？　顔に出てた？　ていうか「ドキドキするな」は、さすがに無理では？

　などと思うが、俺に発言権はおそらくない。

　見れば弓月も、俺とレベッカさんの間に入って腕を広げ、バリケード役を演じていた。

「ダメっすよ、おねーさん。先輩はうちと風音さんのものっす。手出しは禁止っす」

「あー、そういう感じなの？　少年、かわいい顔して、隅に置けないなあ」

　レベッカさんは両手を上げ、風音さんや弓月に向かって、抵抗の意志はない旨のアピールをしていた。

　と、そんなあれやこれやの話をしながら、魔獣の森を歩いていくことしばらく。

　やがて森が途切れ、視界が開けた場所に出た。

そこは小高い丘の上だった。眼下には牧草地らしき草原が広がり、その先には麦畑に囲まれた村の姿が見える。

時刻は夕刻を過ぎていて、見上げた先に広がるのは、藍色が混ざった夕焼け空だ。

「やーっ、生きて人里に帰れた！　少年たちのおかげだよ。さあさあ諸君、あの村に行ってエールで一杯やろう。死にそうになった後の一杯はうまいぞー♪」

レベッカさんはルンルンとした足取りで、丘を下っていく。

俺たちは互いに顔を見合わせ苦笑しつつ、彼女のあとを追いかけていった。

＊＊＊

たどり着いた村は、聖王国内の村落の一つだった。

この世界には、厳密な意味での国境はないようだ。なんとなく国の領土に入ったら、そこはもう隣の国なのだ。

まあ世界樹方面から来る人なんて普通はほとんどいないわけで、そういう意味でも入国審査らしきものを受ける機会がなかったのだが。それでも別に、密入国とかにはならないらしい。

村に入った俺たちは、よそ者だからといって特に迫害されるようなこともなく、宿や食事の場を無事に確保することができた。

文化の違いのようなものも、あまり見受けられなかった。人々の暮らしぶりなども、これまでにいた国——ザンドルト王国というらしい——との大きな違いは感じられない。

ただ特徴的な部分も、ないわけではなかった。

村に着いてすぐ、レベッカさんのおごりで、酒場で晩餐《ばんさん》を行ったときのことだ。

俺と、ペットサイズに小型化したグリフォン（これもスキルの力である）、風音さん、弓月、レベッカさんは、丸テーブルを一つ占拠して料理や飲み物を注文し、さあこれから楽しもうというテンションだった。

だがその時、近くのカウンター席で飲んでいた一人の中年男が立ち上がり、俺たちのほうに向かって歩み寄ってきた。かなりの泥酔状態のようで、絵に描いたような赤ら顔と千鳥足だ。

そいつは俺たちのすぐ近くまでやって来ると、こんな風に因縁《いんねん》を吹っ掛けてきた。

「おい、お前ら冒険者だろ？　見りゃあ分かるぜ。聖騎士のなりそこないどもがよぉ……ヒック」

「お、おい、やめろよ！　殺されたらどうすんだ！」

一緒に呑んでいた連れの男が、慌てて止めようとするが、泥酔男はそれを乱暴に振り払う。

「うるせぇ！　冒険者が怖くて畑が耕《たがや》せるかってんだ！　……ん？　でもこっちの坊主と嬢ちゃんたちは、ちぃと聖騎士っぽい面構えしてんな。おい坊主たち、ひょっとして聖騎士か？　聖騎士勲章《くんしょう》はどうした」

「何すか、おっちゃん？　うちら別に、聖騎士とかじゃないっすよ。旅の冒険者っす」

「あぁん、旅の冒険者ぁ……？　あー、分かった分かった、皆まで言うな。まだ若《わけ》ぇから、これからってわけだな。坊主も嬢ちゃんも、これから頑張って聖騎士になって、お国のためにしっかり働くんだぞ……ヒック」

弓月の返答に、話が通じているのかいないのか分からない言葉を返してくる泥酔男。酔っぱらい、面倒くせぇ……。

だが泥酔男はその後、連れが止めるのも構わずに、レベッカさんをぎろりと睨《にら》みつける。

「けどねーちゃん、お前は違うよなぁ？　お前は聖騎士になれなかった、落ちこぼれのろくでなしだろ？　見りゃ分かるんだぜぇ……ヒック」

「…………」

レベッカさんは関わるつもりもないというように、知らん顔でジョッキのエール酒を呷《あお》っていた。

それを見た泥酔男は、さらにレベッカさんに詰め寄り、食って掛かる。

「おい女ぁ、何をすまし顔してやがんだ。聞いてんのか？　お前だよお前」

「だ、だからやめろって！　マジで殺されるぞ！　へへっ、すいませんね。こいつ、ちょいとばかり酒癖が悪くって」

連れの男が愛想笑《あいそわら》いを見せながら、泥酔男を羽交い絞めにして引きずり戻した。

泥酔男は大声で叫んで暴れようとする。

「なんだよ、俺ぁ本当のことを言ってるだけだろうがよ！　くそっ、何が冒険者だ、落ちこぼれのくせに偉そうに！　放せ、放せよこの野郎！」

「いいから行くぞ、バカ！」

「バカとは何だ！　俺ぁなあ、この国の未来のことを憂いて——」

「バカだからバカっつったんだ！　お、女将《おかみ》、お勘定！」

連れの男は会計を済ませると、泥酔男を引きずって慌てた様子で酒場を出ていった。

びくびくとした様子で見ていた周囲の人々が、ホッと安堵した様子を見せる。

酒場は元通りの様子を取り戻した。

だが注意深く見れば、あちこちのテーブル席やカウンター席から、俺たちのほうをチラチラと見る視線を感じ取ることができた。まるで腫《は》れ物《もの》を扱うかのようだ。

やがて酒場の女将がやって来て「す、すまなかったね、あんたたち。これはサービスだよ」と言って、つまみを一品、余計にテーブルに置いていった。置くときの手が、ちょっとだけ震えていた。

女将が足早に去っていった後、事態を静観していた風音さんがレベッカさんに聞いた。

「この国では、冒険者って嫌われているんですか？」

一方のレベッカさんは、鶏肉《とりにく》のバターソテーをつつきながら、何気ない様子で答える。

「まぁねー。嫌われているっていうか、ならずもの扱いっていうか……ま、あんまりいい印象は持たれてないね。あたしは一応この国の育ちだから、よその国に行って、冒険者に対する偏見の目がないのには逆にびっくりしたよ」

「あの酔っぱらい、『聖騎士』がどうとか言ってたっすよね？」

弓月がそう聞くと、レベッカさんはこくりとうなずく。

「この国の『聖騎士』ってのは、経験を積んだ冒険者のうち、国の試験で人格と実力が認められたやつだけに与えられる名誉職でね。聖騎士になれない冒険者は、人格が認められないろくでなしか、実力が認められない落ちこぼれの烙印《らくいん》を押されるってわけ。よその国での騎士と冒険者はここまで露骨じゃないと思うけど、お国柄かねぇ」

そこまで感傷的な雰囲気で言ってから、レベッカさんは一転、パッと笑顔を作った。

「けど、気にしない気にしない♪　今日は命を助けてもらったお礼に、あたしのおごりだからさ。じゃんじゃん飲んで食べてよ。ささっ、楽しくやろう」

確かに、不愉快な話を続けていてもつまらない。お言葉に甘えて、しっかりご馳走《ちそう》になって楽しむことにした。

その後は普通に宴会《えんかい》だった。大衆的なお店ながらも料理はおいしく、特に豚肉の香草焼きは絶品だった。

そのうちに風音さんとレベッカさんが意気投合して、お酒をパカパカ飲んで盛り上がりはじめた。でもレベッカさんはお酒に強いらしく、風音さんは別に強くはない。風音さんはわりとすぐにへべれけになって寝入ってしまった。

するとレベッカさんは、今度は俺に絡んできた。俺の肩に腕を回してきて、近い距離で陽気に話しかけてくる。上半身はほとんどシャツ一枚の格好で、おっぱいが大きい。あといい匂いがした。だからドキドキするなと言われたって無理だって。

でも風音さんは潰れているからバレないか――などと思っていると、目が据わった弓月が無理やり間に割って入ってきて、レベッカさんから俺を引きはがした。

それから弓月は、レベッカさんに向かって威嚇《いかく》の唸《うな》り声《ごえ》をあげた。本人は虎やライオンのつもりなのだろうが、俺には仔猫《こねこ》かチワワのように見えた。レベッカさんは「あはは、ガード堅いなぁ」などと言ってけらけらと笑っていた。

ちなみに本物の猛獣らしきもの（小型化中）はというと、テーブルの上に乗って果実酒に口をつけ、頬《ほお》を赤らめた顔で「クピッ、クピッーッ♪」と嬉しそうな声をあげていた。

そうか、お前も飲むのか……。

そんなこんなで夜を過ごした俺たちは、翌朝、宿のベッドの上で目を覚ました。

もちろんレベッカさんは別の部屋だ。

寝起きの風音さんは、飲み過ぎのせいか頭が痛そうにしていた。

そんな風音さんに、弓月が昨晩あったこと――「先輩がレベッカさんに絡まれて満更でもなさそうだったっす」とは弓月の談だ――を告げ口すると、風音さんは拗ねたような少し怒ったような目で俺を見てきた。

それから風音さんは、「ん」と言って俺に向かって両腕を広げてみせてきた。

俺はこれでいいのかなと思いつつ、恐る恐る風音さんに近付いて、抱きしめた。

風音さんは「えへへー、よろしい♪」と言って、ぎゅっと抱き返してきた。機嫌が直ったようだ。よかった。

ちなみに弓月にも同じことを要求されたので、同じことをした。

俺に抱きついた告げ口チワワは、「にへへっ」と笑って、すごく嬉しそうだった。かわいいので許そうと思った。

それから俺たちは宿で朝食をとると、村を出て王都に向かって街道を進んでいく。レベッカさんも一緒だ。

村から王都までは、徒歩で半日ほどの道程らしい。

元の世界への帰還までは、あと７７日だ。

第二章

朝食後に村を出立した俺たちは、王都へと向かって街道を北上した。

レベッカさんも同行している。理由はなぜだかよく分からない。

世界樹《せかいじゅ》に行くんじゃなかったのかと聞くと「もう懲《こ》りたからしばらくはいいや」と言う。だいたい気分で動いている人っぽいので、動機を気にするだけナンセンスだろう。一緒にいても害はないだろうし、やりたいようにやらせておけばいいかと思う。

そう、一緒にいても害はない——と思うのだが。

「フシャーッ！　レベッカさんは先輩に近付いちゃダメっすからね！」

「えーっ、ひどいなぁ。あたしも少年をイジリたいのに。抱き着いたらすぐに赤くなって、かわいいんだよ？」

「だからダメだって言ってるんです！　大地《だいち》くんもだよ。レベッカさんには必要以上に近付いたらダメ。分かった？」

「えーっと……まあいいですけど、俺の意志は」

「大地くん、意志弱いじゃん。すぐにデレデレするじゃん。浮気《うわき》を心配するこっちの身にもなってよ」

「……はい」

麗《うら》らかな日差しの下、のんびりとした風景の中の街道を歩きながら、そんな話をする俺たち。牧草地で飼われている山羊《やぎ》が、メェーと鳴き声をあげた。

俺から見ればレベッカさんに害はないと思うのだが、風音《かざね》さんと弓月《ゆづき》は、今や彼女を大いに警戒していた。

ちなみに通りがかりの馬車の御者台にいた商人が、「チッ、ハーレム野郎が。羨《うらや》ましいったらねぇぜ」などとつぶやいて通り過ぎていくこともあった。

いったいいつから、こんなことになったのだったか。ほんの数ヶ月前までは、俺はボッチだったはずなのだが。

まあ、探索者《シーカー》になってからだな。未《いま》だにときどき夢の中にでもいるんじゃないかと思うときがあるが、どうやらこれが俺の今の現実らしい。

そんな探索者《シーカー》としての俺たちの実力も、この世界に来る前には想像もできなかったぐらいに上がっている。

今の俺と風音さん、弓月のステータスはこんな具合だ。

六槍《むそう》大地
レベル：４１（＋４）　経験値：６３７６３４／６３７８６８
ＨＰ：３２０／３２０（＋６１）　ＭＰ：２８０／２８０（＋５６）
筋力：３５（＋３）　耐久力：４０（＋３）　敏捷力《びんしょうりょく》：３０（＋３）

魔力：35（+3）

スキル：【アースヒール】【マッピング】【HPアップ（耐久力×8）】（Rank up!）

【MPアップ（魔力×8）】（Rank up!）【槍攻撃力アップ（+26）】

【ロックバレット】【プロテクション】【ガイアヒール】【宝箱ドロップ率2倍】

【三連衝】【アイテム修繕《しゅうぜん》】【命中強化】【グランドヒール】【翻訳】【隠密《おんみつ》】

【ロックバズーカ】【回避強化】【アイテムボックス】【テイム】

【ストーンシャワー】【重装備ペナルティ無効】【エリアアースヒール】（new!）

【トンネル】（new!）

残りスキルポイント：0

小太刀《こだち》風音
レベル：41（+4）　経験値：6239226／6378868
HP：240／240（+51）　MP：180／180（+12）
筋力：30（+3）　耐久力：30（+3）　敏捷力：50（+4）
魔力：30（+2）
スキル：【短剣攻撃力アップ（+32）】【マッピング】【二刀流】【気配察知】
【トラップ探知】【トラップ解除】【ウィンドスラッシュ】【アイテムボックス】
【HPアップ（耐久力×8）】（Rank up!）【宝箱ドロップ率2倍】
【クイックネス】【ウィンドストーム】【MPアップ（魔力×6）】

【二刀流強化】【回避強化】【翻訳】【隠密】【トラップ探知Ⅱ】
【二刀流強化Ⅱ】（new!）【ゲイルスラッシュ】（new!）
【レビテーション】（new!）
残りスキルポイント：0

弓月火垂《ほたる》
レベル：４３（＋６）　経験値：７３２３０１／８１３０３２
ＨＰ：２４８／２４８（＋５９）　ＭＰ：５６０／５６０（＋１２６）
筋力：２６（＋３）　耐久力：３１（＋４）　敏捷力：３６（＋４）
魔力：７０（＋８）
スキル：【ファイアボルト】【ＭＰアップ（魔力×８）】（Rank up!）
【ＨＰアップ（耐久力×８）】（Rank up!）
【魔力アップ（＋１８）】（Rank up!×2）【バーンブレイズ】
【モンスター鑑定】【ファイアウェポン】【宝箱ドロップ率2倍】
【アイテムボックス】【フレイムランス】【アイテム鑑定】
【エクスプロージョン】【翻訳】【弓攻撃力アップ（＋１０）】（Rank up!）
【トライファイア】（new!）
残りスキルポイント：0

数値上昇の比較対象は、一週間ほど前、ドワーフ大集落ダグマハルにあって炎と氷のダンジョンに向かう前のステータスだ。

また４１レベルで修得可能スキルリストが更新され、各自が新技を修得したり、単純戦力の大幅アップを果たしたりしていた。

けどもう、全員が４１レベル超えか。

俺たちの世界では、武具店のオヤジさんが４６レベルだと聞いた覚えがある。しかもそれで、日本で十本の指に入る実力者だという話だった。

これまでも薄《う》っすら思っていたけど……この限界突破イベント、ひょっとしてかなりヤバいやつなのではないか？　残り７７日だから、まだ四分の三以上の日数が残っているわけで。それともここから先のどこかで、レベルアップに必要な経験値の曲線が、ぐいっと大きく曲がったりするんだろうか。

いや、何にせよ油断をしないことだ。日本に生きて帰れなければ、上げたレベルも俺たちの人生も、そこで全部お終《しま》いになる。

そんなのは嫌だ。絶対に嫌だ。風音さんや弓月と一緒に、無事に元の世界に帰るんだ。

俺はそう、決意を新たにした。

ただ目下のところ、俺たちの前に、大きな危険が現れる様子はない。牧歌的な風景の中、俺たちは街道を踏みしめ、歩みを進めていく。

太陽が真上にのぼった頃には、木陰《こかげ》でピクニックよろしく、買ってきたサンドイッチや飲み物などを広げてランチタイムを満喫した。

そして昼食後、さらに三時間ほど歩いた頃に、ようやく王都らしき街の姿が見えてきた。

遠目に見ても、これまでに訪れたどの街よりも大きいことが分かる。街をぐるりと囲う石壁の高さもまた相当なもので、人の背丈の三倍をゆうに超えていた。

街道が石壁とぶつかる場所に門があって、門番が出入りの人のチェックをしている。街の奥のほうには立派なお城の姿もあり、石壁の上からその上部をうかがうことができた。

やがて俺たちは、街道を進んでいって、街の門をくぐった。

冒険者ということで多少の警戒の目は向けられた。でもレベッカさんが門番と顔見知りだったようで、その口添えもあり、入市税を払えば無事に街の中に入ることができた。

「問題は起こすなよ」と軽く注意の声をかけられた程度だ。

そして、門をくぐると——ピコンッ。

ミッション『人口３万人以上の街に到達する』を達成した！

パーティ全員が１００００ポイントの経験値を獲得！

新規ミッション『人口１０万人以上の街に到達する』（獲得経験値２００００）が発生！

六槍大地が４２レベルにレベルアップ！

現在の経験値
六槍大地……６４７６３４／７２０２９８（次のレベルまで：７２６６４）
小太刀風音……６３３９２６／６３７８６８（次のレベルまで：３９４２）
弓月火垂……７４２３０１／８１３０３２（次のレベルまで：７０７３１）

　街に入ったところで、ミッション達成の告知が出た。よしよし、順調にミッションを消化しているな。

　一方で、レベッカさんは俺たちに向かって、にひーっと笑いかけてきた。

「ほら、あたしが一緒にいてよかったでしょ？　少年たちだけだったら、門番《あいつ》にもっと足止めされてたかもよ？　ほら、たくさん感謝してもいいんだよ？」

「しょうがないなぁ。じゃあレベッカさんが大地くんに色目を使ったことは、これで許してあげます」

「そっすね。大サービスっすよ」

「ホントッ!?　じゃあまた少年に抱き着いても――」

「「それはダメ！」」

「えーっ!?」

　一瞬だけしょぼーんとした表情を見せてから、すぐにけたけたと笑うレベッカさん。

　風音さんと弓月は、俺の前に立ってバリケードを張り、「フシャーッ」とか「ギニャーッ」とか言いながら警戒の色を見せていた。

俺はご褒美か何かなのかな？　知らないうちに俺の価値が上がりすぎでは？

なんてことがありつつも、俺たちは街中の目抜き通りを歩きはじめた。

人でごった返した賑《にぎ》やかな通りを、道行く人にぶつからないように進んでいく。

俺たちがこの街に来た目的は、ここの王様――八英雄の一人・聖王エルドリックに、ユニコーンからの言《こと》づてを伝えることだ。

どこに行けば王様に会えるかというと、まあ、あのお城だろうな。

お城に行ってみて、そのあとは……とりあえず、当たって砕けろしかない気がする。

でもせっかく隣にいるから、レベッカさんにも聞いてみるか。

「レベッカさん。俺たち、王様に会って伝えたいことがあるんですけど、どうしたらいいですかね」

特に湾曲《わんきょく》した言い方も思いつかなかったので、ストレートに聞いてみた。

レベッカさんは立ち止まり、きょとんとした様子を見せる。

「王様って、聖王エルドリック様に？　え、少年たち、やっぱり何者？」

「いえ、別に王様と面識があるとかじゃないんですが。世界樹の森のユニコーンから、この王様に伝えてほしいことがあると言われまして」

「ユっ……!?　ユニコーンから、聖王様に言づて!?」

レベッカさんは大声で叫んでしまってから、自分の手で慌てて口をふさいだ。

おそるおそる周囲を見回したが、通りは喧騒《けんそう》であふれていて、レベッカさんの声がさほど目立った様子はなかった。

ホッと安堵《あんど》の息をつきながら、俺たちは再び目抜き通りを歩き始める。

「な、何だか分からないけど、やっぱり少年たちが特別な存在だってことはよく分かったよ。……といっても、あたしも王様にコネとかあるわけないし。んー、とりあえずお城に行ってみようか。近道を知ってるからついてきて」

レベッカさんはそう言って、するりと大通りの横手の細道に入っていく。

俺たちもまた、それを追いかけていった。

＊＊＊

レベッカさんを追いかけて、横道に入っていく。

細い路地をくねくねと曲がりながら進んでいくと、やがてスラム街のような場所に出た。

いや、スラム街というより、これは――

「はぁーい、お兄さん、ちょっと遊んでいかニャ～い？」

「お兄さんかわいい顔してるから、サービスするニャよ～」

いかがわしい店が並ぶ通りだった。道端に立つ露出度の高いお姉さんたちが、次々と声をかけてくる。

しかもそのお姉さんたちは、決まって猫耳や猫の尻尾《しっぽ》を生やした獣人だった。

耳や尻尾を除けば、ほとんど人間と変わらない容姿をしている。言ってはなんだが、単なるコスプレと区別がつかない。ただ揃《そろ》って肉感的な体つきで、胸とお尻が大きく、腰はキュッとくびれていた。

まあ体型はともかくとして。風音さんや弓月に、ああいうコスプレをしてもらったらかわいいだろうな、と思った。

脳内にもやもやっと妄想映像が浮かぶ。猫耳や猫尻尾をつけて、にゃーんとポーズをとる二人の姿。……ヤバい、めちゃくちゃかわいい。

「……ちょっと、大地くん。またデレデレしてる」

「ほんっと節操ないっすね先輩は。特におっぱいが大きい人に弱いっす」

「い、いやいや、違うって！　これは誓って違います！」

「えーっ。じゃあなんでニヤニヤしてたの？」

「それは、その……風音さんと弓月が、ああいうコスプレをした姿を想像して……」

後半部は、ボソボソと小声になってしまった。顔が熱い。

風音さんと弓月は、二人で顔を見合わせ、きょとんとした様子を見せる。

それから両者、くすっと笑った。

「もう、大地くんったら～」

「しょうがないっすね先輩は。元の世界に帰ったら、やってもいいっすよ。確かそういうの、どこかに売ってるっすよね？」

「私も私も。なんだか楽しそう」

「ほ、ホントですか!?　やった！」

元の世界に帰りたい理由が一つ増えた。絶対に生きて帰ってやる。

「おーい少年たち～、こっちこっち」

「「あ、はい」」

先を行くレベッカさんに呼ばれて、俺たちは慌てて後を追いかける。レベッカさんはあきれ顔だった。

「少年はホント、女性の誘惑に弱いねぇ」

「い、いや、だから今のは違いますって。――それにしてもここ、獣人、それも猫耳族《ねこみみぞく》の人ばかりでしたね」

俺は強引に話題を変えていくことにした。

客引きに立っていた彼女らは、確か「猫耳族」と呼ばれる種類の獣人だったはずだ。

獣人種にはほかにも「狼牙族《ろうがぞく》」や「虎人族《こじんぞく》」などがいると記憶しているが。

「そりゃあね。猫耳族の女性は、十五歳で成人したあたりから十年以上、ずーっと発情期だって話とか知らない？」

「え、初耳です。ていうか発情期って……」

「少年たちもそうさね。あたしが会ってから、ずーっと発情期。にははははっ」

「「…………」」

い、言い訳できねぇ……。レベッカさんの前でも、いつもの調子でまあまあイチャイチャしていた気がするし。

「で、でもうちら、交尾とかはそんな節操なくやってないっすよ！」

「落ち着け。そして交尾とか言うな」

弓月の後頭部に、帽子越しにチョップを入れる。弓月は顔を真っ赤にして恥ずかしがり、三角帽子《さんかくぼうし》のつばを下げてうつむいた。そこで恥ずかしくなるなら、なぜその言葉を使ったのかと問い詰めたい。

見れば風音さんの頬《ほお》も赤くなっていたし、多分俺も同じだ。

そんな俺たちの姿を見たレベッカさんは、大きくため息をついた。

「ま、それは冗談としても。猫耳族のは種族的なものだからね。趣味と実益を兼ねて娼婦《しょうふ》をやってる人は多いんだよ。特にこの国だと、猫耳族は表の世界じゃちょっと暮らしにくいしね」

「表の世界では暮らしにくい……ですか？」

「そ。見られ方としてはあたしら冒険者と似たようなもんだけど、力がない分だけ扱いはもっとひどいかな。だから表の仕事をやってる猫耳族は、そんなに多くないんだ。『聖王国』なんて名前が付いてても、いろいろ歪《いびつ》だよね～」

つまり差別とか迫害とか、そういう類《たぐい》なんだろうか。

だとしてもそのあたりは、よそ者の俺たちが、あまり踏み込むのもなぁと思う。

異文化の地に来て、「この間違った世界を変えてやる！」なんてやるのも、逆にヤバい人だと思うし。猫耳族の友人でもいれば、もう少しウェットになるのかもしれないけど。

そんな感じでいかがわしい通りを抜けて、また細道に入っていく。

先と同じように、くねくね曲がりながら細道を進んでいくと、やがて清潔感のある大通りへと出た。最初の目抜き通りと同じぐらいに人でごった返していて、視界に入る人々の身なりもしっかりしている。

通ってきたルートは確かに近道だったようだ。この大通りをまっすぐに進むと、すぐにお城に行き着くという場所までやってきていた。

レベッカさんについて、そのまま通りを進んでいくと、やがて大きな橋の前にたどり着いた。街とお城の間を区切るように流れる川があり、その上に架かった橋だ。

橋を渡って、緩やかな坂道をしばらく登っていくと、ようやく城の全景を目視できる場所までやってきた。

城は高い城壁に囲われている。城壁の周囲には堀が張り巡らされ、城門前には跳ね橋が架かっていた。

開放された城門には、二人の門番が立っている。遠目にも、彼らが俺たちを不審げに見ているのが分かった。門番たちは二人とも、熟練の覚醒者のようだ。剣や槍、盾、鎖かたびらなど、思い思いの武装で身を固めている。

門番の人相が確認できるぐらいの距離まで来たところで、レベッカさんが声をあげた。

「おっ、ジェラルドじゃん。いいところに」

「レベッカさん……？」

門番のうち一人が反応した。年長の門番と若い門番がいて、若い方だ。それでも俺たちよりはおそらく年上で、二十代前半から中頃ぐらいに見える。

それにしてもレベッカさん、顔が広いな。本当に、いてくれて良かったかもしれない。

無造作に進んでいくレベッカさんに続いて、跳ね橋を渡っていく。

だが橋の過半を渡ったあたりで、レベッカさんと顔見知りの若い門番から「待ってください」と声がかかった。

「王城に何の用ですか、レベッカさん。連れている人たちも冒険者のようですけど」

少し警戒しているようだ。レベッカさん、顔が広いと思ったが、別にものすごく信用されているわけでもないらしい。

「んー、何の用かと言われると――はい、少年。バトンタッチ」

「えっ……？　あ、はい」

レベッカさんは俺の後ろに回って、背中を押してきた。

あまり心の準備ができていなかったが、俺はひとまず、門番に事情を話してみることにした。

＊＊＊

「世界樹の森に棲《す》む、ユニコーンからの言づて、ですか……？」

王城の門前。俺がひと通りの事情を話すと、門番の二人は困惑した様子を見せた。

門番たちは何かを話し合ったあと、年長のほうが奥に引っ込んでいく。

俺たちは、この場でしばらく待つよう言い渡された。素直に従うことにする。

とはいえ待ち時間は暇だ。雑談よろしく、若い門番にレベッカさんが話しかけた。

「でも久しぶりだね、ジェラルド。聖騎士の仕事はどう？　お堅いあんたには水が合いそうだけど」

「そう単純でもないですよ。いろいろあります」

「へぇー。けど似合ってるよ、その聖騎士勲章《くんしょう》」

若い門番の左胸には、太陽を連想させるデザインの勲章が着けられている。

確かもう一人の門番も、同じものを身に着けていた。あれが聖騎士勲章と呼ばれる代物らしい。

「レベッカさん。あなただって、もっと真面目《まじめ》になって素行を正せば、聖騎士になることもできるでしょうに」

「あたしはそういうの向いてないんだって。冒険家としてふらふらしているほうが性に合ってるの」

「はあ。相変わらずですね」

「そっちもね」

この二人はどうやら旧知の仲らしい。聞いてみると、昔の冒険者仲間だったとのこと。

一年ほど前にジェラルドさんは国の試験に合格し、名誉職である聖騎士になった。一方のレベッカさんは、未《いま》だに冒険者のままふらふらしている——と、そういうことらしい。

だがそこで、ジェラルドさんは「ごほん」とわざとらしく咳払《せきばら》いをした。

「でも、それならレベッカさん。あまりこういうことは言いたくないのですが——僕は聖騎士で、レベッカさんは冒険者です。敬意を払う素振りだけでもしてください。一般人の前でやられたら、聖騎士として示しがつきません」

そう言われたレベッカさんは、口をへの字に曲げた。それから一度ため息をついて、こう返した。

「へーい。分かりましたよ、ジェラルドさん」

「よろしい。では冒険者レベッカ、以後、態度は慎《つつし》むように」

「……やっぱあんた、ちょっと変わったわ」

「冒険者の頃のままというわけにはいきませんよ」

わずかだけ、ピリッとした空気が流れた。面倒くさそうな関係だなぁと思った。

あと聖騎士ってのはそんなに偉いのかねと、俺自身がちょっと反感を持ってしまった。

冒険者は聖騎士に対して、へりくだっていなければ示しがつかない——それは見方を変えれば、冒険者は聖騎士よりも社会的地位が低い、見下される存在であり続けなければならないということだ。

そう言っていることに、自覚があるのかないのか。いずれにせよ、ああいった権威を振りかざすような態度は、あまり好きにはなれないなと思った。

しばらくすると、城の奥に引っ込んでいった年長の門番が戻ってきた。

それに加えてもう一人、聖騎士勲章を身に着けた覚醒者らしき男が、一緒に門前までやってきた。精悍《せいかん》な顔つきで、歳《とし》は四十ぐらいに見える。勲章のデザインがほかの二人とは微妙に違って、より豪奢《ごうしゃ》な雰囲気のものだった。階級が上なのだろうか。

だが、それよりも気になったのは——

風音さんが、俺の耳元でささやいてくる。

「……大地くん。あの人」

「ええ。限界突破していそうですね」

その人物から伝わってくる「圧」が、並の冒険者とは一線を画していた。

明らかに２５レベルではない。おそらくは俺たちと同じぐらいか、ひょっとすると少し上――４０レベル台後半ぐらいかもしれない。

だが驚いた様子を見せたのは、俺たちだけではなかった。やってきたその男は、俺、凪音さん、弓月を順に見て、目を丸くする。

まあ、それはそうなるか。俺たちが相手の圧の強さでなんとなくレベルが分かるのだから、向こうだって同じことだ。相手が自分より大幅に上だと、不思議な感じがするだけで、よく分からないんだけどな。

男は、わずかに黙考する仕草を見せてから、俺たちに向かってこう伝えてきた。

「キミたちは世界樹の森に棲むユニコーンからの遣《つか》いと聞いた。私は聖騎士団長のベネディクトだ。キミたちがただ者でないことは一目見れば分かる。ついて来たまえ。国王には私から話を通そう」

そう言って、聖騎士団長を名乗った人物は、城の方へと向かって進んでいく。

ついて来いと言われたので、俺たちも門をくぐって、あとを追うことにした。

「じゃ、あたしはこの辺で。じゃあね～、少年たち」

レベッカさんはそう言って、街のほうへと向かって立ち去っていった。

なんやかんやで、いろいろお世話になった。俺たちは軽く頭を下げてレベッカさんを見送ってから、聖騎士団長のあとを追いかけていった。

＊＊＊

聖王国王都の王城は、かつて訪れたフランディル伯爵家《はくしやくけ》（アリアさんの家）の城と比べて、はるかに立派なものだった。規模も大きければ、権威を示す意匠《いしょう》にも凝っている。

城の前庭では、聖騎士勲章を身に着けた熟練の覚醒者たち数人が集まって、チャンチャンバラバラと稽古《けいこ》をしていた。

聖騎士団長のベネディクトさんが近くを通ると、聖騎士たちは稽古の手を止め、敬礼をしてきた。ベネディクトさんはそれを手で制し、気にせず続けるよう指示する。

俺たちには、団長と一緒にいるあの冒険者たちは何者だ、という目を向けられた。ただの限界突破中の異世界転移者です、などと心の中で思いながら通り過ぎる。

前庭を抜けると、王城の中へと入っていく。

立派な城内をきょろきょろしながらついていくと、応接室に案内された。しばらく待つよう言い渡して、ベネディクトさんは去っていく。

それから少しした頃のことだ。俺たち三人が、権威的な調度品や神像などが飾られた豪奢な応接室でそわそわしていると、入り口の扉がノックされた。

「失礼しますニャ」

部屋に入ってきたのは、獣人――猫耳族の少女だった。手には、ティーカップと茶菓子が載せられたお盆を持っている。

パッと見で、とてもかわいらしくて魅力的な子だなと思った。見た目の歳は、人間だったら十七歳ぐらいか。ふわふわとしていて、ややクセのある栗色《くりいろ》の髪。ぱっちりとしたつぶらな瞳、口元から覗《のぞ》くかわいらしい八重歯。触りたくなるような猫耳と、愛らしく揺れる猫の尻尾。幼さを残しながらも肉感的な肢体《したい》は、動きやすそうな衣服で覆われている。

獣人の少女は、丁寧な動作で茶菓子などをテーブルに置いていく。その胸には聖騎士勲章が輝いていた。

俺が半ば見惚《みと》れるようにして少女の姿を見ていると、左右からほっぺたがつねられた。

「ちょっと、大地くん」

「先輩、鼻の下が伸びてるっすよ」

つねってきたのはもちろん、ジト目になった風音さんと弓月である。

最近、嫁たちのチェックが厳しい。そんなに信用できないかな俺。できないか。できないな、うん。何しろ俺も自分を信用できない。

「……？　どうかしましたニャ？」

「う、ううん、何でもないよ。お茶とお茶菓子、ありがとう」

不思議そうに見てくる獣人の少女に、風音さんが笑って受け答えする。

獣人の少女は、微笑《ほほえ》みを返した。

「もうしばらくお待ちくださいニャ。急ぎの謁見《えっけん》が済み次第、皆さんをお呼びしますニャ」

獣人の少女はそう言って、丁寧に頭を下げる。俺たちもまた自然とお辞儀を返した。

でも俺は少し、違和感を覚えていた。

目の前の獣人の少女もまた、実力ある熟練の覚醒者に違いない。まだ若そうだけど、25レベルに達していると思う。それに加えて、身に着けている聖騎士勲章も見れば、この子が「聖騎士」なのだろうとは容易に想像がつく。

だというのに――

「聖騎士って、こういう応接とかの仕事もするんですね」

俺は獣人の少女に、そう聞いてみた。

この城には、メイドや執事といった使用人の姿も見受けられる。こういう小間使いのような仕事を、権威的に扱われている聖騎士が行うことは、少し不思議に思えた。

すると獣人の少女は、一瞬だけ憂いの表情を見せてから、すぐに明るさを演じるような笑顔を浮かべる。

「ほかの聖騎士は、やらないと思いますニャ。私は……まだあまり、聖騎士の一員として認めてもらえていないのかニャって。でもあきらめずに頑張っていれば、きっといつか認めてもらえますニャ！」

ぐっと拳《こぶし》を握る獣人の少女。それからぺこりと頭を下げて、応接室を出ていった。

彼女が出ていった扉を見つめて、弓月がつぶやく。

「いじめか何かっすかねぇ。猫耳族の女性は表の世界では生きづらいとか何とか、レベッカさんが言ってたっすけど」

俺も似たようなことを思っていた。やっぱりどこの世界も世知辛《せちがら》いなぁと思った。

それからしばらく、お茶と茶菓子をご馳走《ちそう》になりながら待っていると、やがて別の使いの人が呼びに来た。俺たちは謁見の間へと通されることになった。

＊＊＊

謁見の間は、いかにもといった雰囲気の部屋だった。

石造りの広間で、天井にはシャンデリア。床には入り口から奥までまっすぐに赤い絨《じゅう》毯《たん》が敷かれている。壁や天井にはさまざまな意匠が凝らされていて、タペストリーや神像なども飾られていた。

まっすぐに伸びた絨毯の左右には、聖騎士勲章を身に着けた近衛《このえ》らしき覚醒者が数人と、その他の重臣と思《おぼ》しき人たちが並んでいる。近衛の中には聖騎士団長のベネディクトさんもいた。

部屋の奥の玉座は、少し高い場所にあった。玉座には王と思しき人物が腰掛けている。

五十絡みのナイスミドルといった雰囲気の男性だ。銀髪碧眼《ぎんぱつへきがん》で、恵まれた体格を持ち、年寄りらしい印象はまったくない。

何よりも、その力だ。覚醒者であることは間違いないが、実力は計り知れないと思った。

八英雄と呼ばれた人たち——ダークエルフのユースフィアさんや、ドワーフのバルザムントさんと似たような印象。

間違いない。あの玉座に座っている人物こそが、八英雄の一人、聖王エルドリックだろう。

謁見の間の入り口をくぐった俺たちは、おそるおそる広間を進んでいく。

風音さんが小声でつぶやいた。

「だ、大地くん、どうしよう。こういうときの作法とか、全然分からない」

「安心してください、風音さん。俺もです」

「とりあえず真ん中ぐらいまで行って、片膝でもついておけばいいっすかね？」

「よし、それでいこう」

アリアさんの父親と会ったときとは、まるで雰囲気が違う。というか、あっちが異常だったのではないか。あれは伯爵家の貴族だったとはいえ、気取らなさすぎだろと思う。

俺、風音さん、弓月の三人は、広間の中ほどまで進んでその場で膝を折り、なんとなくかしこまった。俺が代表して、国王に向かって声を張り上げる。

「ぼ、冒険者ゆえ、このような場での作法を心得ておりません。無礼がありましたら、申し訳ありません」

声が裏返った。あと微妙に嘘《うそ》ついた。冒険者だからじゃないね。

広間にいる人々の間で、わずかな失笑が起こったような気がする。ぐぅ恥ずかしい。

だが失笑はすぐにやむ。玉座の国王が、手で制して黙らせていた。

「礼儀は構わん。私もかつては冒険者だったのだ。それよりも、世界樹の森のユニコーンからの遣いと聞いたが」

声の威厳が凄《すご》い。貫禄《かんろく》が凄い。俺はめちゃくちゃ場違いなところにいる気分になった。

だが臆《おく》してばかりもいられない。俺はユニコーンから聞いた世界樹の異常についての話をした。

話していくうちに謁見の間に騒《ざわ》めきが大きくなっていく。俺が話し終えた頃には、近衛の聖騎士たちや重臣たちは、すっかり動揺していた。

そこを再び、聖王エルドリックが手で制し、場を鎮《しず》める。

王は、よく通る威厳のある声で、俺たちに向かってこう言った。

「話は分かった。確かに由々《ゆゆ》しき事態だ。我が国から各国に使者を出し、対策を考える必要があるな。――ともあれ、ご苦労だった。報奨金をもって旅の労をねぎらおう」

そこで――ピコンッ。いつものアレが来た。

特別ミッション『世界樹の異常を聖王エルドリックに伝える』を達成した！

パーティ全員が３００００ポイントの経験値を獲得！

小太刀風音が４２レベルにレベルアップ！

現在の経験値

六槍大地……６７７６３４／７２０２９８（次のレベルまで：４２６６４）

小太刀風音……６６３９２６／７２０２９８（次のレベルまで：５６３７２）

弓月火垂……772301／813032（次のレベルまで：40731）

ミッション達成だ。かけた日数と比べて満足できる経験値ではない気もするが、贅沢《ぜいたく》になりすぎだな。リスクも小さかったし、こんなものだろう。

　さて、謁見はこれで終わりかな――などと思っていると、エルドリック王はそこで、ふと口元を緩めた。

「ところでお前たち、一つ提案《ていあん》がある。我が国の聖騎士になるつもりはないか？　お前たちなら即採用を約束するぞ」

「は……？」

　俺は間の抜けた声を上げてしまった。

　謁見の間にいる重臣や聖騎士たちも、ぽかーんとした様子を見せている。

　やがて重臣のうちの一人が、慌てた様子で王に進言した。

「陛下、またそのようなお戯《たわむ》れを！　聖騎士は我が国の栄誉ある職務でございます！　こんなどこの馬の骨とも知れぬ旅の冒険者どもを、試験もなしに聖騎士認定など、あってはならぬことですぞ！」

「さほどおかしなことを言っているつもりはないがな。民を守るための聖騎士の数は、常に十分とは言えまい。それに『また』とは、あの猫耳族の娘のことを言っているのか？」

「当然でございます！　獣人の、それも猫耳族の女を聖騎士に任命するなど――」

「む、迂闊《うかつ》だったか。その話はまたにしてくれ。だがこの者たちは少し事情が違う。言っておくがこの三人、ベネディクトとほぼ互角の実力を持った者たちだぞ」

「実力がどうとかいう話をしているのでは……って、はあ……？」

　重臣は、あっけにとられたような間抜け顔を見せた。目を丸くし、口をぽかんと開き、鼻水がずびょっと出ている。

「べ……ベネディクト聖騎士団長と、互角の実力ですと……？　この者たち、一人ひとりがでございますか？」

　謁見の間の人々が、再び騒めいた。その目はいずれも、俺たち三人に注目している。

　さっきまでちょっと蔑《さげす》んだ目で見られていたのに、今は畏怖とか尊敬とか、そんな感じの眼差《まなざ》しになっていた。

「大地くん、どうしよう。なんか注目されてるんだけど」

「先輩。ここは得意の一発芸の出番っすよ」

「そんなものはないし、あっても自爆すぎる。とりあえず断りますよ」

　聖騎士にならないか――エルドリック王にそう言われて「え、そんな選択肢あるの？」などと一瞬思ったが、少し考えて、やっぱりないなと結論付けた。７７日後には元の世界に帰るし、それまで一ヶ所に留《とど》まるのは経験値稼ぎにも不利だろう。

「陛下、私たちはこのまま、旅の冒険者を続けようと考えております。せっかくのお誘いですが、辞退させていただきたく思います」

「おお、そうか。いや、聞くだけ聞いてみただけだ。そういうことならば仕方ないな」

　あっさりと話は済み、謁見の間からの退出を許可された。

俺はホッと息をつく。礼儀作法が必要な場とか、モンスターと戦うよりも緊張するわ。

俺たち三人は一礼して、謁見の間から退散した。エルドリック王がベネディクト聖騎士団長に耳打ちをしている様子が、わずかに見えた。

俺たちが廊下に出たところで、ベネディクトさんが追って出てきて、声をかけてきた。

「あらためて、ご苦労だった。ところで陛下が別件で、キミたちに頼みたいことがあると仰《おお》せだ。よければしばらく城内で待っていてくれないか？」

「エルドリック陛下が俺たちに、頼みたいことですか？」

内容は分からないが、俺のこれまでの経験が、特別ミッションの予感をビビッと察知していた。とりあえず、話を聞くだけ聞いてみよう。

＊＊＊

エルドリック王が用事を終えるまで、俺たちは城内で待つことになった。

待ち時間は、応接室で出会った獣人の聖騎士少女（名前はミャルラというらしい）が案内役について、城内を見物させてもらうことになった。

「ここは聖騎士たちが使う寝室ですニャ。夜番の聖騎士たちはここで仮眠を取りますニャ」

「ここは大臣たちが使う執務室ですニャ。武力で国を守るのが聖騎士、知恵と知識で国を支えるのが大臣たちニャ」

ミャルラは親切な態度で、城内のあちこちの説明をしてくれた。聖騎士だからといって、冒険者と目される俺たちに対して偉ぶることもない。

そんな最中、ミャルラのあとについて城内の廊下を歩いていたときのことだ。

正面から、聖騎士らしき三人の若い男たちがやってきた。若いといっても俺たちよりは年上で、全員が二十代前半から中頃ぐらいに見える。

そのうち一人は、見知った顔だった。城門で門番をしていた、レベッカさんの知り合いだ。たしかジェラルドとかいったか。もう夕刻を過ぎた頃だし、今日の門番の仕事は終えたのかもしれない。

三人の男たちは、俺たちの姿を見ると露骨に眉をひそめた。

いや俺たちというよりは、ミャルラを見てのことだったのかもしれない。

俺たちの前を歩くミャルラの背中にも、それまでにはない緊張の色が見えた。どこか怯《おび》えているようにも見える。

互いに廊下を進んで、もうすぐすれ違おうというとき、ミャルラが声をあげた。

「お、お疲れ様ですニャ。たしかジェラルドさんは、今日は門番の仕事でしたニャ？」

ミャルラの声が震え、尻尾が不安そうに揺れていた。

対して、三人の男たち——特にミャルラに声をかけられたジェラルドさんは、汚《けが》らわしいものを見るような目で、獣人の少女を見下した。

「おい獣人。気安く話しかけてくるなと言ったはずだ」

ジェラルドさんが発したその声は、ひどく冷たい、敵意が込められたものに思えた。レベッカさんと話していたときとは、雰囲気がまったく違う。

「あ……ご、ごめんなさいニャ。でもジェラルドさんとは同期だから、仲良くしたいと思って……」

「黙れ獣人。僕はお前のことを聖騎士だとは認めていない。お前のような畜生風情《ふぜい》が聖騎士の誉《ほま》れを穢《けが》すことを僕は許さない。絶対にだ」

「…………」

ミャルラは言葉を返すこともなく、うつむいてしまった。

ジェラルドさんは不愉快そうな仏頂面で、連れの二人は鼻で笑いながら、俺たちの横を通り過ぎていく。

すれ違ったあと、俺たちの背中側から、なおもこんな言葉が聞こえてきた。

「まったく、誉れ高き聖騎士にあのような穢れた獣人を任命するなど。陛下は何を考えているのか」

「そんなもの。あの薄汚い雌猫《めすねこ》が、色目を使って陛下を誑《たぶら》かしたに決まっている」

「待て待て。それは陛下に対する不敬だぞ」

「いいや、たとえ陛下であろうと、不正は不正だ。僕は不当な権力に屈したりはしない」

「確かに。正義を成すためには、ときには陛下への批判も必要だな」

三人の男たちは、そんな話をしながら廊下の角を曲がっていった。

うつむいていたミャルラは、やがてぶんぶんと首を横に振って、一つ大きく深呼吸をした。それから作り笑いを浮かべて、俺たちに向かってこう言ってきた。

「にゃははっ。へ、変な話を聞かせてしまって、ごめんなさいニャ。城の案内を続けますニャ――わぷっ!?」

その獣人の少女を、風音さんがぎゅーっと抱きしめていた。背が低めのミャルラの顔が、風音さんの胸に埋まる。

それから風音さんは、俺に向かって不満そうな顔を向けてきた。

「大地くん、あれはひどいよ！　何なのあいつら！」

「そっすよ先輩！　喧嘩《けんか》っ早《ぱや》い先輩が胸倉つかむのを待ってたのに、なんで何もしないんすか！」

弓月も乗っかってきた。お前の中の俺は、そんなバーサーカーなイメージなのか。

まあ、そんなに外れてないけどな。正直なところ、胸倉つかみにかかるギリギリ直前まで怒りゲージは来ていたし。

ミャルラの何が悪いんだ。普通にいい子じゃないか。穢れって何だよ。お前らユニコーンの親類か。

だが何しろ、よその文化のことだし、詳しい事情も分からない。城内で聖騎士相手に乱闘騒ぎになってもまずい。それにひょっとしたら、ミャルラのほうに何か非があるかもしれない。ここまで見てきた感じでは、特に問題がある子だとも思えないが。

風音さんの胸の中から、ぷはっと言って顔を出したミャルラに、俺は声をかける。

「ミャルラ、もしよければだけど、キミの話を聞かせてもらってもいいかな。俺たちじゃ何の役にも立てないかもしれないけど」

「え……？　で、でも、私は皆さんをご案内する立場で……」

「いいから。それが俺たちの要望だと思ってほしい。嫌だったら無理しなくてもいいけど」

俺のその言葉に、ミャルラはつぶらな瞳を潤ませつつ驚きの表情を見せた。

獣人の少女は次に、ぶんぶんと首を横に振ってから、俺を見詰めてくる。

「わ、分かりましたニャ。私も本当は、誰かに聞いてほしかったニャ。お言葉に甘えますニャ」

それからミャルラは、城内の案内を続けながら、自分が置かれている状況について話しはじめた。それは大方、俺たちがなんとなく予想していた通りの内容だった。

「私たち獣人族、それも猫耳族の女性は、この国では忌《い》み嫌《きら》われていますニャ。穢れた種族だとか、薄汚い雌猫だとか……。それは私たちが、人の家の男性を誑して奪っていく『泥棒猫』だからだそうですニャ」

「確かに猫耳族の女性の中には、発情期になると見境がなくなる人もいますニャ。でも全員じゃないニャ。だけどそれは、分かってくれない人も多くて……猫耳族の女性はみんな穢れた『泥棒猫予備軍』だそうですニャ」

「でも私が聖騎士になったら、猫耳族の女性に向けられるそんな目も、少しは変わるかもしれない――そんな風に思って、聖騎士試験を受けましたニャ。猫耳族の冒険者は聖騎士試験を受けちゃいけないなんて、そんな決まりはなかったニャ」

「でも噂《うわさ》では、獣人はみんな面接で落とされるって。それでもと思って受けて――受かっちゃいましたニャ。聞いたところによると、聖王様――エルドリック陛下が私を推してくれたらしいですニャ」

「でもそのせいで、陛下にまであらぬ噂が立ってしまって……。だけど陛下は、お会いしたとき、笑ってこう言ってくれましたニャ。『侮《あなど》るなよ。王を心配するなど不敬であるぞ』――最初は冗談だって分からずに、おろおろしちゃいましたニャ」

そう言ってミャルラは、くすっと笑った。そのときの状況を思い出したのかもしれない。

「それで私も、頑張ろうって思って。同じ年に試験に合格したジェラルドさんとも、仲良くなろうと思って。……でもジェラルドさんは、ずっとあんな感じですニャ。私のことを、誉れある聖騎士を蝕《むしば》む『穢れ』だって。いつか分かってくれるといいんですけどニャ。ちょっと難しそうですニャ」

そう言ってミャルラはまた、儚《はかな》げな笑顔を浮かべた。

それからしばらくして、エルドリック王の用事が終わる時間となった。ミャルラは俺たちを王の私室の前まで案内すると、ぺこりと頭を下げて立ち去って行った。

俺たちは、王が待つ私室の扉をノックし、許可を得て中へと入っていった。

＊＊＊

「お前たち、夕食の予定はあるか？　なければ晩餐《ばんさん》の席に招待したい」

王の私室に入った俺たちを待っていたのは、聖王エルドリックのそんな言葉だった。

晩餐？　何か用事があって呼ばれたんじゃないの？　特別ミッションの予感、外れた？

などと思いつつも、今のところ特に予定がない旨を伝えると、俺たちはあれよあれよという間に豪華ディナーの席までご案内されてしまった。

シャンデリアが設《しつら》えられた広い食堂に、二十人近くが着席できる長テーブル。真っ白なシルクのテーブルクロスが掛けられた上に並ぶのは、大皿に盛られた色とりどりの豪華料理の数々だ。大きなロブスターや、ローストビーフ、盛り付けにまで趣向が凝らされたサラダ、山盛りのパンに、ポタージュなどなど。

そんな料理の前に座っているのは、贅沢なことに、エルドリック王と俺たちだけだ。普段は王妃様や幼い王子たちもいるらしいが、今日は別で食事をとるとのこと。

王がお誕生日席に座り、俺たち三人が王から向かって左側の席に並んで座っている。

食堂にはほかにも数人の使用人がいたが、いずれも給仕の仕事を終えると退出していった。今は四人（と一体）だけの、完全にプライベートな空間だ。

「よし、では食事を始めよう。余らせてももったいないから、遠慮なく食べてくれ」

王はそう言って、食事の挨拶をした。

俺たちもそれに倣《なら》いつつ――でもやっぱり気になったので、俺はここまで聞きそびれていたことを王に質問した。

「あの、エルドリック陛下。どうして俺たちを晩餐に？　用事があると聞いていたのですが」

俺の隣に座る風音さんと弓月が、俺の言葉にうんうんとうなずく。

王は豪放《ごうほう》に笑って答えた。

「はっはっは。なに、せっかく有望な若者たちと出会えたのだから、交友を深めておこうと思っただけだ。政治をやる人間の打算だと思ってくれればいい」

「はあ……」

「頼み事があるというのも、嘘ではないがな。しかし、まずは食べてくれ。冷めてしまっては、我が城自慢の料理人が腕を振るった甲斐《かい》がないからな」

「わ、分かりました。では、いただきます」

毒が入っている、なんてこともないだろう。お言葉に甘えて、俺たちは料理をいただくことにした。

「うまっ……！　先輩、このロブスターやべぇっすよ。食べたことない味がするっす」

「こっちのポタージュも、すっごく滑《なめ》らかでとろける感じ。これは手が込んでるなぁ」

「このパンも、香ばしさとバターの香りがふわっと来て、絶妙ですね」

「クピッ、クピピィーッ♪」

ミニグリフォンもローストビーフをはむはむと口にしながら、満足そうな声を上げる。

相変わらずだが、こいつも混ぜての食事をよく許可してもらえたな。

そうして談話をしながらの食事が、ある程度進んだ頃のことだ。

エルドリック王が、こう話を切り出した。

「さて、そろそろ本題を話そう。お前たち、聖騎士ミャルラをどう思った？」

意外な問いかけが飛んできた。聖騎士ミャルラというのはもちろん、先ほどまで俺たちを案内してくれていた猫耳族の彼女のことだろう。

「どう、と言われましても……。何に関してでしょうか」

「国外から旅をしてきたお前たちから見て、ミャルラは聖騎士に相応《ふさわ》しくないと感じたかどうか。それを聞きたいのだ」

「聖騎士に相応しくないか、ですか」

俺は風音さんや弓月の顔を見る。

するとまずは、弓月が口火を切った。

「聖騎士に相応しいって、どういうのか分からないっすけど。うちから見たら、ミャルラっちはいい子だと思うっすよ。それよりミャルラっちをいじめてた男の聖騎士たちの方が、うちはどうかと思ったっす」

「うん、私も火垂ちゃんと同意見です。ミャルラちゃんは普通に印象よかったですけど、あの廊下で会った三人には正直ムカッときました。聖騎士は人格がどうとか、どこにいったのよって思いましたもん」

風音さんも弓月の言葉に同意した。

前提が抜けた二人の話に、エルドリック王が「なんだそれは。詳しく聞かせてくれ」と言うので、俺が先ほど遭遇した出来事を王に伝えた。

話を聞いた王は「そうか」と言って、ため息をつく。

「話は分かった。そして私がお前たちに頼みたいこととは、まさにその件についてなのだ」

「その件というと、ミャルラに対する迫害の件でしょうか」

「ああ。もちろんミャルラも、試験を通して認められた一人前の聖騎士だ。人間関係も含めて本人が解決するのが、本来ならば望ましい。だが獣人族、ことに猫耳族の女性に対する人々の偏見は、あの娘ひとりの問題ではないからな」

その後、エルドリック王はぽつぽつと事情を語り始めた。

王が語った言葉から察するに、彼はこの国の人々がもつ獣人族に対する偏見の目を、あまり好ましいものとは思っていないようだった。

だが王であっても、一朝一夕に人々の意識を変えることはできない。十年以上かけてすら難しい。歴史と伝統に基づく偏見は強固なのだ、と彼は語った。

ミャルラの聖騎士認定も、エルドリック王の強権発動がなければ成らなかったという。彼女の試験の成績は十分だったが、獣人族は最終面接で落とすのが伝統的な不文律だったとのこと。「腐った伝統だ」とエルドリック王が吐き捨てるように語ったのが印象的だった。

エルドリック王はミャルラに、獣人族の地位向上のための象徴になってほしいと考えているようだった。そして王は、こう続ける。

「中でも、ミャルラに対して特に強く嫌悪感を示している者が、彼女の同期合格者に一人いてな。先の話にもあった、ジェラルドという聖騎士なのだが」

「ああ……。それは何か、理由があるのでしょうか」

「さてな。私もジェラルドと直接話してはみたのだが、どうもあいつは私がミャルラに誑かされていると思い込んでいるらしくてな。ろくに話が通じなかった」

えー……。国王に対してそれは、不敬とか何とかに当たるんじゃないのか？　なんとなくのイメージだと、首を落とされても文句は言えなそうだが。

しかし、ひとまずエルドリック王には、その意志はなさそうだ。

「ジェラルドのやつも、悪い人間ではないと思うのだがな。むしろ正義感が強すぎるゆえの空回りと見える。だが私の立場では、やつの誤解を切り崩せそうにない」

「なるほど……。それで陛下、俺たちへの用事とは」

「ああ、それなのだがな。お前たちに頼みたいのは――」

と、そのときだった。食堂の扉が慌ただしく叩《たた》かれ、その向こうからエルドリック王を呼ぶ声が聞こえた。

王が「入れ」と声をかけると、扉を開いて入ってきたのは、聖騎士団長のベネディクトさんだった。

エルドリック王が席を離れ、ベネディクトさんがそこに寄って耳打ちをする。

話が終わると、王はふと口元を緩めた。

そして俺たちに向かって、こう言ったのだ。

「渡りに船、と言っては何だがな。ちょうどいい案件が舞い込んだ。食事が終わったら、お前たちには早速、ひと仕事を頼みたい」

＊＊＊

――パカラッ、パカラッ、パカラッ、パカラッ。

月明かりが照らす夜の街道を、五頭の馬が疾駆《しっく》していた。

五人の騎手はいずれも、魔石製の武器や防具を身に着けた、完全武装の覚醒者だ。

先頭を駆けるのは、聖騎士のジェラルドさん。その後ろを、同じく聖騎士のミャルラ。

そのさらに後ろを、俺、風音さん、弓月の三人が追いかける形だ。

夜を切り裂くように五頭の馬が駆けていると、やがて前方に村が見えてきた。

「ジェラルドさん！　村が見えてきたニャ！」

「見れば分かる！　僕の目が不自由だとでも言いたいのか！」

「そ、そんなこと言ってないニャ！」

「だったら黙っていろ獣人！　僕に色仕掛けが通じると思うなよ！」

「な、何でそうなるニャ！」

ジェラルドさんとミャルラは、俺たちと合流してからずっとこんな感じだ。

ミャルラがコミュニケーションを取ろうとすると、ジェラルドさんが拒絶する。ジェラルドさんはミャルラを徹底的に敵視しているように見えた。

それはさておき、俺たちがなぜ、馬に乗って夜道を駆けているかだが。その発端は、しばらく前――俺たちが王城で、晩餐に招かれていたときに遡《さかのぼ》る。

ベネディクト聖騎士団長から何らかの耳打ちを受けたエルドリック王は、俺たちにとある「仕事」を依頼してきた。

仕事の内容自体は、そんなに難しいものではなかった。王都近隣にある村の近くの森に、モンスターの群れが確認された。村の人々に危害が及ぶ前に、モンスターを討伐《とうばつ》してきてほしい——と、そういった内容のものだ。

報酬は高額。発見されたモンスターの種類から判断して、俺たちの実力ならそう大きなリスクはなさそうだ。場所も近いため日数がかかるわけでもない。

ただ付随して提示された条件があって、そっちが少し難儀《なんぎ》だった。

すなわち、聖騎士ジェラルドと、聖騎士ミャルラを同行させること。

もっと正確に言うと、この聖騎士二人を軸としてモンスター討伐任務を行い、俺たちには戦力として彼らをサポートしてほしいという内容だった。

元よりエルドリック王が俺たちに頼みたいことは、それだったらしい。聖騎士ジェラルドと聖騎士ミャルラ、この二人を一緒の任務に投げ込むから、そのサポートをしてほしいと。そこにちょうど、件《くだん》のモンスター出現の報せが舞い込んできたわけだ。

エルドリック王としては、二人を同じ任務に放り込むことで、何らかの関係性の変化を期待しているようだった。ただほかの聖騎士たちが同行すると、彼らも獣人に対する偏見を大なり小なり持っているため、ミャルラが孤立することが予想される。よって中立の俺たちに同行してほしいと、そういう次第だった。

ちなみに、この頼みごとを断る権利は、もちろん与えられていた。

だが俺の予感は、決して外れていなかったのだ。

特別ミッション『聖騎士ジェラルド、聖騎士ミャルラとともにモンスター討伐を完遂《かんすい》する』が発生！

ミッション達成時の獲得経験値……20000ポイント

こんな特別ミッションが出た。短時間でこなせるであろう近場のミッションで、経験値2万。これはかなりおいしい。見逃す手はなかった。

そんなわけで、急遽《きゅうきょ》呼び出されたジェラルドさん、ミャルラと合流し、馬を駆って目的地へと向かっているのが現在だ。

ジェラルドさんを先頭にした一行は、やがて村へとたどり着いた。

疲労した馬を村に預けて、残りの道程は徒歩で進むことになった。

月明かりが照らす夜の街道を、ずんずんと無言で進んでいくジェラルドさん。

その隣に歩み寄ろうとするミャルラだが――

「あの、ジェラルドさん」

「なんだ獣人。任務に必要なことか」

「えと、そういうわけでもないんニャけど」

「ならば話しかけてくるな。馴《な》れ馴《な》れしくするなと何度も言ったはずだ。獣人には言葉を理解する頭もないのか」

「ん〰〰！！！」

ミャルラを無下にして先に進むジェラルドさん。獣人の少女は癇癪《かんしゃく》を我慢するように、その場で地団駄を踏んだ。

……あれ、ミャルラのほうもいい加減に限界なんじゃないかな。

それはそうだろ、とは思う。何しろジェラルドさんの言い草がひどすぎる。

だがミャルラの前に、先に堪忍袋《かんにんぶくろ》の緒が切れた人物がいた。

その声は、俺のすぐ隣から聞こえてきた。

「あーのーさーあーっ！　ずーっと思っていたんですけど！　ジェラルドさん、その態度はなくないですか⁉」

ずかずかとジェラルドさんに向かっていったのは、誰あろう、風音さんだった。

前を歩いていたジェラルドさんは、少し驚いた様子で振り向く。

「な、なんだ一体。あなたたちには関係のないことだ。口出しはやめてもらおうか」

「はぁーっ⁉　関係ありますぅーっ！　この任務の間じゅう、ずーっとそんな態度でいられたんじゃ、こっちが迷惑だって言ってるんです！」

「うっ……い、いや、それは……」

風音さんの剣幕に、気圧《けお》された雰囲気のジェラルドさん。

風音さんはなおも、ずずいと寄っていく。

「一番良くないのは『獣人』って呼び方です！　ミャルラちゃんは『獣人』じゃなくて、ミャルラちゃんでしょ！　どうして人の名前もちゃんと呼ばないんですか！」

「いや、だからそれは……あなたたちには、関係ない。関わらないでもらおう」

ジェラルドさんはバツの悪そうな顔になって、風音さんに背を向けた。そのまま早足で、逃げるように進んでいく。

風音さんは腰に手を当てて、ため息をついた。

俺の隣に戻ってくると、あきれた様子で言う。

「ダメだねあれは。完全に殻にこもっちゃってる。出会ったばかりの頃の大地くんだって、あそこまで酷《ひど》くはなかったよ」

「あの、風音さん。またさりげなく俺をディスってません？」

「あっ……。う、ううん、違う、違うの大地くん。大地くんは最初っから、もっとずっとかわいげがあったよ？　ただちょっと、人との間に壁があっただけで」

「それもあまりフォローになってないですけど……。でも風音さんは最初から、びっくりするほど親しげに話しかけてくれましたよね。おかげでこうして、今一緒にいられるんですけど」

「そうそう、奥手の大地くんと私がこうして幸せでいられるのは、私が親しげに話しかけたおかげなのだ。感謝するがいいよ。えへんっ」

「はは～。いつも感謝してます。大好きです、風音さん」

「ふわっ!?　え、えへへ～。私も大好きだよ、大地くん♪」

「……流れるようにイチャつきはじめたっすね。うちも混ざりたいとこっすけど、それよりミャルラっちが困ってるっすよ」

弓月にツッコミを入れられた。見ればミャルラが、話に入りたそうにしながら、間合いをうかがっていた。

風音さんが「おいでおいで」と手招きすると、てててっと小走りでやってくるミャルラ。ちなみに今のミャルラは、軽装の胸当てを身に着け、格闘用の爪系武器を両手に装備している。

「カザネさん、私のために、ありがとうございますニャ」

「いいのいいの、私がムカついただけだから。ミャルラちゃんも、もっとガツンと言ってやればいいんだよ」

「うーっ……でも喧嘩をしたらダメなのニャ。同じ聖騎士として、ジェラルドさんとは仲良くならないといけないニャ」

ミャルラはちらりと、前方に視線を向ける。道の先を一人で歩くジェラルドさんの孤独な背中がそこにはあった。

うーん……。これじゃあミャルラが孤立しない代わりに、ジェラルドさんが孤立しているだけだな。自業自得とは言え、なんかちょっと可哀想《かわいそう》になってきた。

エルドリック王はジェラルドさんのことを「悪い人間ではない」と評していた。「むしろ正義感が強すぎて空回りしている」とも。

なんとなく分かる気がする。正義感が強い人は、何かを「悪」だと思い込むと、どこまでも突っ走ってしまいがちだ。

しかし俺が見た感じでは、ミャルラは決して「悪」ではない。むしろどちらかと言うと、ジェラルドさんのほうが人としてどうかと思う部分が大きい。

だがそのジェラルドさんも、悪人ではないとするなら——

なんか非常にもやもやするな。どうしてこんなことになっているのか。

しょうがない。何ができるか分からないけど、少し話を聞いてみるか。

「風音さん、弓月、ミャルラのことはお願いします。俺ちょっと、ジェラルドさんと話して——」

「——っ！　待って、大地くん！」

そう呼び止めた風音さんの声は、真剣みを帯びていた。このパターンは、あれか。

見れば前方を歩いていたジェラルドさんも、剣を引き抜き、盾を構え、街道の右手側にある森の奥へと視線を向けていた。

「構えろ、モンスターだ！」

ジェラルドさんのその声と、ほぼ同時。

彼の視線の先、森の闇の中から、多数の人型の何かが飛び出してきた。

＊＊＊

森の奥、暗闇の中から姿を現したのは、人間に似た何かだった。

一体ではない。次から次へと姿を現していく。

青白い肌に、ズタボロの布切れを身に着けている。口からは異様に長い舌がだらりと垂れ、真っ赤な目は爛々《らんらん》としている。両手の爪はいずれも長く鋭く伸び、ぬるりとした不気味な液を滴《したた》らせていた。

この地に現れたというモンスターの一つ、「グール」に違いない。

データは事前にモンスター図鑑で確認してある。モンスターとしての格は、ダンジョン森林層のサーベルタイガーあたりと同程度だ。今の俺たちにとっては、強敵でも難敵でもない。

ただいくぶんか厄介なのが、「麻痺爪《まひづめ》」という特殊能力を持っていること。文字通りバッドステータスの「麻痺」を与えてくる攻撃だ。

「麻痺」は、一度や二度受けただけなら体がいくぶんか痺《しび》れる程度の効果だが、何度も累《るい》積《せき》して受けると最後には完全に動けなくなってしまう。俺が使える中級治癒《ちゆ》魔法【ガイアヒール】によって治療は可能だが、だとしてもなるべく被弾したくはない。

森の奥から姿を現したグールの数は、全部で八体。

そいつらは獣のような獰猛《どうもう》さで、俺たちに向かって駆け寄ってきた。

「チッ、数が多いな――【アイシクルランス】！」

ジェラルドさんが氷の槍を放ち、向かってくるグールのうち一体を穿《うが》つ。

だが決定打にはならない。そいつは速度を落とさずに、なおもジェラルドさんに向かっていく。

「援護するニャ！【ロックバレット】！」

そこにミャルラの魔法攻撃が重なった。氷の槍で穿たれたグールに、岩石弾が直撃する。

だがそれでも、ダメージ不足だ。グールの勢いは止まらない。

ミャルラは魔法攻撃を放った直後、孤立しているジェラルドさんのほうに向かって駆け出していたが――

「余計なことをするな獣人！　貴様は自分の心配をしていろ！」

「で、でも……！　うにゃ～っ、言ってる場合じゃないニャ！」

そのミャルラにも、一体のグールが向かっていく。ジェラルドさんのほうに向かっていたグールが二体いたのだが、そのうち無傷の一体が進行方向を変え、ミャルラに向かっていったのだ。獣人の少女はそれに対し、両手に装備した爪系武器を構え、身を低くして迎撃の姿勢をとる。

「なーんか向こうは大変そうっすね。でもうちは構わずに、新技のお披露目と行くっす――行け、【トライファイア】！」

一方で弓月は、暢気《のんき》な雰囲気だ。

魔導士姿の少女が掲《かか》げた杖《つえ》の先に、三つの炎の球体が現れる。

ソフトボール大の三つの火炎球は、それぞれが意思を持つかのように、別々のグールに向かって発射された。

それらの火炎球は三体のグールに一つずつ直撃し、怪物たちの身を炎上させる。

次の瞬間には、三体の魔物は黒い靄《もや》となって消滅し、魔石へと変わっていた。

「私も新魔法の試し撃ち――斬り裂け、【ゲイルスラッシュ】！」

風音さんもまた、弓月とほぼ同時に魔法攻撃を放っていた。

いつもの【ウィンドスラッシュ】や【ウィンドストーム】ではない。

風音さんが突き出した紅蓮《ぐれん》の波形短剣の先に、圧縮された空気の塊のようなものが生まれ、高速で発射された。

それは一体のグールに直撃すると、ターゲットを包み込んで形を変える。

怪物一体を包み込む局地的なつむじ風が生まれ、その中に含んだ無数の風の刃《やいば》がモンスターの身をズタズタに引き裂いた。

そいつもまた、その一撃で魔石へと姿を変える。

「俺は特に新技とかじゃないが——【ロックバズーカ】！」

俺もまた、別のグールに対して魔法攻撃を放った。

ミャルラが作り出したものよりもはるかに大きな岩塊《がんかい》を、大砲のごとき勢いで発射する。

これも過《あやま》たずターゲットに直撃すると、そいつを一撃で粉砕した。

俺は結果を確認してから、ミャルラのほうへと走る。

「風音さん、残り一体は頼みます！」

「うん、任された！」

風音さんは、俺たちの方に向かってきていた六体のグールのうち、最後に残った一体に向かって疾駆していく。

一方では、ジェラルドさんとミャルラに対し、それぞれ一体ずつのグールが近接戦闘距離まで接近していた。

「食らえ、【二段斬り】！」

「これでも食らえニャ！」

二人の聖騎士がそれぞれに、接近してきたグールに攻撃を仕掛ける。

ジェラルドさんの剣を使ったV字斬りは、魔法攻撃で弱っていたグールを仕留めることに成功した。

だがミャルラの両手の爪系武器による連続攻撃は、彼女を襲おうとする無傷のグールを仕留めるには至らなかった。

反撃の麻痺爪が、ミャルラに襲い掛かり――

「――させるか！」

その前に、俺がそのグールの横合いから、槍の一撃を叩き込んだ。

ミャルラに襲い掛かろうとしていたグールは消滅し、魔石となった。

見れば風音さんも、最後の一体のグールを二振りの短剣で斬り裂き、そいつの撃破に成功していた。

八体のグールは全滅した。ほかにモンスターの姿や気配はない。戦闘終了だ。

見ればジェラルドさんとミャルラが、周囲を見回して目を丸くしていた。

「まさか……!?　あれだけの数のグールを、このわずかの間に全滅させたのか!?」

「ど、どうして……!?　ダイチさんたちの方に行ったの、六体はいたはずニャ。範囲魔法を使ってた様子もないニャ。しかも私の援護まで……。何が起こってるニャ」

驚き戸惑《とまど》うジェラルドさんと、恐《おそ》れ慄《おのの》くミャルラである。

確かに、範囲攻撃を使っていないのにこの戦果は、わりと尋常じゃないかもしれない。

今回、特にヤバい威力を発揮したのが、弓月の新魔法【トライファイア】だ。

三つの火炎球を生み出して、一個につきグール一体を撃破するという意味不明な戦果を見せた。

スキル修得の際に弓月が言っていた話だと、あの三つの火炎球、一体のモンスターに集中して叩き込むこともできるらしいのだが。

「先輩先輩っ♪　うち凄くないっすか⁉　凄いと思ったら、いつものアレで応えてほしいっす♪」

弓月が駆け寄ってきて、俺の前にぴょこんと立った。帽子を取って、何かを期待するようなまなざしを向けてくる。

こういうのを据《す》え膳《ぜん》などと呼んでいいのか分からないが、俺は弓月の頭をなでた。

「いや、凄いな。まさか一つ一つがグールを倒せるほどの威力だとは」

「ま、グールが火属性弱点なのもあるっすけどね。にへへ～♪」

後輩ワンコは思いっきり表情をほころばせる。すげぇ嬉《うれ》しそう。

その後、いつものパターンで風音さんにも同様のことをするなどして、戦後処理終了だ。

戦後処理とは、などと突っ込んではいけない。

一方でジェラルドさんは、自分が倒したグールの魔石を拾いつつ、【アイテムボックス】から照明器具《ランタン》を取り出して灯《ひ》を入れていた。

「これで全部ではないはずだ。魔石を拾ったら行くぞ。この先だ」

彼は俺たちの返事を確認することもなく、ずんずんと森の奥へ進んでいってしまった。

「相変わらずマイペースな人だなぁ」

「マイペースっていうか、わざと不愛想をやってるようにも見えるっすけどね」

風音さんと弓月が、あきれた様子で言う。

それで思い出した。俺はジェラルドさんに話を聞きに行こうとしていたのだった。

「じゃあ俺、今度こそジェラルドさんのところに行ってきます」

「うん、行ってらっしゃ～い。すぐに挫《くじ》けて帰ってきてもいいよ。あれはしんどいって」

「そう言われると、逆に意地を張ってみたくもなりますけど。ともあれ、ちょっと接触してみます」

風音さんにそう返しつつ、俺はジェラルドさんを追いかけていった。自ら人とコミュニケーションを取ろうとするなんて、俺も変わったなぁなどと思いつつ。

ちなみに今の戦闘で、ミッションも一つ達成していた。


ミッション『グールを３体討伐する』を達成した！

パーティ全員が５０００ポイントの経験値を獲得！

新規ミッション『ワイトを３体討伐する』（獲得経験値８０００）が発生！

新規ミッション『ジャックオーランタンを３体討伐する』（獲得経験値１５０００）が発生！

現在の経験値
六槍大地……６８２８９４／７２０２９８（次のレベルまで：３７４０４）
小太刀風音……６６９１８６／７２０２９８（次のレベルまで：５１１１２）
弓月火垂……７７７６９１／８１３０３２（次のレベルまで：３５３４１）

今の状況的に、非常においしいと評価できるかもしれないミッションが追加された。
数が足りるといいなー。

＊＊＊

さて、ミッション「ジェラルドさんに話を聞く」の開始だ。

いや嘘だけど。そんなミッションはないし、経験値も獲得できないが、なんとなくである。

俺は独りで先行するジェラルドさんを、小走りで追いかけた。やがて追いついて、彼のすぐ近く、斜め後ろの位置について足並みを揃える。

ジェラルドさんはちらりとこちらに視線を向けただけで、また前を向いて黙々と進んでいく。沈黙の時間が流れた。

……うん、どう声を掛けたらいいのか、まったく分からないな。迂闊《うかつ》な声掛けをすれば、鬱陶《うっとう》しがられるのが目に見える。

探索者《シーカー》になってからいろいろ経験してコミュニケーション能力が上がったような気がしていたが、どうやら気のせいだったようだ。

ミャルラはこの圧に耐えて、果敢《かかん》に声掛けをしていたのか。ちょっと尊敬するわ。

「ダイチくん、だったな」

「あ、はい」

意外なことに、ジェラルドさんのほうから声をかけてきた。

ミャルラに対するときとは、露骨に態度が違う。

「キミはあの——カザネ、だったか。彼女とは、どういう関係なんだ。なかなかずけずけとモノを言ってくる女性だと思ったが、キミにはいたく好意的であるように見える。キミは彼女と付き合っているのか？」

「あー、えっと……はい。俺にはもったいない彼女です」

なんでそんなことを聞いてくるんだろう。意外と雑談好きなのかな。などと思いながら、対話が成立しているのはいいことなので、素直に受け答えしておく。

「そうか。ではもう一人、ホタルといったか。彼女とは？　彼女もずいぶんキミに懐いているように見えるが」

「えぇっと……実は、あいつも俺の彼女です。その、二人とも……です」

こ、答えづらい……。二人とも俺の彼女ですとか、改めて考えると俺、めちゃくちゃ遊び人っぽく見えるのでは？

聖王国って、そのあたりどうなんだろう。お堅いイメージだから、やっぱりそういうのは非難の対象なのだろうか。そう心配してみたが――

「……そうか」

ジェラルドさんから返ってきたのは、それだけだった。特に非難の言葉などはない。返事までにかなりの間があり、そこに葛藤はあったのかもしれないが。

だがそのあとに、本質的な問いかけが来た。

「ではキミは、彼女たちのことをどう思っているんだ。都合のいい遊び相手で、飽きたら捨ててまた別の女に乗り換えるつもりか？」

「それは違います！」

俺はつい大声を出してしまった。

慌てて振り向くと、風音さんたちが不思議そうな顔で俺のほうを見ていた。

ここまでのジェラルドさんとの話は、風音さんや弓月、ミャルラには聞こえていないはずだが。

俺は女性陣に、なんでもないよとジェスチャーで示してから、再びジェラルドさんのほうに向き直る。

「それは本当に誤解です。俺は風音さんのことも弓月のことも、一番大事な人だと思っています。……一番が二人いるとか、説得力はないかもしれないですけど」

自分で言っていて、ツッコミ必至な内容だった。今更ながら俺って、実は相当にアレな人なのでは……？

再び恐々としながら返事を待っていると、ジェラルドさんからはこんな言葉が返ってきた。

「いや、それならいい。むしろ納得したよ。見たところキミは、そういった類の遊び人には見えなかったからな。不思議に思ったのだが、合点がいった。まあそれもキミが嘘をついていなければの話だが」

「嘘じゃありません。誓って本当です」

「ふふっ。分かった、信じよう」

この任務についてからこっち、ずっと仏頂面だったジェラルドさんが笑った。お、なんだ、いい感じか？

だがジェラルドさんは、次にこう伝えてきたのだ。

「ならばこそ、キミには警告しておく。あの獣人女には気を付けろ。キミのことを大事に想ってくれている二人の女性を、絶対に裏切るな」

俺は一瞬、絶句してしまった。そんなことを言われるとは思ってもみなかったからだ。

「ミャルラに気を付けろ……ですか？　ミャルラが何かしたんですか？」

そう問い返すと、ジェラルドさんは一度黙った。しばらくの時間、ランタンの灯《あか》りが照らす夜の森を、俺たちは無言のままに進んでいく。

やがてジェラルドさんは、こう返してきた。

「そうだな。ひとつ昔話をしよう。これは卑劣《ひれつ》な行為によって引き裂かれた、とある家族の話だ――」

そうしてジェラルドさんは、ある聖騎士の家に生まれた一人の子供と、その家族の話を始めた。彼が語ったのは、こんな内容だった。

＊＊＊

その少年は、聖王国のそれなりに裕福な家庭の生まれだった。

少年の父は聖騎士であり、厳格で規律正しい人だった。母はやや癇《かん》の強いところはあるが、やはり厳格な人柄で、少年は厳しく育てられた。

背筋を正しなさい、前を向きなさい、正しいことをしなさい、間違っていることは間違っているとはっきり言えるようになりなさい――父や母からの教えは、少年の心に刻み込まれた。

少年は、厳しくも優しい父のことが好きだった。母に対しても、この頃には悪い印象などほとんどなかった。少年の家は、幸福な家庭だった。

だがあるときから、すべてが変わってしまった。

ある日を境に、父が家に帰ってこない日が増えた。

父は、私にも事情があるのだと言っていたが、母は父をあれやこれやと毎日のように問い詰めていた――夜、少年が寝室で寝たふりをしたあとに。

母は父の浮気を疑っているようだった。もともと癇の強いところがあった母は、父を問い詰めるときは、特に甲高《かんだか》い声で喚《わめ》くようになった。食器が割られる音を、少年は何度も聞いた。

そしてついに、父は家に帰ってこなくなった。

父の職場である聖騎士団から、父の同僚が訪ねてきて、父の居場所を聞かれた。少年も母も、父がどこに行ったのか分からなかった。

やがて少年の母は、壊れた。

かつての厳格だった姿はどこにもなくなり、酒に溺《おぼ》れるようになった。少年に対して暴言を吐き、暴力を振るうようになった。

このときの少年は十五歳で、すでに働いていた。彼は、母のことはあまり好きではなくなっていたが、母に責任はないと思った。彼はどうにか母を養いながら、日々を過ごした。

ある日、少年は街で父の噂を聞いた。父は獣人――猫耳族の女性と駆け落ちをして、街を出たのだという。

そんなのみんな知っている、知らないのはお前だけだとも言われた。寝取られる、という言葉を、少年はこのとき初めて知った。

周囲のみんなが言っていた。これだから獣人女は、と。街のみんなが獣人を忌み嫌う理由が、少年にもよく分かった。

ただ、あの厳格な父がそんな売女《ばいた》に誘惑され、母を裏切ったとは信じられなかった。その獣人女が、何か卑怯《ひきょう》な手段で父の弱みでも握ったに違いないと思った。

少年の母はやがて、酒の飲み過ぎが原因で命を落とした。

親類とも疎遠になり、少年は独りになった。

＊＊＊

「――少年が覚醒者の力に目覚めたのは、十八の頃だった。彼はそれまでの仕事をやめ、冒険者となり……と、ここまで話す必要はないか」

ジェラルドさんはそこで言葉を切り、大きく息を吐いた。

話をしている間、ときどき声がふるえていた。興奮していたのかもしれない。

それから彼は、俺に視線を向けてこう続けた。

「もう一度だけ言う。獣人女、特に猫耳族の女には気を付けろ。陛下を誑《たら》し込むほどの雌猫ならばなおさらだ。――聖騎士団の中にもぐり込んだあの穢れた雌猫は、僕が必ず排除してやる」

そしてジェラルドさんは、話は終わったとばかりに、また一人で進んでいってしまった。

その場に残された俺は――

「なるほど。だいたい分かった」

そうつぶやきつつ、ため息をついた。

＊＊＊

ジェラルドさんのもとを離れた俺は、風音さんや弓月と合流した。

そしてジェラルドさんから聞いた話を、二人に伝えてみた。

「――という話なんですけど」

「なるほどね～。まあ気持ちは少し分かるけどね。分かるけどさ」

「でもやっぱりシンプルに差別っすよね。ミャルラっち関係ねーっすよ、その話」

「だよなぁ」

風音さんと弓月も、おおむね俺と同じ感じ方のようだった。

ジェラルドさんが話した出来事は、一つの家族に起こった悲劇として、同情するに足るものだとは思う。当事者にとっては、俺たちが思うよりも遥《はる》かに大きなインパクトがあることも想像できる。

でもだとしてもそれは、ミャルラとは関係のない話だ。別の猫耳族の女性に関する責めを、ミャルラに負わせるのはおかしい。

ちなみにミャルラには一応、この話は聞かせていない。それはジェラルドさんの意志に、ものすごく反しそうだったからだが。

今そのミャルラはというと、また果敢にジェラルドさんに話しかけていた。もちろんジェラルドさんは、超塩対応。罵詈雑言《ばりぞうごん》も当たり前だ。

まあ関わってくるなと言っているのに執拗《しつよう》に話しかけるミャルラが鬱陶しいのも、分からないでもないが。だとしてもなぁ……。

だいたい、あんな素直でかわいい子が好意的に接してくれるのに、何が不満なんだ。贅《ぜい》沢者《たくもの》め。探索者《シーカー》になる前の俺に謝れ――と、そういう話でないことは分かりつつも、関係ないことを思ってしまう。

「けどミャルラっちも、我慢強いっすねぇ。うちならとっくにキレてるっすよ」

「ホントホント。でもミャルラちゃんも、さすがにそろそろ限界なんじゃないかなぁ。それっぽい兆しあったよ」

弓月と風音さんが、やんややんやとやり合うジェラルドさんとミャルラを見ながら、そんな感想を言い合っていた——その矢先のことだった。

ジェラルドさんに付きまとっていたミャルラが、ぴたりと動きを止めた。

もう一人の聖騎士に置いてけぼりにされる中、獣人の少女は棒立ちの姿で両手をギュッと握って、ふるふると震える。そして——

「もういいニャ！　ジェラルドさんなんか知らないニャ！　そんなに私のことが嫌いなら、ずっと嫌っていればいいニャ！」

瞳に涙を浮かべたミャルラは、ジェラルドさんに向かってそう怒鳴りつけた。

これまでジェラルドさんから、どれだけ無下に扱われようとも決してなかった、ミャルラからの否定。

風音さんと弓月が「ああ～」と声を上げて嘆息する。

俺もまた、ついにこうなったかという印象だった。

一方で、ミャルラの叫びを聞いたジェラルドさんは、さすがに立ち止まった。

そして冷たいまなざしとともに振り返り、ミャルラに対してこう返した。

「ようやく理解したか、知恵足らずめ。僕がお前のことを嫌いだという、たった一つのことを理解するのに、これだけ長くかかるとはな」

ジェラルドさんは、ミャルラが泣いていることなど意にも留めない様子で、また一人で先へと進んでいってしまう。

……いや、どうだろう。少しだけ動揺の色があったようにも見えたが。

一方のミャルラは、その場で立ち尽くしたままボロボロと涙を流していた。

エルドリック陛下、これ采配《さいはい》ミスじゃないかなぁ。

それともここまで計算に入れて、あの二人を一緒の任務に投げ込んだ？

分からないけど、いずれにせよ断絶が深まったのは確かだと思った。

だがミャルラもさすがに一人前の聖騎士だ。涙をぐしぐしと拭《ぬぐ》って持ち直すと、任務を続行するため歩き始めた。

俺のすぐ前では、小型化状態のグリフォンがパタパタと飛びながら、「クピーッ？」と首を傾《かし》げる様子を見せていた。

その後も任務は、普通に続行された。

しばらく進んでいったところで、俺たちは再びグールの群れに遭遇した。

数は先よりも多く、十体以上。別に苦戦するほどの相手でもないが、左右から挟《はさ》み撃《う》ちにされたことなどもあって、殲滅《せんめつ》までには少々の時間がかかった。

その戦闘の最中にも——

「なっ……!?　邪魔だ獣人！　俺の背後に立つな！」

「はぁ～っ!?　そっちこそ周りも見ないでバックステップしてくるんじゃないニャ！　こ

っちのが迷惑ニャ！」

「な、なんだと獣人風情が……！　ぐっ……！」

「ははっ、馬鹿ニャ！　よそ見してるからグールに引っ掛かれ――にゃあっ！」

ジェラルドさんとミャルラ、二人の聖騎士の戦いぶりは、ダメダメだった。

ジェラルドさんのミャルラに対する罵詈雑言は据え置きのまま、吹っ切れたミャルラもまたジェラルドさんに罵倒の言葉を返す。

そのせいもあってか、普通はあり得ない凡ミスを犯して、二人ともグールの麻痺爪に引っ掛かれる始末。連携を取ることはおろか、お互いが邪魔になっている有り様だ。

……ていうか、お前ら子供か。試験で人格を認められただとか、ホントどこいった。

俺たちがいるから戦闘はどうとでもなるけど、並の部隊だったら最悪、全滅まであるんじゃないだろうか。ひょっとして俺たち、甘えられている？

「はあっ……。大地くん、いくら何でもアレはひどくない？」

「うちもさすがに、アレはどーかと思うっすよ。バイトの勤務中にあれやったら、キッチンで正座させられて説教まであるっす」

「いや、お客さんに聞こえるところでやったらダメだろ……じゃなくて。でもまあ、そうだよな。さすがに度が過ぎてると俺も思うわ」

戦闘終了後、魔石を拾いながら、風音さんや弓月とそんな話をする。

さすがにあれは、社会人としてダメだ。

ていうか、この世界の覚醒者にまともな大人はいないのか。たまにいるか。いやそこそこいるか。でもひどいのも多い。

けど冷静に考えて、最初からダメダメだったほうがいるよな。

悪い人間ではないことと、ダメ人間でないかどうかはまた別の問題だ。

「大地くん」

「先輩」

風音さんと弓月から、期待のまなざしを向けられる。

さらにグリフォンまで「クピッ、クピッ！」と、俺に何かを催促するように鳴いた。

俺、別にあの人の上長じゃないんだけどな。しょうがない。

「分かりました、もう一度行ってきます。成果は期待しないでください」

俺は大きくため息をついて、二人の聖騎士のもとへと向かおうとした。

だがそこで、風音さんからもう一つ、声がかかる。

「ちょっと待って、大地くん。私ひとつ、ジェラルドさんの態度で気になることがあるんだ」

「気になること、ですか？」

「うん。なんて言ったらいいのか……ジェラルドさん、ミャルラちゃんに対して、ちょっと照れてる素振りが見えるんだよね」

「あ、それうちも思ったっす。照れ隠しで、わざとつっけんどんにしてる感じあるっすよね」

ジェラルドさんが、ミャルラ相手に照れている……？　なんだそれは。

そんなよく分からない不確定情報を手に入れつつ、俺はあらためて聖騎士たちのもとへと向かったのだった。

＊＊＊

ジェラルドさんとミャルラは、戦闘を終えた後も依然としていがみ合っていた。

「いい加減にしろ獣人！　貴様が邪魔をするから、この有り様だ！」

「いつもいつも獣人、獣人って！　私にはミャルラって名前があるニャ！　ジェラルドさんは人の名前も覚えられないニャ⁉」

「なんだと⁉　貴様、獣人のくせに――」

「はい、ストップ！　ストーップ！」

俺は二人の間に割って入った。

それからミャルラに向かって伝える。

「ジェラルドさんと二人で話をしたいから、少し離れていてもらってもいいか」

「……わ、分かったニャ」

ミャルラは口をとがらせつつも、渋々といった様子で離れていった。声が届かないぐらいまで離れたのを確認してから、俺はジェラルドさんのほうへと向き直る。

聖騎士の青年は、不機嫌そうな様子で俺に声をかけてきた。

「相棒二人と何やら話していたようだが。言いたいことがあるようだな」

「ありますよ。今の戦闘の様子はさすがにどうかと思うので、言わせてもらいます」

「冒険者が聖騎士に、説教でもするつもりか？」

「そうですね。あんな子供みたいなことをやるのが聖騎士なら、冒険者のほうがよほど立派だと思いますし」

「……なんだと？」

こういう緊張感で誰かとぶつかったの、いつぶりだろう。

俺は一つ深呼吸をしてから、ジェラルドさんに言う。

「ミャルラと仲直りをしてください」

俺は率直に、要求を伝えた。

今はいがみ合っているように見える二人だが、ミャルラにはもともと問題はない。端的に言って、問題があるのはジェラルドさんだけだ。

だが彼は、こう答える。

「断る。仲直りも何も、もとより仲が良かったことなど一度もない」

「じゃあ今から仲良くしてください」

「それも断る。あんな穢れた獣人と、親密になどできるものか」

「獣人、獣人、獣人――ミャルラ自身も風音さんも言ってましたけど、ミャルラはミャルラですよ。『獣人』なんて名前の人じゃありません」

「名などどうでもいい。アレが穢れた獣人であるという真実に、何も変わりはない」

「ミャルラはミャルラです。俺やジェラルドさんや風音さんや弓月が『ヒト族』なんていう人じゃないのと一緒です」

「………」

ジェラルドさんは口をへの字にして、わずかに押し黙った。

だがここから先、俺が思っていたのとは少し違う方向に、話が転がり始める。

「ダイチくん。キミには先ほど、ある少年の昔話をしたはずだが。あれを聞いても何とも思わないのか」

「いいえ、いろいろ思いましたよ。でもそれはミャルラには関係ない。別の猫耳族の女性の話ですよね」

「詭弁《きべん》だな。それを抜きにしても、あの獣人は間違いなく危険だ。気を付けろと忠告したのに、もう誑かされたか」

「ミャルラが危険？　どうしてですか」

俺がそう問い返すと、ジェラルドさんは大きくため息をついた。

「これは語りたくなかったのだがな。やむをえん」

そう言って彼は、「もう一つの昔話」を、ぽつりぽつりと語り始めた。

ジェラルドさんが語った話は、先の話と比べてもだいぶたどたどしかった。だが彼の話を繋《つな》ぎ合《あ》わせると、どんな出来事があったのかは、だいたい想像がついた。

それはおそらく、こんな場面だったのだろう。

＊＊＊

母親を亡くし、十八のときに覚醒者としての力を得た青年ジェラルド。

冒険者となり、数年間の経験を積んだ彼は、やがて聖騎士試験の受験資格を獲得するに至る。彼は試験に挑戦し、合格し、聖騎士となった。

だがその年の聖騎士試験では、一人、特異な人物が聖騎士として合格を勝ち取っていた。

獣人の女性。それも猫耳族の少女だ。

獣人の聖騎士合格者は、近年ではほかに例がない。聖王エルドリックが特例的に合格を認めたのだという噂を、ジェラルドは聞いた。

彼はこう思った。獣人の、猫耳族の女――生まれながらの売女。それは清廉な聖騎士団に潜り込んだ、許されざる穢れであると。

そいつはやがて聖騎士団を内側から蝕み、食い破り、崩壊させてしまうかもしれない。

彼には、獣人少女の聖騎士合格を認めた王の考えが、まったく分からなかった。

だが、当の猫耳族の少女に会ってみて、彼はすべてを悟った。

「あ、あの……！　一緒の試験で合格した方ですよね！　私、ミャルラっていいますニャ！　同期の聖騎士として、これから、よろしくお願いしますニャ！」

城の廊下で初めて会った獣人の少女は、そう言ってペコリと頭を下げてきた。

その少女が、まだ齢《よわい》十五を過ぎた頃であろうに、男を惑《まど》わせる途方もない魅力を放っていたのだ。

愛くるしいつぶらな瞳に、ぷっくりとした唇。口元からわずかにのぞく八重歯。ぴょこぴょこと動く猫耳と、誘うように揺れる猫の尻尾。短く整えられた栗色の髪は、クセのあるふわふわしたもの。やや幼さを残しながらもしっかりと発育した、瑞々《みずみず》しい肢体。首元、胸、腰つき、尻、太もも——すべてが男を惑わせるのに最適な形をしていると感じた。

しかもジェラルドに向かって頭を下げてきた獣人の少女は、まるで売女には見えない、まっすぐな眼差しを持っていた。そして、どこかおどおどとした小動物のような仕草には、どうしようもなく庇護欲《ひごよく》をかき立てられる。

ああ——と、この瞬間に、ジェラルドはすべてを悟ったのだ。

父も、聖王様も、この胸をかき乱されるような魔性の力にやられたのだと。

——この獣人女は、間違いなく危険だ。聖王様をも誑かすこの邪悪な存在を、神聖なる聖騎士団から排除しなければならない。ジェラルドはそう思った。

彼は獣人の少女を睨《にら》みつけ、宣戦布告をした。

「ふんっ、一応名乗っておく。僕はジェラルドだ。聖王様を誑かして聖騎士になった売女め。調子に乗るなよ」

「えっ……？」

呆然《ぼうぜん》とする獣人の少女を置き去りにして、ジェラルドはその場を立ち去った。

自らの胸をかき乱す、危険な少女への想いを必死に抑えながら——

＊＊＊

ひと通り話を終えた頃、ジェラルドさんはだいぶ興奮した様子になっていた。

「ダイチくん、同じ男のキミなら分かるだろう！　あの獣人女は特に危険なんだ！　猫耳族の女の中でも、あの魔性の力は図抜けている！　僕は、あんな獣人女の力に負けるわけにはいかないんだ！」

「はあ……」

一方の俺は、生返事をするしかなかった。

ちなみに俺は、「分かるだろう」と言われても、あまり分からなかった。確かにミャルラの容姿はかわいいと思うし、素直ないい子だなとも思うけど、それだけだ。

風音さんや弓月みたいに、俺の気持ちを強く揺さぶってくるようなことはない。付き合いの長さの問題かもしれないが、少なくとも今のところはそうだ。

つまり、どういうことか。

「あの、ジェラルドさん。一つ、突っ込んだことを言ってもいいですか？」

「なんだ。もうここまで話したんだ、腹をくくる。言ってみてくれ」

「はい。俺、思うんですけど、それって単に――」

俺はジェラルドさんに、今の話から推測される一つの帰結を語った。

俺たちの頭上では、小型化状態のグリフォンが「クピッ、クピィッ」と鳴きながら飛び回っていた。

＊＊＊

その後、あれやこれやがありつつ、俺たちのモンスター討伐任務は続行となった。

人間関係が難儀だったが、任務の本題は（少なくとも名目上は）モンスター討伐なのだ。

なおこの任務では、主に二種類のモンスターを討伐する予定になっていた。

一つはグール。こちらはすでに二十体ほどの数を撃破している。

だがもう一種類のほうには、今のところ遭遇していない。目撃証言によると「空飛ぶカボチャのような姿の不気味なモンスター」がいたとのことなのだが。

こちらはグールと比べてもはるかに強力なモンスターであり、出現数は一体か、多くても二、三体程度の少数であろうと目されている。今回の討伐任務のボス敵とみなしていい相手だろう。

そのモンスターがついに、森を捜索していた俺たちの前に、姿を現した。

そこは森の中の広場のような場所だった。広さはテニスコート一面をすっぽり収めてもあまりあるほど。広場の奥の方には不気味な色の沼があり、その周辺にモンスターどもが蠢《うごめ》いていた。

その場にいたモンスターは二種類。

一つはグールで、数は四体。沼の左手側に固まっていて、いかにも亡者《もうじゃ》らしいおどろおどろしい声を上げている。

もう一つは、目撃証言にあった「空飛ぶカボチャに似たモンスター」だ。平たく言って、ハロウィンのお祭りでよく見るアレである。

ただしデカい。両腕を広げて抱えるほどもある巨大カボチャが、人間の目線ぐらいの高さの空中に浮かんでいる。中身がくりぬかれたような空洞状の内側では、炎が燃え盛っており、目と鼻と口の形に抜かれた部分からそれをうかがうことができた。

モンスターの名称は、それそのもの「ジャックオーランタン」だ。

いろいろとどういう原理でそうなっているのか問いただしたいところだが、まあ今さらという気もする。

数は三体。グールとは反対側、俺たちから見て沼の右手側に固まって浮かんでいた。

広場に足を踏み入れた俺たちに気付き、モンスターたちが動き始める。グールたちはこちらに向かって駆け出してきて、ジャックオーランタンは赤色の魔力をその身にまとわせた。

これがこの任務における、実質的なボス戦だろうな。

グールだけを相手にしてきたこれまでの戦闘とは、わけが違う。今までのような互いに足を引っ張り合うような戦い方では、少々難儀な相手かもしれない。

だがそこに関してはもう、あまり心配していなかった。

俺は二人の聖騎士に声をかける。

「グールはそっちに任せます！　ジャックオーランタンは俺たちが！」

「承知した！　ミャルラ、あの亡者どもは僕たちで片付けるぞ！　ダイチくんたちへの援護はその後だ！」

「はいですニャ！」

ジェラルドさんの言葉に応じたミャルラの声は、揚々《ようよう》としていた。

二人の聖騎士はそれぞれに武器を構え、グールの群れに向かって駆け出していく。

あれから紆余曲折《うよきょくせつ》あって、ジェラルドさんとミャルラの関係性は劇的に改善した。

今では二人の間に、大きな亀裂《きれつ》はない。ジェラルドさんは猫耳族の少女に対して好意的に接するようになり、ミャルラは年上で同期の青年にすっかり懐いている。

そこにどんな経緯があったかと言えば、ちょっとややこしい。

話は少し前に遡るのだが――

＊＊＊

「それって単に――ジェラルドさんがミャルラに、一目惚《ひとめぼ》れしたってことですよね？」

「は……？」

俺の不躾《ぶしつけ》な指摘を受けて、ジェラルドさんは鳩《はと》が豆鉄砲を食ったような顔になった。あ、やっぱり自覚なかったんだ。

それはジェラルドさんから、「もう一つの昔話」を聞いた後のこと。

俺はひとまず容赦という言葉を捨てて、思ったことを全部ぶちまけていった。

「悪いですけど俺、ジェラルドさんが言うみたいには、ミャルラのことをどうこう思いませんでしたよ。かわいい子だなとは思いましたけど、それだけです。特に心を強くかき乱されるようなことはなかったです」

「そ、そんなバカな……いや、それはキミが、すでに意中の人がいるからで……待て、それだと父上や陛下は……む、つまりそれは、影響に個人差があるということだろう」

「ええ。ですから、ジェラルドさんがミャルラに一目惚れしただけですよね」

「なっ……!? ち、違う! そんなはずは――」

ジェラルドさんはだいぶバグっていた。

狼狽《うろた》えた様子を隠そうともせず、支離滅裂《しりめつれつ》な反論をしてくる。

「だ、だがそれは、あの獣人の穢れを否定する理由にはならないはずだ! 彼奴《きやつ》は現に、僕のことを誘惑しようとして――」

「ミャルラにその意図はないと思いますけど。ジェラルドさんが勝手に惚れただけですよね。勘違いですよ」

「ぐっ……! だが結果が同じであれば一緒だろう! あの獣人が男を虜《とりこ》にすることに変わりはない!」

「はあ……。ていうかそもそも、人が人を好きになること自体に何か問題があります? ジェラルドさん、別に既婚者ではないですよね。ジェラルドさんがミャルラを好きになって、何が問題なんです?」

「なっ……!? い、いや、それはだから、その……あれ……? 待て、おかしい、おかしいぞ……そんなはずはない……」

ジェラルドさんはぶつくさ言いながら、うつむいてしまった。どうやら大混乱中のようだ。

その後ジェラルドさんが「少し一人にさせてほしい」と言ったので、俺は彼のもとから離れた。ジェラルドさんはずっとぶつぶつ言いながら、考えを整理しているようだった。だがしばらくすると、彼は大きく深呼吸をした。それから両手で自分の頬をパンと叩いて、「よし」とつぶやいた。

そのまま見守っていると、ジェラルドさんはミャルラのほうへと歩いていった。

そして警戒するミャルラの前に立つと、彼は深々と頭を下げたのだ。

「すまない、ミャルラ。僕が間違っていた。許してくれなどとは言えない。だが謝らせてくれ。これまで本当にすまなかった！」

腰を九十度に折り曲げ、ミャルラに向かって頭を下げたジェラルドさん。

おお、偉い。ちゃんと反省して謝れるじゃないか——と、俺は思った。世の中には、これをできない人が案外多いのだ。俺の脳内評価でジェラルドさんのダメ人間度が下がり、少しまとも寄りになった。

そして今度はミャルラが狼狽える番だった。

「ジェラルドさん……？　ど、どうしたんニャ、急に？」

「ミャルラ、キミに対する不適切な態度も暴言も、すべて僕の不徳によるものだった。ダイチくんと話していて、そのことに気付かされたんだ。僕はひどい勘違いをしていた」

「え、と……じゃ、じゃあ……ジェラルドさん、私と仲良くしてくれるニャ……？」

「ああ、もちろんだ。少なくとも、僕にキミを拒む理由はない。ただミャルラが僕を許さないというのであれば、それはやむを得ない。僕はキミにそれだけのことをした。キミが望むなら、気が済むまで僕のことを殴ってもらっても構わない」

それを聞いたミャルラは、ぶんぶんと首を横に振る。

「そんなのは別にいいニャ！　許す、許すニャ！　だから……うっ……ぐすっ……うぅぅっ……」

ミャルラはやがて、ボロボロと涙を流し始めた。とめどなく流れ落ちる涙は、拭っても拭っても抑えきれない様子。

それを見ておろおろとしたのは、ジェラルドさんだ。

「ま、待て、どうして泣くんだ。僕は今、キミを泣かせるようなことを言ったか？」

「ううっ……嬉しくて泣いてるニャ……うっ、ぐすっ……ジェラルドさぁん、ありがとうニャあああああっ！」

「はあっ!?　——ちょっ、ちょっと待て、なんで抱き着いてくるんだ!?」

「うわぁあああんっ！　嬉しいからニャあああああっ！」

「嬉しいからで抱き着いてこないでくれ！　僕を誘惑するなぁあああああっ！」

——とまあ、そんな感じで。ジェラルドさんはミャルラに一目惚れしたことは隠したまま、これまでの態度を謝罪し。ミャルラはミャルラで、ジェラルドさんにあらためて好意を返した。

ミャルラの好意を示すアクションがちょっと強いようにも見えるが、ひょっとすると猫耳族なりの当たり前のスキンシップなのかもしれない。知らんけど。

実はミャルラが本当に悪女っていう説は……ない、よな……？　いや、女性は分からないからな。あとで風音さんや弓月に聞いてみよう。

なおジェラルドさんは、自らのこれまでの行いを許せないらしく、その後もミャルラに対してしきりに「罰を与えてくれ」と言っていた。気が済むまで自分を殴り、貶《けな》し、罵ってほしいと。ドMかな？

最初は困り笑いで遠慮していたミャルラだったが、ジェラルドさんから「僕がこれまでにキミに行った非道の数々を思い出してくれ！」と言われると、何かを思い返すような仕草を見せた後に「確かにちょっとムカムカしてきたニャ」と返した。

しかし今は任務の最中であるため、そういうのはモンスター討伐がすべて終わってからにしようという話になった。正論である。処刑の時は先延ばしになった。

ともあれそんなわけで、二人の聖騎士の人間関係は、ひとまずの改善を見せたのである。

＊＊＊

そんな紆余曲折があって、関係性が劇的に改善したジェラルドさんとミャルラ。

場面は森林中の沼地のある広場、俺たちがグールやジャックオーランタンの群れに遭遇した状況へと戻る。

「ミャルラ、あの亡者どもは僕たちで片付けるぞ！　ダイチくんたちへの援護はその後だ！」

「はいですニャ！」

二人の聖騎士は息を合わせ、四体のグールに向かって駆けていく。

片や鎖かたびらを着て、剣と盾を手にした、オーソドックスな戦闘スタイル。

片や軽装の胸当てを身に着け、両手に爪系武器を装備した、素早さ重視の格闘スタイルだ。

そんな二人の聖騎士に、四体のグールが襲い掛かる。

先頭を走ってきた一体が、ジェラルドさんに向かって鋭い爪を振り上げるが――

「させるか、【二段斬り】！」

「もう一撃ニャ！」

ジェラルドさんの剣による二段攻撃がグールに決まった直後、青年の横合いを駆け抜けたミャルラが、同じグールに向けてすれ違いざまに爪を閃《ひらめ》かせる。

ジェラルドさんの【二段斬り】だけでは倒れなかったグールも、ミャルラの攻撃によってトドメを刺されて消滅、魔石へと変わった。

「ミャルラ、先行しすぎるな！　前衛は僕が引き受ける！」

「分かってるニャ！　私は【ガイアヒール】で援護すればいいニャよね！」

ミャルラは先頭の一体を撃破するとすぐに、ぴょんぴょんとバックステップ。残る三体に接敵されるよりも前に、ジェラルドさんの背後へと戻った。

「ああ、頼む！　ミャルラの援護があれば、この程度の数のグールなど――！」

ミャルラを守るように前に出たジェラルドさんは、続いて襲い掛かる三体のグールを相手に奮闘を始めた。盾やフットワークを活《い》かしてグールどもの麻痺爪攻撃を防御しつつ、剣を使った【二段斬り】で反撃を仕掛けていく。

もちろんすべての攻撃を防御し切れるわけではない。グールの麻痺爪攻撃はそのいくつかが命中し、鎖かたびらを引き裂いて聖騎士の体にダメージを与えた。

もっともグールの攻撃力では、鎖かたびらの上からではさほどのダメージにはならないはずだ。25レベルのジェラルドさんなら、一撃のヒットでHPを一割ほど削られる程度のものだろう。

だがバッドステータスの「麻痺」によって、ジェラルドさんの動きは着実に鈍っていく。被弾回数が累積すれば、麻痺も累積し、やがては動けなくなってしまう。

「ジェラルドさんは私が守るニャ――【ガイアヒール】！」

しかしそこは、後衛についたミャルラが、HP回復と麻痺治療を同時に行う魔法で援護をする。

ミャルラの回復魔法によって万全の状態を取り戻したジェラルドさんは――

「助かる！　――はあっ！」

モンスターの隙を見て、さらに一撃、剣による斬撃を放った。先の【二段斬り】によってすでに大ダメージを受けていた一体のグールは、その一撃で消滅、魔石へと変わる。

二人の連携は完璧かつ鉄板で、残り二体のグールを相手に後《おく》れを取るとは思えない仕上がりだった。あっちはもう、時間の問題だろうな。

　というわけで、俺たちも俺たちで自分の仕事に専念しようと思う。

「風音さん、俺たちはカボチャを！」

「うん、大地くん！」

　俺は風音さんとともに、自分たちの敵に向かって駆けていた。

　目標は、夜闇の中に浮かぶ巨大カボチャ三体だ。

　三体のジャックオーランタンは、いずれも魔法発動のための赤い燐光《りんこう》を放っている。

　少し距離があったため、俺や風音さんが近接戦闘に持ち込むよりも早く、向こうの魔法が発動しそうだが――

「うちを忘れてもらっちゃ困るっすよ！　凍《い》てつかせろ、フェンリルアロー！」

　背後から弓月の声が聞こえてきたと同時、敵に向かって駆ける俺と風音さんの間の空間を、青白い曳光《えいこう》を放つ矢が貫いた。

　その矢は三体いた横並びのジャックオーランタンのうち、真ん中の一体を射貫《いぬ》いた。直撃部に氷柱《つらら》の華を咲かせると、そのカボチャは黒い靄となって消滅、魔石を落とす。

「っし！　一体仕留めたっす！」

　弓月の快哉《かいさい》の声。そんな予感はしていたが、やはりジャックオーランタンも一撃必殺か。まあまあ強いモンスターのはずなんだがな。

　もっとも氷属性が弱点だから、さもありなんだが。というか炎属性と氷属性を自在に使い分けられるうちの大砲、実は相当ヤバいのでは？

さておき、残るジャックオーランタンは二体だ。

足の速い風音さんが、あと数歩で間合いに踏み込める――そのタイミング。一体のカボチャの魔法攻撃が発動した。

片方は炎の槍を生み出して、風音さんに向けて発射。

もう一方は爆炎の魔法を使って、俺と風音さんを同時に炎に巻き込んできた。

「「ぐぅっ……！」」

ダメージは当然あった。特に炎槍と爆炎、二発分の魔法攻撃を同時に受けた風音さんは、それなりのダメージを受けたはずだ。

繰り返しになるが、ジャックオーランタンはかなり強力なモンスターだ。一般の聖騎士ならば、一対一で戦っても分が悪いぐらいの相手だという。

しかしそこは、俺たちを任務に駆り出したエルドリック王の見立てが正しい。

「こんな程度で――やぁあああああっ！」

風音さんは、受けたダメージもなんのその。ジャックオーランタンの一体に飛び掛かって、その手の二振りの短剣で連続攻撃を叩き込んだ。

カボチャ顔のド真ん中を、斜め十字に斬り裂かれたジャックオーランタンは、負傷部から黒い靄を盛大に漏らす。明らかな大ダメージを負った様子。

風音さんはすぐさま、ぴょんと横に跳んでその場から離れる。

空いたスペースに駆け込むのは、彼女の相棒――つまり俺だ。

「これで――【三連衝】！」

俺の右手がスキルの輝きを宿し、槍による高速三弾突きを叩き込んだ。

おそらくだいぶオーバーキルだ。そのジャックオーランタンはたまらず黒い靄となって霧散し、魔石を落とした。

ジャックオーランタンの最大ＨＰは２３０。一方で俺の槍による攻撃は、相手にもよるが、近頃は一撃で７０点ほどのダメージを叩き出せる傾向にある。手負いを狙わずとも、ひょっとすると俺の【三連衝】だけで瞬殺できたかもしれない。

だがそこで、無理にギャンブルをする必要もない。なぜなら――

「これでゲームセットっす！　フェンリルアロー！」

うちには超火力の大砲が別にいるからだ。弓月が放った二発目の氷の矢は、残ったジャックオーランタンもあっさりと霧散させ、魔石へと変えた。

いや、今の弓月の性能ヤバいわマジで。チートだチート。俺にも寄越せ。というのも隣の芝生《しばふ》は青い的な感想かもしれないが。

ともあれそんなわけで、ジャックオーランタン三体はわりと手早く片付いた。

もう一方の戦場はと見ると、残っていた二体のグールのうち一体が、今ちょうど倒されたところだった。

そして最後の一体にも、ジェラルドさんとミャルラが二人がかりで攻撃を仕掛けていく。見ているうちに、最後のグールもあっという間に撃破された。

「よぉし！」

「やったニャ！」

歓喜の声を上げる二人の聖騎士。

だが二人はすぐに、油断のない視線を俺たちの方へと向けて——そして、唖然《あぜん》とした様子を見せた。

「バカな……!?　相手はあのジャックオーランタンだぞ。まさかこのわずかの間で、三体を全滅させたというのか。ダイチくんたちの飛び抜けた強さは、十分に承知しているつもりだったが……」

「ははは っ……やっぱり三人とも化け物ニャ。本当にベネディクト団長が三人いるみたいニャ」

どうやら俺たちの援護に移行するつもりだったようだが、状況がすでに片付いているのを見て驚いたようだ。ジェラルドさんは参ったという様子で、ミャルラは表情を引きつらせた半笑いで、俺たちのことを見ていた。

というわけで、森の中の広場にいたモンスターの殲滅《せんめつ》に成功した俺たち。

そこでピコンッと、ミッション達成の通知が入った。

ミッション『ジャックオーランタンを３体討伐する』を達成した！

パーティ全員が１５０００ポイントの経験値を獲得！

特別ミッション『聖騎士ジェラルド、聖騎士ミャルラとともにモンスター討伐を完遂する』を達成した！

パーティ全員が２００００ポイントの経験値を獲得！

新規ミッション『ヴァンパイアを1体討伐する』（獲得経験値７００００）が発生！

弓月火垂が４４レベルにレベルアップ！

現在の経験値
六槍大地……７１６３５４／７２０２９８（次のレベルまで：３９４４）
小太刀風音……６９９４４６／７２０２９８（次のレベルまで：２０８５２）
弓月火垂……８１４８７１／９１４１１２（次のレベルまで：９９２４１）

あー……そういえばまた、経験値調整を忘れていたな。

でもまあ、そんなに躍起になってレベルを合わせる必要もない気がしてきたな。ミッション達成で全員に経験値が入ることも考えると、成り行き任せでいい気もする。

あと特別ミッションのほうも達成判定が出たってことは、これで討伐任務が完了したと見ていいみたいだ。微妙にメタ情報が入ってくるんだよな。

その後、念のために周辺を探索してみたが、それ以上のモンスターとの遭遇はなかった。

俺たちはモンスター討伐の戦果を手に、帰還の途《と》についた。

＊＊＊

王都への帰り道。

森を抜けて街道へと出たあたりで、先頭を歩いていたジェラルドさんが振り向いて、ミャルラに声をかけた。

「このあたりでいいだろう。ミャルラ、僕に罰を与えてくれ」

月明かりの下のジェラルドさん、真摯な顔つきである。

どうやら後回しにしていた負債の支払いを、ここで済ませるつもりのようだ。

対する獣人の少女は、頬をぽりぽりと掻《か》いて言葉を返す。

「ほ、本当にやるニャ？」

「ああ。ミャルラにあれだけ酷いことを行ってきた僕が、キミの優しさと慈愛によって一方的に許されたのでは、釣り合いが取れない。僕は相応の罰を受けるべきだ」

ジェラルドさんは、今度こそ譲るつもりはないようだ。

俺は固唾《かたず》を呑《の》んで状況を見守る。風音さんや弓月も同じ腹積もりのようだった。

「い、いいのかニャア。……あとでまた恨んだりしないニャ？」

「そんなことは絶対にしない。太陽神アウグストラと、この僕の正義の心に誓おう」

それを聞いたミャルラは、少し考えるような仕草を見せる。

ついで「うん」とうなずいてから、こう口にした。

「そういうことなら、分かったニャ。やらせてもらうニャ」

ミャルラは深呼吸をした後、両手に装備していた爪系武器を外して軽く拳を握り、同僚の聖騎士の前に立つ。

それから何かを思い出すように目を閉じた。しばしの時間、沈黙。

ミャルラが目を開く。その瞳にはうっすらと涙が浮かんでいるように見えた。

「ジェラルドさん――覚悟するニャ！」

猫耳族の少女は地面を蹴る。瞬《またた》く間《ま》にジェラルドさんの懐へと潜り込んだ。

そして、ミャルラはジェラルドさんに罰を与えるべく、拳を振るう――

かと思いきや、その拳を開いて腕をジェラルドさんの背へと回し、ぎゅっと抱き着いた。

「――っ⁉」

不意打ちで抱き着かれた聖騎士の青年は、その行為に狼狽《ろうばい》した。

ミャルラは泣きながら叫ぶ。

「気安く話しかけて何が悪いニャ！　ジェラルドさんと仲良くしたかっただけニャ！　私は穢れた雌猫じゃないニャ！　陛下を誑かしたりしてないニャ！」

「ミャ、ミャルラ……⁉」

戸惑うジェラルドさんだが、ミャルラが止まることはない。

少女は相手を逃がすまいと拘束したまま、なおも思いの丈をぶつけていく。

「ジェラルドさんを殴っても蹴っても、私の気持ちは収まらないニャ！　そんなのジェラルドさんの自己満足にしかならないニャ！」

「………」

「私、頑張ったニャ！　頑張ったことを認めてほしいニャ！　たくさん褒めてほしいニャ！　ジェラルドさんが悪かったと思ってるなら、ひどいことを言われても耐えて頑張った私のことをたくさん褒めてほしいニャ！　よくやった、ありがとうって言ってほしいニャ！」

「うっ……そ、それはもちろん、だが……」

「じゃあ、言うニャ！　今すぐ！　今すぐ言って！」

ジェラルドさんに抱き着いたミャルラは、瞳に涙を浮かべ、自分よりも長身の青年を上目遣いで睨みつける。

ジェラルドさんはたじたじになっていたが、抱き着かれているので逃げられない。

やがて彼は観念し、絞り出すようにこう口にした。

「ありがとう、ミャルラ。キミが頑張ってくれたおかげで、僕は過ちに気付くことができた」

「……それだけニャ？」

不満そうなミャルラの声。

聖騎士の青年はしどろもどろになりながらも、さらなる彼女の要望に応える。

「うっ……えっと、その……あ、ありがとう。本当にありがとう。たくさん頑張ってくれてありがとう、ミャルラ」

「……えへへっ。もっと言われたいけど、ひとまずこれで許すニャ」

ミャルラはジェラルドさんを解放し、半歩離れて、目の前の青年に向かって、にこっと笑いかけた。

一方のジェラルドさんは、顔を真っ赤にして、目をうろうろと泳がせていた。

あれは……ミャルラにそのつもりはないのか？　欠片《かけら》も好意がない相手にあんなことはしない気がするけど……。

あれが猫耳族の基本仕草なら、確かに男子はころっといくだろうな。怖い怖い。

ともあれ、どうやら負債の清算は済んだようだ。はたで見ていた俺は、風音さんや弓月とともに苦笑しつつ、微笑ましい気持ちになった。

そう思っていると、今度はジェラルドさん、俺たちのほうへと向かってきた。

聖騎士の青年は俺の前に立つと、改まった態度でこう伝えてきた。

「ダイチくんも、本当にありがとう。キミが戒めてくれなければ、僕は今も誤った道を進み続けていただろう。心より感謝する。ありがとう」

ジェラルドさんは深々と頭を下げてきた。

俺は恥ずかしくなって「大したことはしていませんから」と謙遜してしまった。

さらに彼は風音さんにもお礼を言いに行き、頭を下げていた。風音さんは「こっちこそ、キツい言い方をしてごめんなさい」と謝り返していた。

そうしたジェラルドさんの姿を見て、俺はエルドリック王が言っていた、かの聖騎士の青年に対する評価を思い出していた。

『ジェラルドのやつも、悪い人間ではないと思うのだがな。むしろ正義感が強すぎるゆえの空回りと見える』

あらためて思う。彼は本質的に悪人ではないのだと。

どちらかと言えば、善良かつ誠実な部類の人間だろう。自分の過ちに気付いたら、非を認めて態度を改め、心からの謝罪や感謝の言葉を述べることができる程度には。

誤った事実認識と、盲信的な正義感が、彼を迫害へと向かわせていただけなのだ。と、そのとき後ろ手を組んだ弓月が、ぴょこっと俺の前に顔を見せる。

「これで一件落着っすね、先輩。コミュ力弱者の先輩が、柄にもなく頑張った甲斐があったってものっす」

「まあ、その通りだが。お前は一言多いんだよ」

俺は後輩を小突く。弓月はぺろっと舌を出し、それを見た風音さんがくすくすと笑う。

つられて俺と弓月も笑顔になり、グリフォンも「クピッ、クピーッ♪」と鳴いて上機嫌であたりを飛び回った。

そうして弓月が言った通りに、一件落着。

俺たちは今度こそ、全員で王都へと帰還したのだった。

＊＊＊

王都に帰還した俺たちは、国王に任務達成の報告をした。

場所は謁見の間。俺たちはジェラルドさんやミャルラに倣い、王に向かって片膝をついて畏まっていた。

報告を受けたエルドリック王は、玉座に腰掛けた姿で鷹揚《おうよう》にうなずく。

「うむ、ご苦労だった。特にダイチ、カザネ、ホタルの三人は、聖騎士でもないのに夜分に働いてもらったこと、感謝する。宿はこちらで上等な場所を手配しておいたから、あとはゆっくりと休んでほしい。無論、約束の報酬は別途払おう」

「はい。ありがとうございます」

俺は三人を代表して、エルドリック王に頭を下げる。

王はうなずき、次にジェラルドさん、ミャルラのほうへと向き直った。

「聖騎士ジェラルドと聖騎士ミャルラも、夜分の任務、大儀であった」

「「はっ、もったいなきお言葉」」

二人の聖騎士もまた、あらためて首《こうべ》を垂れる。息を合わせた二人の仕草を見て、エルドリック王は口元に手を当て「ふむ」とつぶやいた。

ジェラルドさんが顔を上げ、まっすぐに国王を見る。

「陛下、私事で恐縮《きょうしゅく》ですが、この場を借りて申し上げたいことがございます」

「ほう。なんだ、言ってみろ」

エルドリック王は、興味深げな様子で先を促す。

ジェラルドさんは、片膝をつき顔だけを上げた姿勢のまま、玉座の王に向かってこう伝えた。

「以前、私は陛下に対し、ありうべからざる無礼なことを申し上げました。陛下が彼女

——聖騎士ミャルラに誑かされている、などと。あれらはすべて私の勘違いであり、不徳の致すところであったと、この任務の最中に認識を改めた次第です」

ジェラルドさんの声は、震えていた。

一方のエルドリック王は、少し驚いたような様子を見せる。

「陛下、大変申し訳ございませんでした！　この場で首を落とされても、当然のことと承知しております！」

ジェラルドさんは決死の覚悟といった様子で、声を張り上げる。

それからしばしの間、静寂が訪れた。

俺はこのとき、万が一エルドリック王が本当にジェラルドさんの首を落とそうとでもしようものなら、止めに入るつもりでいた。

八英雄の一人、聖王エルドリック。ダークエルフのユースフィアさんや、ドワーフのバルザムントさんと同格の実力を持つと想定される、格上の相手だ。

それでも——と思って心の中で身構えていたのだが。

ジェラルドさんの決死の言葉を聞いたエルドリック王は、やがて高らかに笑った。

「はははははっ！　おいおい、一体どんな秘術を使ったんだ。冒険者ダイチよ、聖騎士ジェラルドのこの変わりようは、お前たちの仕業か？」

「え……？　あー、まあ一応、一端はそうかもしれません」

俺はそう答える。説教というか、衝突というか、それらしいことはしたな。

なおエルドリック王は、とても愉快そうな様子だ。ジェラルドさんの打ち首とかはなさそうで、ホッと一息だ。

　そのジェラルドさんが、おそるおそるといった様子で王に問う。

「あ、あの、陛下。私への処遇は」

「ん？　特にないが。ここで無礼打ちにするぐらいなら、とうの昔にやっている。私はそんなに狭量《きょうりょう》な王に見えるか？」

「い、いえ。滅相《めっそう》もございません」

「ははは、すまんすまん、怯えさせるつもりはなかった。聖騎士ジェラルド、貴公とはまたいずれ、酒でも酌《く》み交《か》わしながら腹を割って話したいものだな」

「はっ。陛下の寛大さに、感謝いたします。心より感服いたしました。あらためて陛下に、我が一生の忠誠を捧《ささ》げさせていただきたく存じます」

「いや、よい。ジェラルドよ、お前はこれまで通り、己の胸のうちにある正義に従うのだ。私が道を誤ったときには、遠慮せずに諫《いさ》めてほしい。ただし私の話も聞いてくれ。私たちは皆、時に間違えるのだからな」

「はっ。そのように肝に銘じます」

　その後エルドリック王は、聖騎士ジェラルドと聖騎士ミャルラの間に何があったのかも聞きたいと言った。

　王の意を受けた二人の聖騎士は、たどたどしく、反省の言葉を織り交ぜながら事情を語った。ジェラルドさんもミャルラも顔を真っ赤にしていた。

　エルドリック王、人前でまあまあエグイ報告をさせるな。これは相当な辱《はずかし》めだぞ。

俺は風音さんや弓月とともに、しどろもどろに報告をする二人の言葉を聞きながら、ニコニコしてしまった。まあまあ面倒かけさせられたし、このぐらいは楽しんでも罰《ばち》は当たるまい。

ちなみにジェラルドさん、ミャルラに一目惚れしたあたりに関しては、さすがに言葉を濁して誤魔化《ごまか》していた。だがジェラルドさんは、嘘があまりうまくなかった。

エルドリック王は「何かもう一枚、裏がありそうだが」と言って、俺のほうを見てきた。ジェラルドさんがびくりと震える。

俺は武士の情けで「陛下、そこは勘弁してあげてほしいです」と王に伝えた。

王は「分かった。ではその点は不問としよう」と言った。ジェラルドさんはさらに恐縮した。ミャルラは不思議そうに首を傾げていた。

その後、ひと通りの報告を受けた王は、最後にこう言って話をくくった。

「うむ、事情はだいたい分かった。聖騎士ミャルラ、よかったな」

「はいですニャ！」

ミャルラは満面の笑みを浮かべていた。

＊＊＊

王への報告を終えると、任務完了ということで、解散の運びとなった。

謁見の間を出た俺たちは、二人の聖騎士に城門まで見送られることになった。

その最中、城内の廊下を歩いていたときのことだ。

向かいから二人の聖騎士がやってきて、すれ違おうとした。任務への出立前、ミャルラから城を案内してもらっていたとき遭遇した、ジェラルドさんとともにいた二人の青年だ。

その二人はすれ違いざま、ミャルラに視線を向けて鼻で笑うと、ジェラルドさんに声をかけてきた。

「お疲れさん、ジェラルド。今回は大変だったな。冒険者ばかりか、こんな獣人と一緒の任務などと」

「まったく、陛下にも困ったものだな。正当な諫言《かんげん》をしたジェラルドに、このような嫌がらせをするなど。俺たちで良ければ、後で愚痴の一つも聞いてやるよ」

そう言って二人の青年は、ジェラルドさんの肩をポンと叩いて通り過ぎていこうとした。

だがそこで――

「……違う」

ジェラルドさんが、絞り出すように言葉を吐き出した。

「ん？　何か言ったか、ジェラルド」

「違う、と言ったように聞こえたが。何が違うんだ」

二人の青年は立ち止まり、ジェラルドさんへと視線を向ける。

ジェラルドさんはミャルラを示し、はっきりとこう言った。

「彼女は、聖騎士ミャルラだ。『獣人』などという人ではない。それに陛下も、そのようなお方ではない。すべて僕の誤解だった」

言われた側の二人の青年は、目をぱちくりとさせていた。

だがすぐに片方が気を取り直して、もう一人の肩を叩き「行こう」と言った。

二人は去っていく中で、こんな言葉を漏らしていた。

「ジェラルドもあの獣人の毒気にやられたか。あれほど自分で、気を付けろと言っていたのにな」

「汚らわしい獣人め。俺たちまで懐柔できると思うなよ」

わざと聞こえるような声で言っていたように思う。

ジェラルドさんやミャルラが、この場でそれに反論することはなかった。風音さんは腰に手を当てて呆れた様子で天を仰ぎ、弓月は大きくため息をついた。

一方でミャルラは、不安に揺れた眼差しでジェラルドさんを見る。

「ジェラルドさん……また、私のせいで……」

だがジェラルドさんは、首を横に振り、もう一人の聖騎士に向かってふっと笑う。

「大丈夫だ、ミャルラ。彼らには僕が話をする。彼らも悪人ではない。きっと分かってくれるはずだ」

「ジェラルドさんは、大丈夫ニャ……？」

「僕の心配はいらない。この胸に正義さえあれば、何も怖くはない」

ジェラルドさんはそう言って、自分の胸をドンと叩いた。

それを見たミャルラが、くすっと笑う。

「ジェラルドさんは、根っからの聖騎士ニャね」

「そうありたいものだが、此度《こたび》のような過ちを犯していてはな。ミャルラのほうがよほど立派な聖騎士だろう」

「そんニャこと……ううん、私も立派な聖騎士になれるように、一所懸命に頑張るニャ」

「ああ。僕も立派な聖騎士にならなければな」

そんな二人の様子を見た俺は、少し安心した。

すべてが綺麗《きれい》に解決したわけではないが、ミャルラには心強い味方ができた。事はきっと、良い方向に進んでいくに違いない。そう信じてもいいように思ったのだ。

その後、ジェラルドさんとミャルラに城門まで見送られた俺たちは、そこで二人と別れて城をあとにした。

城のほうで用意してくれた馬車に、風音さん、弓月の二人とともに乗り込む。この馬車で、手配済みの高級宿まで送ってもらえるらしい。なんだかお大尽になった気分だ。

動き出した馬車の中で、風音さんが言葉を漏らす。

「でもあの二人、いい感じになったね。いずれ本当にくっついたりして」

「にひひ、だとしたら本当に、ミャルラっちに誑かされたことになるっすね」

「ああ、そうかもな」

二人には、ジェラルドさんがミャルラに一目惚れしていた話はしていない。男の約束だから語れないのだと、二人には伝えてある。これも武士の情けだ。

と、そこで弓月が何を思ったか、俺のほうへと身を乗り出してきた。狭い馬車の中だ。

「にっひっひ、じゃあ先輩のことは、うちらが誑かせばいいっすかね？」

「そうだね～。大地くんは私たちが誑かそう」

「えーっと……すでに俺の心は、二人にメタメタにやられている気がするんですが、それは……」

　風音さんにも迫られて、逃げ場がなくなった俺。

　二人はにじり寄るように、近付いてくる。

「まだまだ全然足りないっすよ。というわけで、にゃーん♪　先輩を誑かすにゃー♪」

「にゃーにゃー♪　大地くん、なでなでしてにゃーっ♪」

　猫の仕草で寄りかかってきた、弓月と風音さん。魂を一瞬でオーバーキルされ即死した俺は、心の中で鼻血を噴きながら二人をなでなでした。

　俺の頭の上では、小型グリフォンが「クピッ、クピッ♪」といつものように鳴く。

　そんな俺たちを乗せた馬車は、ガタガタと揺れながら夜の王都の道を進んでいった。

第三章

王城から馬車で送られた高級宿で一泊して、翌朝。

元の世界への帰還まであと７６日。

この日、俺と風音《かざね》さん、弓月《ゆづき》の三人は、王都にある冒険者ギルドへと足を運んでいた。

まずは冒険者登録をしなければならない。クエスト漁《あさ》りでごった返す掲示板前を通りすぎて、受付へと向かう。

冒険者ギルドは国ごとに別の組織らしい。他国のギルドの制度を模倣《もほう》して作られているため、システムはよく似ているようだが。いずれにせよ複数の国で冒険者として活動するには、それぞれの国で冒険者登録をする必要がある。

「ご記入ありがとうございます。ダイチさん、ヒト族、十九歳、男性ですね。次にステータスを確認させていただけますか？」

氏名などの記入内容を確認したあと、受付のお姉さんは営業スマイルとともにそう聞いてきた。

ステータス……ステータスかぁ。見せないといけないのは分かっていたが。

「あの、ギルドの内部情報として保管されるのはもちろん構わないんですけど。大っぴらに口外することは避けていただきたいのですが」

一応、そう言ってみる。

受付のお姉さんは首を傾《かし》げた。

「何か特殊なスキルなどをお持ちということでしょうか？　ギルドで管理するステータス情報はレベルのみなので、そこはご安心ください。それにもちろん、個人の情報をみだりに他言したりはいたしません」

「えーっと、そうじゃなくて……まあいいか。【ステータスオープン】。はい、どうぞ」

仕方がないので俺は自分のステータスを開いて、半透明のボードに表示された数値等をお姉さんに見せてやった。もうなるようになれだ。

「ありがとうございます。現在のレベルは４２ですね。ではこちらで登録いたしま――って、よんじゅうに!?」

受付のお姉さんは、俺のステータスをまじまじと二度見してきた。声が大きかったので少しだけ周囲の注目が集まる。

俺は慌てて、人差し指を自分の口元にあててみせる。受付のお姉さんは、ぶるぶると首を振った後、ごめんなさいごめんなさいと小さく頭を下げてきた。

「……し、失礼しました。なるほど。では残りのお二方も、レベルを確認させてください――って、こっちの二人も、よんじゅっ……!?　こ、こほん。申し訳ありません。で、ではこちらで、ギルドの名簿に登録しておきますね」

とまあ、そんなこんながありつつも、無事に冒険者登録が完了した。

ちなみに俺たちが登録を終えてその場を離れると、受付のお姉さんは「冒険者登録、一時停止中！！！」と書かれた看板をカウンター上に置いてから、「ギルド長〜⁉」と声をあげて慌てて奥に引っ込んでいった。

うーん……。ユニコーンに言われたように、レベルが高いからっていいように扱《こ》き使《つか》われるのも嫌だから、限界突破している情報はあまり広まってほしくないんだけどな。まあでもやっぱり、なるようにしかならないか。

その後俺たちは、クエスト掲示板へと向かった。次に挑むべきクエスト（冒険者への仕事の依頼）を探すためだ。

早朝の優良クエスト争奪戦はすでにおおむね決着がついており、この段階で掲示板に残っているクエストは残り物の様相が強かった。

なお俺たちの第一目標は、クエストそのものというよりも、ミッションによる経験値稼ぎにある。

現在の未達成ミッション一覧は、こんな感じだ。

▼ミッション一覧

・人口１０万人以上の街に到達する……獲得経験値２０００００

・海底都市に到達する……獲得経験値５００００

・空中都市に到達する……獲得経験値１０００００

・ワイトを３体討伐《とうばつ》する（０／３）……獲得経験値８０００

・ヒルジャイアントを１体討伐する（０／１）……獲得経験値１００００
・フロストジャイアントを１体討伐する（０／１）……獲得経験値５０００００
・ロック鳥を１体討伐する（０／１）……獲得経験値５００００
・レッサーデーモンを３体討伐する（０／３）……獲得経験値５００００
・ヴァンパイアを１体討伐する（０／１）……獲得経験値７００００
・ドラゴンを４体討伐する（２／４）……獲得経験値１００００
・エルダードラゴンを１体討伐する（０／１）……獲得経験値１０００００
・クラーケンを１体討伐する（０／１）……獲得経験値２００００
・レイドクエストを１回クリアする（０／１）……獲得経験値２００００
・Ａランククエストを３回クリアする（１／３）……獲得経験値３０００００
・Ｓランククエストを１回クリアする（０／１）……獲得経験値３０００００

壮大そうなものとか、アホみたいに獲得経験値が高いものとか、いろいろあるが。

現在掲示板に残っているクエストの中で、ミッションの達成に繋《つな》がりそうなものといえば——

「これか。レイドクエスト『キラーアント討伐』」

俺は掲示板に残っていた限られたクエストの中から、一枚の貼り紙を手に取った。

風音さんと弓月が、横から覗《のぞ》き込《こ》んでくる。

「へぇー。レイドクエストってあれだよね？　複数のパーティが合同で一つのクエストに挑むってやつ」

「確かモンスターが百体以上とか、すんげーうじゃうじゃいるときなんかに出されるやつっすよね」

「ああ。この『キラーアント討伐』のクエストは、四つのパーティが協力して挑むらしい。ほかに同じ貼り紙は残ってないから、残り三つのパーティはすでに決まってるっぽいな」

風音さんが言うとおり、「レイドクエスト」は複数パーティが合同して行う種類のクエストだ。今回のクエストだと、四つのパーティが一つの「レイド」として協力し、達成を目指すことになる。

補足しておくと、レイドに参加する各パーティには、Aランククエストを自力でクリアできるだけの実力が要求される。一般的には２５レベルの熟練冒険者、四人以上が目安になる。

三人でも実力次第ではクリアできるので、ギリギリ参加資格ありといったところだ。まあ俺たちのレベルはギルドにも知られているので、参加資格でギルドから弾かれることはないだろうが。

そう思い、レイドクエストの依頼書を手に、クエスト受付窓口へと行ったのだが――クエストの申し込み手続きは、予想外のところで引っ掛かることになった。

「パーティ名、ですか？」

「はい。レイドクエストに参加するパーティには、必ず『パーティ名』を記入していただいております」

受付のお姉さんからそう言われて、ちょっと困ってしまった。俺たちのパーティ名なんて決まっていない。

仕方がないので、その場で風音さんや弓月と相談して決めることにした。

「うーん……。それじゃあ大地《だいち》くんにちなんで、パーティ名『大地の槍《やり》』とかどうだろ」

「えっ。いやそれ、百パーセント俺要素しかないじゃないですか」

「いいんじゃないっすか？　うちら先輩の所帯みたいなもんっすから。にっひっひ、モンスターもうちらも、先輩の槍にぐさりと貫かれるっすよ」

「……なあ弓月。お前はいつからそんな下ネタを言うようになったんだ？　お兄ちゃんはお前をそんな風に育てた覚えはないぞ」

「ん、下ネタっすか……？」

首を傾げる弓月。あれ……？

だがすぐに、「あっ！」と言って、弓月は顔を真《ま》っ赤《か》にした。

「ち、違うっすよ！　先輩、勘違いしてるっす！　うちはただ、ハートを射貫《いぬ》かれる的な意味で言ったんすよ！」

「えっ。マジで？」

「大地く〜ん、セクハラだよそういうの」

「俺のせいなのか……」

「や、うちも迂闊《うかつ》だったかもしれないっすけど……ごめんなさいっす」

弓月は顔を真っ赤にしてうつむいた。

　風音さんはそんな弓月をぎゅーっと抱きしめる。

「いいんだよ～。火垂《ほたる》ちゃんは悪くないからね。全部大地くんのせいにすればいいんだよ」

「そっすね。全部先輩のせいにするっす。――先輩のスケベ！　変態！　セクハラ魔神！」

「あの、キミたちそろそろ俺の扱いを改めないか」

　俺に人権はないの？　などと思って不貞腐《ふてくさ》れてみせると、それを見た風音さんと弓月がころっと態度を変えた。

「ああん、ごめん～。大地くん、怒っちゃヤ～ダ～」

「そっすよ先輩、ごめんっす。怒っちゃイヤっす～」

　二人はそう言って、風音さんが俺の左腕に、弓月が右腕に抱き着いてきた。そしていいかにも恋人らしく寄り添ってくる。

　くっ……この二人、俺の扱いを弁《わきま》えているな。俺はチョロいので、こんなことをされるとすぐに気分がよくなってしまうのだ。

「あの、そろそろ決めてもらってもいいですか。もしくは決めてからまた来てもらっていいですか」

　正面では感情をなくした顔をした受付のお姉さんが、営業スマイルすら浮かべずにそう言ってきた。あ、はいすみません。ホントすみません。

　結局、パーティ名は「大地の槍」で決定となった。その名前で申し込んで、俺たちは受付前を離れる。

受付のお姉さんの方から、舌打ちの音が聞こえてきた。

「ああもう、バカップルめ。今日は一人酒かぁ」

そんな声が、ボソッと聞こえた気がした。ホントごめんなさい。

でもこの世界の社会人、いろいろ自由すぎませんかね？

＊＊＊

レイドクエスト「キラーアント討伐」への申し込みを終えた俺たちは、しばらくすると、レイドに参加するほかの三つのパーティとの顔合わせをすることになった。

冒険者ギルドの建物内の一角に、四パーティ、合計十六人の冒険者が集合する。

俺たちのほかには、四人パーティが二つ、五人パーティが一つだ。見たところ粗野《そや》な男たちばかりで、女性は一人もいない。年齢層は二十代後半から四十代ぐらい。

五人パーティのリーダーらしき男が、場を仕切りはじめる。ガタイのいい四十代ぐらいの中年冒険者だ。

「よし、揃《そろ》ったな。こっちの三パーティは見知った顔として――見ねぇツラが三人いるな」

男の視線が俺たちの方へと向く。俺たちはぺこりと、小さく会釈《えしゃく》してみせた。

だが周囲の冒険者たちの目は、風音さんや弓月のほうへと向いていた。

「へへっ。まだガキくせぇところはあるが、たまんねぇな」

「ああ、大した上物だぜ」

一人の冒険者がぺろりと舌なめずりをし、隣にいた冒険者が同調するようにへらへらと笑う。ほかの冒険者たちも、大なり小なり似たような視線を向けてきていた。

ああ、こいつらそういう手合いか。俺は早速、げんなりしていた。

一方で、それらの視線を感じて容赦なく冷たい声を上げたのは、風音さんだ。

「あの。不愉快なので、じろじろ見るのやめてもらえますか」

「そーっすよ。うちらのことをじろじろ見ていいのは、先輩だけっす」

弓月もそう言って、俺の左腕に抱き着いてくる。

それを見た風音さんも、名案だとばかりに俺の右腕に抱き着いてきた。

不躾《ぶしつけ》な視線を向けてきていた冒険者たちの何人かが、三体合体した俺たちを見て、露骨に舌打ちをする。

「チッ、ハーレム野郎か」

「くそっ、あのガキ一人で美女二人独占かよ。ふざけやがって」

あ、このパターンには覚えがあるぞ。懐かしのチンピラ冒険者たちに絡まれたときのやつだ。

だがあのときと今回とは、ちょっと様相が違う。

男たちはへらへらと笑いながら、次々とこんなことを言ってきた。

「なあ兄ちゃん、いい女を二人も独り占めにするってのはよくねぇ。そう思わねぇか？」

「そうそう。どっちかでいいから、恵まれない俺たちに貸してくれよ。一晩でいいからよ」

「いやいや、一人でこの人数を相手にさせたんじゃ、さすがにかわいそうだ。二人とも借りとこうぜ」

「ちげぇねぇ！　じゃあ二人ともで」

「「ギャハハハハッ！」」

「………」

あー、なんて言うんだろう。多分この人たち、タチの悪い冗談を言っているだけで、悪気はないんだろうなっていうのがなんとなく分かってしまった。

いやこっちとしてはガチで不愉快なんで、悪気があろうがなかろうがあまり関係ないのだが。あと俺に引っ付いている風音さんの殺意が、ひしひしと伝わってくる。弓月は怯《おび》えのほうが強いようだが。

いくらか品行方正なのがあらかた聖騎士になると、残っているのはこういう手合いばかりになるのか。この国の冒険者が人々に疎《うと》まれる理由が、なんとなく分かってしまった。

ともあれここは一つ、舐《な》められないようにぶつかっておくべきだろうな。

俺はひとつ深呼吸をしてから、覚悟を決めて、男たちに向かってこう言った。

「このメンバー、レイドクエストのために集まったんですよね？　早く本題に入ってもらえませんか。それとも俺が仕切りましょうか？」

敵意が言葉にあふれ出てしまったのは、やむを得ないことだったと思う。俺の女に舐めたちょっかいくれてんじゃねぇぞ、ぐらいの気持ちは俺だって持つのだ。

「おおっ、先輩が怒ってるっす」

「いいぞ大地くん！　もっと言ってやれ！」

俺に抱き着いている二人の女子が、やんややんやとはやし立ててくる。気を取り直してくれたようで何よりだよ。

一方で、対峙《たいじ》する十人余りの冒険者たちは、露骨に機嫌を損ねた顔になった。うち一人が「んだと、このガキ」などと言って向かってこようとしたが、それは例の五人パーティのリーダーらしき男が手で制する。

「やめろニック。これからレイドに挑むんだ。無駄ないさかいは起こすんじゃねぇ」

「チッ……。分かったよガドル。あんたがそう言うならな」

いきり立った様子の冒険者は、おとなしく引き下がった。

あの五人パーティのリーダーらしき人、ガドルさんっていうのか。

あの人はいくらかまともそうだし、ほかのパーティの冒険者たちからも慕われているようだ。彼に任せておけば、レイド管理はおおむね丸く収まりそうだなと思った。

ガドルさんはあらためて、その場にいる冒険者たちを見回す。

「クエストの内容を確認しておくぞ。案件は『キラーアント討伐』だ。この中でキラーアントと戦ったことがないやつは」

ガドルさんの言葉を受けて、俺たち三人がそろりと手を上げる。

嘲笑《ちょうしょう》が起こった。

「ハハハッ、ド素人《しろうと》かよ。しょうがねぇな、俺たちベテランが教えてやらねぇとな」

「授業料は嬢ちゃんたちを一晩貸し出してくれるってことで」

「ギャハハハハッ、しつけぇなお前も！」

「冗談だから気にすんなよ、坊主たち」

「……いちいち面白くもない冗談を挟むのやめてもらえます？　ものすごく不愉快なんですけど」

　風音さんの絶対零度の声が、沸き立っていた場を凍りつかせた。

　一拍の間を置いてから、冒険者の男たちが次々といきり立つ。

「んだと、このアマ！」

「こっちが下手に出てりゃあ調子に乗りやがって！　犯されてぇのか！」

「大人舐めてんじゃねぇぞクソガキ！」

　ギャーギャーワーワー、檻《おり》に入った猿のように騒ぎ始める。今度は殴りかかってこないだけの理性はあるみたいだが。

　ここでも止めに入ったのはガドルさんだ。

「やめろっつってんだろテメェら。何度も同じこと言わせんな」

「ガドル。でもよぉ」

「挑発したのはお前らだろ。ちっとは控えろ。お前らの冗談には品がねぇんだよ」

「チッ、分かったよ」

　騒いでいた男たちはやはり、おとなしく引き下がった。

やはりガドルさん、大した統率力だなと思う。いや、統率されないとすぐに喚《わめ》き出《だ》す猿ども、じゃなかったほかの冒険者たちが問題なだけの気もするが。

場が静まったのを確認して、ガドルさんがため息をつきつつ話を続ける。

「敵の特性を確認するぞ。そっちの三人はよく聞いとけ」

俺は素直にうなずいた。モンスター図鑑で予習はしてあるが、現場の肌感覚なども聞けるかもしれない。

「キラーアントは普通、大きな群れで出現するモンスターだ。今回のクエストでも、想定数は五十体以上。場合によっては百を超える数がいるかもしれん」

この点はクエストの依頼書に書いてあったから想定済み。

確かに数は多いが、元の世界のダンジョンでは毎日そのぐらいの数を相手にしていたなぁと思い出す。

「対してこっちの頭数は十六人だ。一人につき少なくとも三、四体は潰してほしいところだ。ま、攻撃が苦手なやつもいるだろうし、あくまでも目安だがな」

その言葉を聞いて、周囲の冒険者たちから「へっ、楽勝だぜ」「俺一人で五体は潰してやるよ」「なら俺は六体だ」などの声が上がる。

モンスター図鑑で確認したキラーアントの強さは、ダンジョン遺跡層のガーゴイルと同格ぐらいだ。25レベルの熟練冒険者にとっても、手放しに雑魚《ざこ》と言えるほど容易《たやす》い相手ではない。

それに加えて、キラーアントには「上位種」もいる。

「要注意なのは『キラーアントソルジャー』や『キラーアントメイジ』といった上位種だ。こいつらの強さは通常種とは段違いだからな。上位種が混ざった群れは、舐めてかかると命取りになる」

ガドルさんのその言葉を聞いて、まわりの冒険者たちが顔をしかめた。

「ソルジャーとメイジなー。できればやり合いたくはねぇよな」

「特にメイジだ。範囲攻撃魔法に回復魔法だろ。だいたい通常種が前にいて倒しづれぇしよ。ホント厄介なんだよなあいつ」

「ソルジャーの『二段突き』の威力もヤバいぜ。あいつら通常種よりだいぶ硬《かて》ぇしな」

「お前、ソルジャーと一対一《サシ》でやり合って勝てる自信あるか？」

「バ、バッカお前、舐めんなよ。んなもん楽勝だよ。お、お前こそどうなんだよ」

「はあ？　勝てねぇとでも思ってんのかよ。ま、まあ、やってみなけりゃ分かんねぇけどよ」

「おーい、お前ら声震えてんぞー」

経験談らしき言葉が次々と漏れる。

なお通常種のキラーアントは、人間を横たわらせたぐらいの体長を持つ深紅《しんく》の巨大蟻《あり》だ。

対してソルジャーやメイジは、外見からしてまったく様相が異なる。この二つの上位種は、キラーアントがそのまま直立歩行したような姿で、片や槍と盾、片や杖《つえ》を手にしているのだ。

無論これも実物を見たわけではなく、モンスター図鑑に描かれているイラストによる情報なのだが。

ガドルさんが話を続ける。

「で、そいつら上位種を含めたキラーアントの群れを統率するのが、女王蟻こと『キラーアントクイーン』だ。今回みたいにキラーアントの大群が現れたときには、その拠点には必ずクイーンが一体いるはずだ。こいつを討伐するのが、このレイドクエストの最終目的ってわけだ。ここまでで何か質問はあるか」

そう聞かれたので、俺は首をゆっくりと横に振った。

ガドルさんはうなずいて続ける。

「報酬の確認だ。討伐したキラーアントは、通常種の一体につき金貨1枚、ソルジャーとメイジは金貨5枚だ。これは当然、魔石の売却とは別勘定になる。加えてクイーン討伐を条件として、クエスト達成報酬が各パーティに金貨７０枚ずつだ」

俺は挙手をして、ガドルさんに質問する。

「討伐数のカウントと魔石の権利は、そのキラーアントにトドメを刺した人のもの、ということでいいですか？」

あとでトラブルになっても嫌だから、このあたりは確認しておきたい。

ガドルさんは周囲に視線を送る。各パーティのリーダーらしき人物がうなずいた。

それを受け、ガドルさんが答える。

「ああ、とりあえずはそれでいい。だが、よそのパーティの手柄を横取りするみたいなやり方は、当然ながら嫌われる。それが原因でどうなっても俺は責任を持てん」

「分かりました」

ひとまずルールはそれでいいが、ルール通りだからって何をやってもいいとは思うなよ、というあたりか。曖昧《あいまい》な部分は残るが、何かトラブルが起きたらそのとき対応するしかなさそうだな。

その後、諸々《もろもろ》の細かいルールを決めた後、総勢十六人のレイドメンバーは冒険者ギルドを出て、王都から出立したのだった。

＊＊＊

キラーアントの群れが現れたのは、王都から半日ほどの場所にある村の一つだ。

朝に王都を出立して、昼を少し過ぎた頃。俺たちはその村の付近までたどり着いた。

俺たちが今いるのは、村の入り口から数十メートルほど離れた場所にある、小高い丘の上だ。

総勢十六人の冒険者たちがそこに伏せて、眼下に広がる村の様子をうかがっていた。

「なるほどな。確かにうじゃうじゃいやがる」

村の状況を見て、ガドルさんがそうつぶやく。

簡素な住居が五十軒ほど立ち並ぶ村落には、今や人の姿はなく、数十体の深紅の巨大蟻が我が物顔でうろついていた。

また地面には、いくつかの「穴」が見受けられる。

あの穴の下には、キラーアントの「巣」が広がっているのだろう。

別のパーティのリーダーが、ガドルさんに問いかける。

「どうするガドル。見えてるやつらだけでも、まとめて叩《たた》くか？」

「そうだな。ソルジャーやメイジの姿もねぇし、これだけ人数がいりゃあ、それが手っ取り早いか。誰が倒したかで揉《も》めても面倒くせぇ。ここの討伐数は山分けでいいな？」

ガドルさんはそう言って、ほかの二つのパーティのリーダーとアイコンタクトを取る。

どちらのリーダーもうなずいた。

「お前たちもそれでいいか」

そう念押ししてきたので、俺は「大地の槍」のリーダーとして答える。

「うちのパーティが四分の一の取り分でいいですか？」

「人数割りで十六分の三だ。納得いかねぇなら相応の活躍を見せてみろ」

「分かりました。それで同意します」

ぶっちゃけ多少の金銭報酬はあまり重要ではないから、揉めるのも面倒くさいし人数割りでもいいのだが。

ただどっちみち「活躍」らしきことはする必要があるんだよな。

というのも、実は今回のレイドクエストを受けた段階で、こんな特別ミッションが発生していたのだ。


特別ミッション『より多くのキラーアントを討伐する』が発生！

ミッション達成時の獲得経験値……パーティメンバーが撃破したキラーアント通常種１体につき１００ポイント、キラーアントソルジャーまたはキラーアントメイジ１体につき５００ポイント、キラーアントクイーン討伐で１０００ポイント

成果報酬型ミッションという、かつてないパターンだ。

討伐数が経験値になるわけで、もとより俺たちの手でできるだけ多く倒す気満々だったのだ。

村にいるキラーアントの数は、見える範囲でざっと二十五体程度。

これを四つのパーティで協力して殲滅《せんめつ》するとなると、一パーティあたりのノルマは六、七体程度になるわけだが。

ちなみに、ほかのパーティに休んでいてもらって俺たちだけで討伐任務を果たすパターンも考えたのだが、それは戦力問題を抜きにしてもいろいろ面倒なことになりそうで、頭が痛くなったので却下した。

あくまでもレイド参加パーティの一つという枠組みの中で、ひっそりと動いていきたい。

「よし、じゃあ行くぜ。連携を考えるほどの相手でもねぇ。適当にぶっ叩くぞテメェら！」

『おう！』

ガドルさんの号令一下、冒険者たちが立ち上がる。

俺、風音さん、弓月の三人も同様だ。

村にいた巨大蟻たちの動きがぴたりと止まり、その視線が俺たちの方へと向いた。

かと思うと、そいつらが一斉に、俺たちの方へと向かってきた。

まるで機械のような寸分たがわぬ動きで多数の節足を動かし、群れを成して襲いかかってくる深紅の巨大蟻たち。

力のない人間が見たら、この光景だけでもちょっとした恐怖だろう。

速度も驚くほどで、このまま放っておけば、俺たちはあっという間にアレに群がられてしまうに違いない。

もちろん冒険者側が、このまま放っておくわけもないのだが。

「来やがったな！　くらいやがれ、【エクスプロージョン】！」

「吹《ふ》き飛《と》べ、【ウィンドストーム】！」

冒険者たちのうち二人が、範囲攻撃魔法を発動する。

それらは最も近くまで来ていた五体のキラーアントを巻き込み、炸裂《さくれつ》した。爆炎と風刃《ふうじん》の嵐が巻き起こる。

俺の頭はこのとき、どうすればより多くの討伐数を稼げるかを考えて、高速回転していた。風音さんや弓月とも、あらかじめ最低限の打ち合わせはしてあるが、細部は現場判断だ。

一瞬の後、二発の範囲攻撃魔法が生み出した爆炎と風刃の嵐の中から、五体の巨大蟻が飛び出してきた。一体も撃破はされていないが、いずれもかなりのダメージを負っているように見えた。

よし、ここは——

「風音さん！」

「了解！　【ウィンドストーム】！」

俺の合図と同時、風音さんが魔法を発動する。

すでに弱っている先頭のキラーアント五体を巻き込んで、風刃の嵐が巻き起こった。

直後、その五体が黒い靄《もや》となって消滅、魔石へと変わる。

よし、まずは討伐数五体ゲットだ。

だが息つく間もなく、後続のキラーアントたちが、仲間の屍《しかばね》ならぬ魔石の転がった一帯を踏み越えて向かってきた。

「弓月！」

「ホイ来たっす！　【エクスプロージョン】！」

我がパーティが誇る主砲、弓月の範囲攻撃魔法が、後続のキラーアント四体を巻き込んで炸裂する。先の冒険者が放った同じ魔法とは、明らかに火力が違った。

爆炎が過ぎ去ったあとを見ると、その四体はいずれも消滅、魔石へと変わっていた。

「「は……？」」

周囲の冒険者たちから、あっけにとられた声が聞こえてきた。

あー、これはやはり目立ってしまったか。しょうがないよな。範囲攻撃魔法一発でキラーアントの群れを殲滅してみせたら、そりゃ驚くだろうよ。

だがもちろん、それで戦闘が終わったわけではない。

さらに後続のキラーアントの群れが、先行の十体近くが一瞬で屠《ほふ》られたことなど歯牙《しが》にもかけない様子で、なおも高速接近してくる。

「っと、【ロックバレット】！」

「ヤベッ、【アイシクルランス】！」

別の冒険者二人が、慌てて単体攻撃魔法を放つ。

二つの攻撃魔法は、狙っていたのか偶然かは分からないが、同じ個体へと命中した。

そいつが消滅しなかったのを確認して、俺も後出しで魔法を放つ。

「行けっ、【ロックバレット】！」

俺が放った岩石弾は、弱ったキラーアントに直撃。そいつを魔石へと変えた。

さらに二人の冒険者が、弓矢による攻撃をそれぞれ別の個体に向けて放っていたが、これはいずれも撃破には至らず。

冒険者側の一方的な遠隔攻撃は、ここまでで打ち止めのようだ。

後続のキラーアントの群れが、いよいよ目前まで迫ってきていた。

「テメェら！　迎え撃つぞ！」

『おう！』

ガドルさんの号令一下、剣や斧《おの》、槍などの近接戦闘武器を手にした冒険者たちが、キラーアントの群れを目掛けて駆け出していく。

俺と風音さんもまた、その集団に混ざった。

あとはキラーアントの群れと、冒険者たちとの混戦だ。

個々の戦力は、冒険者側がかなり上。レイドに参加しているメンバーはいずれも熟練冒険者だけあって、通常種のキラーアントと一対一なら、かなり有利に戦える程度の実力を持っていた。

数の面でも、魔法攻撃でだいぶ減らしたこともあって、ほとんど互角だ。

戦力において冒険者側の優位は明らかだった。

「くらえ、【三連衝】！」

「はぁあああああっ！」

俺と風音さんは、すぐ隣に並んで、各一体ずつのキラーアントを秒で始末する。

そこから左右に散って、ほかの冒険者たちの援護——という名目のトドメ横取りの動きに走った。

「穿《うが》て、炎の槍！　【フレイムランス】！」

弓月も単体攻撃魔法を使って、キラーアントを一体ずつ丁寧に焼いていた。

そうして、冒険者の集団がキラーアントの群れと衝突してから、ほんの十数秒ほどが経過した頃だろうか。

深紅の巨大蟻はすべて消滅し、地面にはたくさんの魔石が転がっていた。

「あ、あれ……？　もう終わったのか？」

「早くね？　結構な数がいた気がしたんだが」

「だよなぁ。最初、三十体近くいたような……」

周囲の冒険者たちは、肩透かしを食らったという様子だった。

そんな中、ガドルさんを含めた数人の視線が、戦闘を終えて集合した俺たち三人のほうを向いていた。違和感の正体が、俺たちではないかと訝《いぶか》しんでいる様子だ。

まあ、さすがにちょっと目立ち過ぎたな。特に弓月の【エクスプロージョン】は、規格外の威力であることが分かりやすすぎた。

あまり目立ちたくはないのだが、それと討伐数稼ぎの両立となると難しい。まあ目立ったら目立ったで、それなりの対応をするしかないと思うが。

ガドルさんが俺たちの方へと歩み寄ってくる。

俺は先手を取って、ぺこりと頭を下げた。

「お疲れ様です、ガドルさん。いい感じに殲滅できましたね」

「妙《みょう》な動きをしていたように見えたが。ここの討伐数ぶんの報酬と魔石は山分けにする。その話は覚えているだろうな」

「はい。だいぶ『活躍』をしたと思うので、俺たちのパーティで四分の一を主張してもいいですか？」

俺はバイトで培《つちか》った営業スマイルを作って、そう言ってみせる。

ガドルさんは渋面《じゅうめん》になった。

「そういうことか。まあ、そうだな。これだけ見せつけられりゃ、文句のつけようもねぇだろ。で、お前らどういうトリックを使った？」

「ネタばらしは避けたいですね。レイドクエストに参加する一パーティとして、十分な実力は見せたつもりですけど。これでは足りませんか？」

「チッ、相変わらずいけすかねぇガキだな。まあいい。仕事さえ満足にやりゃあ、文句はねぇよ」

ガドルさんは踵《きびす》を返し、自分のパーティメンバーがいるほうへと戻っていった。

俺はホッと一息。どうやら乗り切ったようだ。

ちなみに今の戦いでのうちのパーティの討伐数は、合計で十七体だった。少々ズルいこともしたが、おかげでまあまあの戦果だ。

ただズルいことをしたと言っても、魔石や金銭報酬に関わる討伐数カウントは譲歩しているのだから、文句は言われないはずだ。

さて、見えている範囲のキラーアントは退治した。

あとは「穴」の中にいるやつらの掃除になるはずだ。

だが、まだソルジャーやメイジといった上位種には遭遇していない。

そして何よりも、キラーアントクイーンの討伐がこのクエストおよびミッションの目的だ。

つまり今のは前哨戦《ぜんしょうせん》で、本番はここから先ということになる。

準備が整うと、俺たちを含めた十六人の冒険者は、一斉に村のほうへと下っていった。

＊＊＊

村に入ったレイドメンバーは、四つのパーティで手分けして、村じゅうを探索して回った。

残存のキラーアントや逃げ遅れた生存者がいないことなどを確認してから、総勢十六人の冒険者たちは村の中央広場へと集合する。

中央広場の地面には一つ、大きな「穴」があった。人間やキラーアントが、ゆうに潜っていける大きさの穴だ。村にはほかにも三つ、同様の「穴」が見付かっている。いずれもキラーアントの巣への入り口に違いない。

広場に集まったレイドメンバーを見回して、ガドルさんが言う。

「村には『穴』がちょうど四つある。狭い穴に大人数で入っても邪魔になるだけだ。一つの穴に一つのパーティが潜って探索をするほうが効率がいいだろう。異論はあるか」

俺もほかのパーティのリーダーも、首を横に振ってガドルさんの方針を肯定する。

俺たちにとっては、討伐数を余分に稼ぐことは難しくなるかもしれないが、かと言ってここで反対するのも変な話だ。自分たちのパーティだけで動けたほうが、圧倒的に気が楽なこともあるしな。

各パーティの同意を確認して、ガドルさんが続ける。

「この規模のキラーアントの群れなら、必ずどこかにクイーンがいるはずだ。分かっていると思うが、どこのパーティもクイーンを見つけたら手出しをせず、一度撤退しろ。全パーティが合流して、レイドの総員で叩く。護衛を引き連れたクイーンは、一つのパーティでどうこうできる強さじゃねぇからな」

「あの」

俺は挙手をする。

ガドルさんが「なんだ」と応じたので、俺はこう質問した。

「もし倒せそうなら、俺たちだけでクイーンを倒してしまってもいいですか？」

ミッションの都合上、できればクイーンには俺たちでトドメを刺したい。多少の経験値ならともかく、1万ポイントはさすがに拾っておきたいからな。

だが俺の発言を聞いて、周囲の冒険者たちからドッと嘲笑が巻き起こった。

「ぷふっ……！　おいおいおいおい、聞いたか今の？　『もし倒せそうなら、俺たちだけでクイーンを倒してしまってもいいですか？』だってよ！」

「ひーっ、腹痛《いて》ぇ！　笑い死ぬ！」

「怖いもの知らずの若い頃ってのは、俺たちにもあったけどよぉ。モノを知らねぇってのは怖《こえ》ぇなーっ」

ゲラゲラと笑い転げる冒険者たち。

俺は口をへの字に曲げるしかない心境だったし、風音さんや弓月も似たような顔をしていた。

俺の肩に乗っていたミニグリフォンも、「クピッ、クピーッ！」と怒ったような声を上げて飛び回った。こいつは今のところ、ほかの冒険者たちからは謎のペットだと思われているようだ。

ガドルさんが俺の目を見て、諭すように伝えてくる。

「やめておけ。一つのパーティでどうこうできる強さじゃねぇって言ったろ。モンスター図鑑のクイーンのデータを見て舐めてるんだろうが、クイーンにはソルジャーやメイジを含めた多数のキラーアントが護衛についてんのが普通だ。自信過剰もほどほどにしておけよ」

ガドルさんの言葉からも分かるとおり、キラーアントクイーン自体のステータスはさほどではない。クイーン単体だけなら、Ａランク相当のパーティ単独で、何とか戦えるかもしれないぐらいの塩梅《あんばい》だ。

しかしクイーンには、上位種を含めた多数のキラーアントが護衛についているのが一般的だという。

それらも加味した総合的な戦力値は、Ａランク相当の冒険者パーティ単独では到底太刀《たち》打《う》ちできるレベルのものではない——と、これもモンスター図鑑に書かれていた情報として、もちろん把握はしている。

「まあ、そうだな。あるいは——」

ガドルさんが、俺の目の前まで歩み寄ってきた。

彼はほかの冒険者たちに聞こえないぐらいの小声で、こうささやいてくる。

「お前らが『限界突破』でもしているなら、話は別かもしれねぇがな」

ガドルさんがじっと睨《にら》みつけてくる。

「限界突破」をした覚醒者は、この世界でも決して数多く存在するわけではないようだ。

だが、まったくいないわけでもない。これだけ条件が揃えば、さすがにその可能性を疑われるか。

……この人になら知られても、問題はないか？

いや、一応はぐらかしておこう。口が堅いかどうかは分からないし。

「どうでしょう。しているかもしれませんよ、限界突破」

「ふん、教えるつもりはねぇってことか。まあいい。気に入らねぇが――」

ガドルさんは俺の前から離れていく。

それからほかの冒険者たちにも聞こえる声で、こう言い放った。

「いいだろう。そこまで言うなら、勝手にクイーンに挑んで勝手におっ死《ち》ねばいい。自殺志願者どもを止めるつもりはねぇよ。だが万が一、お前らが単独でクイーンを倒せたとしても、クイーン討伐の手柄はレイド全体のものだ。俺たちだって、ここまで来て報酬の取りっぱぐれは御免だからな」

「分かりました。ありがとうございます、ガドルさん」

俺はガドルさんに向かって頭を下げた。

ガドルさんは顔をしかめて「相変わらず妙なガキだな、テメェは」と言った。

「おいおいガドル、あいつらがクイーンを単独討伐できるって、まさか本気で信じてんのかよ」

「万が一っつったろ。そもそもクイーンを見つけるのがあいつらじゃなけりゃ、それまでだ。面倒くせぇから好きにしろって言っただけだよ」

別のパーティのリーダーとそう話すガドルさんである。

確かにガドルさんの言うとおり、俺たちがクイーンを発見できるかどうかは、確率四分の一なんだよな。そこはもう、完全に運の世界だ。

もしほかのパーティがクイーンと遭遇し、レイドで叩くとなったら、そのときはうまいことトドメを掻《か》っ攫《さら》うしかないな。

話がまとまると、レイドメンバーはパーティごとに分かれ、それぞれに別の「穴」へと散ることになった。

だが俺たちが村の中央広場を離れて、自分たちの担当の「穴」に向かおうとしたときのことだ。

レイドに参加しているパーティのうちの一つが、俺たちの前にやってきた。威圧的な態度でぞろりと並ぶ、三十代ぐらいの中年冒険者たち。

この四人組は、たしか「暁《あかつき》の戦士団」とかいうパーティ名だったかと思う。

風音さんや弓月をさんざん弄《いじ》ってきたのも、こいつらが主軸だった。ほかのパーティの連中も乗っかってはいたのだが、一番タチが悪そうなのはこいつらだ。

いったい何の用かと思っていると、口火を切ったのは、そのパーティのリーダーである斧を手にした男だった。

「ハッ、クイーンをテメェらだけで倒せるだの、ずいぶんイキッてくれたもんだな。『大地の槍』さんよぉ？」

この言い様で、話の方向性はだいたい分かった気がした。ようは俺たちのことが気に入らないから、難癖を付けにきたのだろう。

他のメンバーも、リーダーのあとに追随《ついずい》する。

「世間知らずな僕ちゃんたちは、自分たちだけでちゃんとお仕事できるんでちゅかねぇ？」

「分かってるか坊主。パーティごとに別の穴に潜るんだぜ。もう俺たちの陰に隠れて仕事したふりはできねぇぞ？」

「おいおいお前ら。この少年たちは、どうせこれから現実ってものを知ることになるんだ。今からそんなにイジメてやるなよ」

「おっと、そうだな。すまなかったな坊主たち。これからお前たちは、否応《いやおう》なしに冒険者の世界の厳しさってものを知ることになる。挫《くじ》けないようにせいぜい頑張れよ」

「そっちのかわいこちゃんたちには、今のうちに俺たちが手取り足取り教えてやってもいいぜ」

「おいおい、手取り足取り教えるって、何を教えるつもりだよ」

「何って、ナニに決まってんだろうが。女が冒険者の世界で生きることの意味ってやつを教えてやるのよ」

「ハハッ、お前らそればっかだな」

「「「ギャハハハハハハッ！」」」

「「「…………」」」

えーっと……いろいろ言いたいことはあるのだが。

まずこの四人は、先の集団戦闘で誰が活躍したのかを、まったく見ていなかったのだろうか？

いや、見ていなかったんだろうな。こういう虚栄心が強い人たちって、人の戦果とか活躍とか認めなそうだし。俺たちもできるだけ目立たないよう、どさくさに紛れるようにはしていたしな。

いやそれを抜きにしても、レイドに参加している時点で俺たちにＡランク相当の実力があることは分かるだろうに。知能とかないのだろうか。猿どもは動物園に帰ってくれないかな。

「行こう、大地くん。構うことないよ」

「そーっすよ先輩。こんなやつらに関わるだけ、時間と労力の無駄っす」

「そうだな。行こう、二人とも」

俺は風音さんと弓月を連れ、「暁の戦士団」のメンバーを無視して、その場から立ち去った。

今度こそ、俺たちのパーティが担当することになった「穴」のほうへと向かう。

「ケッ、スカしやがって色男が。なーにが『行こう、二人とも』だよ」

「まったく、クソ生意気なガキどもだぜ」

背後からはそんな声が聞こえてきた。

それにしても俺、いつから色男枠になったんだろうなぁ。異世界の不思議である。まあ風音さんと弓月の二人を連れてイチャイチャしていたら色男枠にもなるかという気もするけど。

さておきそんなわけで、レイドメンバーはパーティごとに分かれて、各自が担当する

「穴」へと移動した。

　俺たちが潜るのは、村の入り口付近にあった穴だ。

　キラーアントによって掘られたのであろう直径二メートル以上もある穴は、入り口から斜めに下る、下り坂の道になっていた。多少圧迫感があることは否《いな》めないが、普通に歩いて通れないほど狭くもない。

　穴を覗き込んで、風音さんが言う。

「キラーアントが掘ったにしては、大きな穴だよね。あの大きさの蟻でも、ここまでの広さはいらない気がするけど」

「ソルジャーやメイジが歩いて通れるようにじゃないっすか？」

「あー、なるほど。上位種モンスターのために余計な仕事をしないといけない平《ひら》モンスターかぁ。ちょっとした悲哀を感じるね」

「おかげで俺たちも動きやすいんですけどね。――この広さだとギリギリ二人、横に並んで戦えなくもないぐらいか。俺と風音さんが前衛、弓月が後衛はいいとして。グリフォンは……どうするかな」

「クピーッ？」

　俺の肩に乗ったミニグリフォンが首を傾げる。

　ここから先はほかのパーティの目はなくなるから、ペット状態ではなく、本来の大きさに戻して戦闘要員にしてもいいのだが。

「とりあえずそのままでいいんじゃないっすか？　元の大きさに戻したら、グリちゃん窮屈《きゅうくつ》そうっすよ。うちらも窮屈になるっす」

「そうだな。いざとなったら戻せばいいか」

そんなわけで、大まかに方針が決まった。

俺は手にしたランタンに灯《ひ》を入れて、先頭に立って穴の中へと足を踏み入れていった。

＊＊＊

斜めに下るトンネルの傾斜《けいしゃ》は、最初はかなり急だった。

それもやがて緩やかになり、しばらくするとほとんど傾斜のない道へと変わる。

ランタンを持って前を歩く俺と、隣を歩く風音さん。後ろからは弓月が、松明《たいまつ》を手にしてついてくる。

「けどなんかうちら、大口を叩く自信過剰の若造どもって感じになったっすね」

弓月がそんな感想をつぶやく。

俺は視線を前方へと向けたまま、声だけで応じる。

「ああ。半ば意図的にそうしたところもあるけど。嫌だったか？」

「そんなことねーっす。あいつらちょっとムカつくし、あんな感じでちょうどいいっすよ」

「私も同感。このまま生意気な若造路線で行けばいいよ。あいつらと仲良くなんてしたくないし」

風音さんの声は、「あいつら」のあたりで、かなりトゲトゲしくなった。じろじろ見られたり、あれこれ言われたりしたのが、よほど不愉快だったと見える。

「うっすうっす。風音さんの言うとおりっす。うちらは先輩のもんっすからね。あいつらにじろじろ見られるぐらいなら、先輩に全部をくれてやるっすよ」

「そうそう。私たちは大地くんのものだから。あいつらには想像されるだけでも嫌。ああ寒気がする」

「えーっと……そう言ってもらえるのは嬉《うれ》しいんだけど、二人は俺のものでもないのでは？　風音さんは風音さんだし、弓月は弓月で、誰のものとかじゃ。パートナーという話なら分かりますけど」

「そこはそれ。大地くんはそういうの、言わなくても分かってるでしょ。だから安心して身を任せられるの」

「そういうことっす。だから先輩だけは、うちのことを愛玩物《あいがんぶつ》にしてもいいんすよ♪」

「弓月、冒険中に誘惑するのはやめてほしい。お兄ちゃんはもう、お前のお兄ちゃんじゃないんだ」

「ひゃーっ、怖いっす♪　風音さん、先輩オオカミさんが襲ってくるっすよ～」

「私たち、一緒に食べられちゃうんだね。よよよっ」

「あの、うん、だから、やめてください。冒険中ですから。こっちの欲望を刺激してこないで」

正直、辛抱たまりません。

それにしても、嫌なやつらが近くにいないっていいなぁ。やっぱり二人と一緒にいる時間が一番だな。

「クピッ、クピーッ！」

俺の内心を読みでもしたのか、グリフォンが抗議するような声を上げてくる。はいはい、お前もな。

それはそれとして。人目もなくなったし、少しミッションの内容にも触れておこう。

「特別ミッションの内容があるから、ここでもできるだけ多くのキラーアントを倒したいんですよね」

俺はそうつぶやく。

今回の特別ミッションは、キラーアントをたくさん倒すほど獲得経験値が増える成果報酬型だ。レイドの中の一パーティとして無理のない動きをしながら、可能な範囲でより多くのキラーアントを撃破したい。

だがそれには、風音さんが疑問の声を挟む。

「でも大地くん。それって結局、どれだけ多く遭遇するかだから、運任せじゃない？　レベルが高いからどうこうできるわけでもないよね」

「そこなんですよ。まあ多少の小細工の余地ぐらいはあるんですけど」

「小細工？　けどミッションを抜きにしても、たくさん倒したいのはあるかも。あいつらより多くのキラーアントを倒して、ごっそり手に入れた魔石を見せびらかしてドヤ顔したいよね」

「あー、それ分かるっすよ風音さん。あいつらの悔しそうな顔、めっちゃ見たいっす」

弓月も賛同の声を上げる。

ちなみにこの場合の「あいつら」とは、レイドメンバー全体のことであり、特に「暁の戦士団」のことを指すと思われる。レイドメンバーほぼ全員が似たようなものだとはいえ、あの四人組は特にひどい。

そんなレイドメンバーの中でも、しいてまともな人をあげるなら——

「まあガドルさんは、そんなに悪い人でもないと思いますけど」

「まあねー。でも一人だけまともでもね——っと、早速お客さんが来たみたいだよ」

風音さんの声とともに戦闘態勢を整えると、その数秒後、湾曲《わんきょく》したトンネルの先からキラーアントの群れが現れた。

通常種のキラーアントが三体。それに加えて、直立歩行をして杖を手にしたキラーアントが一体、通常種の背後についている。

「キラーアントメイジか」

「ガドルさんたちが要注意って言ってたやつだね」

俺はランタンを地面に置いて、槍と盾を構える。

すぐ隣では、風音さんが二振りの短剣を逆手に身を低くして構えた。

背後からは、弓月がフェンリルボウの弦を引き絞る音が聞こえてくる。

さあ、戦闘開始だ。

＊＊＊

一方その頃。

大地たちとは別の穴に潜った冒険者パーティの一つ「暁の戦士団」のメンバーは、キラーアントが掘ったのであろう土中のトンネル通路を、同様に歩み進めていた。

「チッ、あのハーレム野郎、調子に乗りやがってよぉ。なーにが『もし倒せそうなら、俺たちだけでクイーンを倒してしまってもいいですか？』だ。バカじゃねぇのか」

リーダーの斧使いの男が愚痴を漏らしたのを皮切りに、ほかの三人のメンバーも口々に、いけ好かない若造たちへの想いを舌に乗せる。

「まったくだ。あの黒ずくめの妙な格好した女も、ギルドでは生意気ばっか言いやがったしよ」

「けどあの女、生意気なのは玉《たま》に瑕《きず》だが、いい体してやがったよな」

「分かる。ああいう生意気な女をベッドであんあん鳴かせてぇわ」

「俺はもう一人の、魔法使いのガキのほうが好みだぜ。ひひひっ」

「お前、相変わらずロリコンだな。――っと、来やがったぜ、蟻どもがよ」

冒険者たちが益体《やくたい》もない話をしながら通路を進んでいると、前方からやってきたキラーアントの群れと鉢合わせになった。

通常種のキラーアントが三体と、杖を手にした直立歩行のキラーアントが一体だ。

「げっ、メイジがいやがる」

「マジかよ。いきなり外れ引きやがった」

「チッ、しゃーねえ。やるぞ。トチるんじゃねぇぞテメェら！」

「「「おう！」」」

熟練の冒険者である彼らは、すぐさま行動を開始した。

斧と剣を手にした前衛二人が、巨大蟻の集団に向かって駆け出していく。

後衛二人は、片や弓に矢を番《つが》えて引き絞り、片や杖を構えて緑色の魔力光を身にまとわせた。

対するキラーアントは、通常種三体が冒険者たちに向かって接近。

後衛のキラーアントメイジは、杖を掲《かか》げて褐色《かっしょく》の燐光《りんこう》をまとった。

「くらえ、【ウィンドストーム】！」

「落とせるとは思えねぇが――行けよ！」

冒険者側の後衛が、先制攻撃を仕掛けた。

風刃の嵐がキラーアント通常種の三体を巻き込んで炸裂。

ほぼ同時に、弓使いの放った矢がキラーアントメイジに突き刺さる。

だがいずれも致命打には到底届かず。

三体のキラーアントは、嵐の中から何食わぬ顔で飛び出してくる。

矢を受けたキラーアントメイジも、そのダメージをまったく気にした様子もなく魔法を発動した。

後衛冒険者二人の頭上の空間に、無数の石つぶてが出現する。

次の瞬間、それらは二人の冒険者に向かって激しく降り注いだ。

「「ぐわぁーっ！」」

石つぶてに打たれる弓使いと風魔法使い。致命傷になるようなものではないが、かすり傷でもない、着実なダメージ。

一方では前衛同士の衝突も始まっていた。

「つらぁ、【強撃《きようげき》】！」

「くらいやがれ！」

斧を手にしたパーティリーダーのスキル攻撃と、剣を手にしたもう一人の通常攻撃が、それぞれ一体ずつのキラーアントに命中する。

風属性の範囲攻撃魔法によって傷ついたキラーアントたちは、しかし、それでも消滅はしなかった。

「ぐあっ！」

「チッ、くそっ！」

キラーアントからの反撃で嚙《か》みつき攻撃を受け、二人の前衛冒険者はそれぞれにダメージを負っていく。

「痛《い》ってぇな――【ウィンドスラッシュ】！」

「野郎、落ちやがれ！」

石つぶてのダメージに耐えた後衛二人が、キラーアントメイジに向けて反撃を放つ。風刃と矢。二つの攻撃がキラーアントメイジに突き刺さった。

だがここまでで合計三度の攻撃を受けても、キラーアントメイジは消滅しない。

そればかりか――

「ああっ、ちくしょう！」

「出たよ回復魔法！　マジうっぜぇ！」

杖を手にしたキラーアントは、魔法によって自らの傷を癒《いや》したのだ。二人の冒険者が必死に与えたダメージの大半が、それによって治癒《ちゆ》されてしまった。

その後もしばらく、冒険者たちとキラーアントの群れの戦いは続いた。

それなりの苦戦はしたものの、「暁の戦士団」もまた歴戦の冒険者パーティだ。

やがて冒険者たちは、モンスターの群れをからくも撃退し、四つの魔石へと変えることに成功した。

激しい戦闘を終えた男たちは荒く息をつき、地べたにへたり込む。

彼らは【アイテムボックス】からＨＰ回復のためのポーションを思い思いに取り出し、ぐいと呷《あお》った。キラーアントメイジが放った攻撃魔法や、通常種の噛みつき攻撃によってできた傷が、光とともに癒されていく。

「ハア、ハア、ハア……くっそ、メイジいるとマジでつれぇ……。ポーションの消費量ハンパねぇしよ」

「せめてうちも回復魔法使いがいればな。あのハーレム野郎のパーティは、回復魔法使いいるのかね」

「あの野郎自身が土属性魔法使ってたろ。てことは多分、【アースヒール】とか持ってんじゃねぇか？」

「そういやそうか。……クッソあの野郎、女といい回復魔法といい、何でも持ってんじゃねぇか。なんで世界はこんなに不公平なんだ」

若い冒険者たちに嫉妬し、悪態をつく熟練冒険者たち。

そんな中、一人が視点を変えた言葉を発する。

「けどよ、あいつら三人パーティでキラーアントの相手すんの、普通にキツくねぇか？　通常種だけならともかく、メイジとかソルジャーいたら、まあまあヤベェだろ」

「それだよ。だから俺はあいつらに『現実を知ることになる』っつったんだ。今頃さっそくおっ死んでたりするんじゃねぇか？」

「あり得るわ。けどだとしたらもったいねぇ～！　死ぬ前に一発ヤらせろよあの女ども」

「マジでそれな。何なら今からやつらが入った穴に潜って、後ろから襲うか？」

「いや、さすがにそれはねぇわ。やりてぇけど、さすがにドン引きだわ。ヤりてぇけど」

「俺たち善良な冒険者だからな～。なんでこんなに善良なのに、聖騎士試験落ちるかね」

「世の中は不公平だからな。苦労もしねぇであんなクソ生意気そうな美女たちとヤりまくれる野郎とかよぉ。――さて、言っててもしょうがねーし、そろそろ行くか」

「あー、もう休憩終わりか。早く仕事終えて帰って、一杯やりてぇよ」

「あの女たちとも一発ヤりてぇ～。つっても無理か。行くか」

あれこれボヤきながらひと通り休憩をとった冒険者たちは、再び立ち上がって探索を再開した。

一方、彼らが話題にしていた冒険者パーティ「大地の槍」はと言うと――

＊＊＊

「撃ち抜け、フェンリルアロー！」

戦闘開始直後、弓月のフェンリルボウによる一射が、キラーアントメイジを射貫いた。

胸部に氷柱《つらら》の華を咲かせたキラーアントメイジは、黒い靄となって消滅する。

「うっし、一撃で仕留めたっす！」

弓月の満足げな声が聞こえてきた。

そう、たったの一撃で消滅だ。あれだけ厄介呼ばわりされていたキラーアントメイジが、瞬殺である。我がパーティが誇る主砲、弓月の火力はやはり伊達《だて》ではない。

遭遇したのはキラーアント三体とキラーアントメイジ一体なので、残るは通常種のみだ。あとは消化試合だな。

「おおーっ！　火垂ちゃん凄《すご》いなぁ。ボスじゃなければ何でも一撃で倒すね。――やあっ！」

そう言う風音さんも、短剣二刀流による連続攻撃で、一体のキラーアントを瞬殺する。

弓月のフェンリルボウや俺の【三連衝】に隠れて目立たないが、高レベルの【短剣攻撃力アップ】と【二刀流】【二刀流強化】によって強化された風音さんの火力も、決して低くはない。

「まったくだ、大したもんだよ。【三連衝】は使わなくてもいいかな――って、やっぱり倒せないか」

俺の槍による通常攻撃は、別の一体のキラーアントを深々と突き刺したものの、一撃で消滅させるには至らなかった。通常種とはいえ、やはり【三連衝】を使わないと撃破には足りないらしい。

……ということが分かったので、これは収穫だ。失敗なんかじゃないぞ。

ちなみに、そのキラーアントの反撃の牙が俺の胴に噛みついてきたが、ガイアアーマーの装甲を突破できずノーダメージだ。

「にへへ～っ。そんなに褒められると照れるっすよ。でもうちが安心して後衛やっていられるのは、頼もしいお兄ちゃんとお姉ちゃんのおかげっすからね。いつもありがとうっす♪」

「火垂ちゃん、そういうところうまいよね。お姉ちゃんもっと守りたくなっちゃう。――はあっ！」

「こいつ昔っから要領はいいんですよ。人誑《ひとたら》しっていうか、なんていうか。今度こそ、トドメ！」

風音さんと俺の追加攻撃。無傷で残っていたキラーアントを風音さんがまたも一手で撃破し、手負いの一体には俺がトドメを刺す。

四体のモンスターを撃破した。戦闘終了。

誰も怪我《けが》はしていないようだ。完全勝利である。

「「イェーイ！」」

風音さん、弓月とハイタッチをして勝利を祝う。このぐらいの相手なら、特に気負わずに倒すことができるな。それこそ雑談しながらでも。

なお戦闘終了後も、緊張感のない雑談は続く。

「逆に先輩は、昔っから要領悪いっすからね。真面目《まじめ》すぎるんすよ六槍《むそう》先輩は」

「どうだかなぁ。私は火垂ちゃんも、十分すぎるぐらい真面目だと思うけど」

「えー、そっすか？　風音さんからそんな風に思われてるのは意外っす」

「そうだよ。じゃなきゃ私たち二人ともが、大地くんに誑《たぶらか》されてたりしてないよ。私が独り占めしてました」

「ん？　何すかそれ？」

「あれ、この話、してなかったっけ？」

倒したキラーアントたちの魔石を拾いながら、そのままの流れで探索を開始する。特に疲れるほどの相手でもないしな。

きゃいきゃいと、主に風音さんと弓月の二人がトークを繰り広げながら、俺たちはキラーアントが掘ったらしき巣穴ダンジョンを軽快に進んでいった。

＊＊＊

キラーアントの巣穴は、直立歩行のメイジやソルジャーがゆうに通れるぐらいの、そこそこの大きさのトンネルによって構成されている。

俺たち人間も、ちょっと閉塞感《へいそくかん》を覚える程度で、普通に立って歩ける広さだ。

そんなトンネルは、ぐねぐねと曲がりくねりながら先へと続いている。俺たちはそこを、道なりに歩み進めていく。

入り口からこっち、主に緩やかな下り坂の道が続いているが、たまに少しだけ登りになっているところもある。通路の分岐等は、今のところない。とにかくぐねぐねと曲がりくねっているだけで、ずっと一本道だ。

「この穴どうっすかね。当たりだといいっすけど」

後ろを歩く弓月が、そうつぶやく。

「クイーンの居場所に繋がっているかどうか、か」

「うっすうっす」

「そこは本当に、くじ引きだからね。当たりを引いたらクイーンの部屋にご招待〜。嬉しいやら嬉しくないやらだね」

隣を歩く風音さんは、そう言って茶化してみせた。

もし村の地面にあった四つの穴の奥が、それぞれほかの穴とは繋がっていないのだとしたら、クイーンの居場所に繋がる「当たり」の穴はどれか一つだけということになる。

俺たちが偶然その穴を引いていれば抜け駆けできるが、そうでなければレイドメンバー全員でクイーンに挑むことになる。

その場合は、戦闘の流れを見てうまいことクイーン撃破のトドメを掻っ攫わなければいけなくなるわけだが。それだとうまくいくかどうか、賭《か》けの要素がかなり大きい。

ただ逆に、俺たちの「穴」が運よくクイーンに直結していたとして。戦力的に見て、今の俺たちのパーティだけで護衛が大量についたクイーンを討伐できるかどうかも、確たる保証はない。

「あっ」

そのとき風音さんが、何かに気付いたように、ふと声を上げた。

風音さんは、俺たちが進んでいたトンネルの、右手側の壁へと視線を向ける。

「どうしました、風音さん」

「うん。この壁の向こうなんだけどね、モンスターの気配を感じるんだ」

「【気配察知】スキルですか」

「そうそう。でも壁の向こうに気配を感じてもしょうがないか」

風音さんがそう言うからには、壁の向こう側には、別の「穴」から続くトンネルがあるのかもしれない。そこにキラーアントの群れが闊歩《かっぽ》しているのなら、余分に経験値を獲得するチャンスだ。

「ちぇーっ、もったいないっすね。倒せれば追加経験値ゲットなんすけど。スコップでもあれば壁を掘って向こうに行けるっすかね。それとも武器とか魔法で削ってみるっすか？」

「いやー、私たちスコップなんて持ってきてないし。さすがにちょっとしんどいと思うよ。あと下手すると生き埋めになりそう」

「あー、【エクスプロージョン】とか連発したら、ヤバいかもしんないっすね。魔法の炎だから酸欠とかにはならないみたいっすけど」

相変わらず物理現象との関係性が不可解な探索者《シーカー》能力だが。

だとしても、「それ専用の魔法」なら、話は別だ。

「風音さん。ちょっとそこ、退《ど》いてもらっていいですか。その壁の向こうですよね？」

「えっ……？　う、うん、いいけど。何か策があるの、大地くん？」

風音さんが、俺に言われたとおりにその場を退く。

俺は風音さんが視線を向けていた壁に歩み寄って、手を当てた。

「王都に来る前、魔獣《まじゅう》の森を抜けて、レベッカさんと一緒に村で一泊したじゃないですか。あのときに修得した新魔法です」

「あっ、そういえば先輩、なんか取ってたっすね。なんだったっすか、地味そうな名前の魔法だった気がするっす」

「えぇい、地味言うな。いや、地味だけどさ。どうせこういうのはいずれ取るんだから、あらかじめ取っといたんだよ。――【トンネル】！」

俺は壁に向かって、手から魔力を放出する。

するとーーズモモモモッ。俺の手が触れた部分から、土壁をこじ開けるようにして「穴」が開いていった。

穴はやがて、俺たちが今いるトンネルと同じぐらいの大きさにまで広がって、新たな通路を形成する。俺たちが今いるトンネルに対して、T字路になる形の通路だ。

出来上がった通路は、少し進んだところで、また別のトンネルに繋がっていた。そちらもT字路なので、俺たちの位置から見ると「エ」の字形にトンネル同士が連絡したことになる。

「「おおーっ！」」

風音さんと弓月が拍手をした。グリフォンも「クピッ、クピーッ♪」とご機嫌な声をあげて、俺たちの周囲を飛び回る。

俺が新たに修得した魔法【トンネル】は、文字通り、土壁などに通行可能なトンネルを作る効果を持つ。

ただしこれは魔力によって一時的にこじ開けられたものであり、しばらく時間がたつと元通りに埋まってしまうのだが。

「大地くんが言ってた『小細工』って、これかぁ」

「はい。まあ使い道が激しく限定されるので、本当に『小細工』って感じですが」

「そんなことないっすよ！　さすが先輩っす！　さすが先っす！」

「へへっ、そんなに褒めるなよ後輩。嬉しくなるだろ」

「うきゅっ♪」

俺は弓月の帽子を取って、後輩の頭を思う存分なでてから、再び帽子を元に戻す。「にへへっ」と笑ってこそばゆそうにする弓月である。俺を嬉しい気持ちにさせたお前が悪いんだぞ。

「むーっ。どうしていつも大地くんは、火垂ちゃんばっかなでなでするのかな。私には？」

それを見た風音さんが、かわいくむくれた顔を見せてきた。

「あー……いや、別に他意はないんですけど。弓月はなでやすい位置に頭があるもんで、つい。あと風音さんの頭を勝手になでるのは、なんか失礼な気がして」

「失礼じゃない！　火垂ちゃんみたいに軽率になでて！　私と大地くんの仲でしょ！」

「あ、はい。かしこまりました。以後そうします」

風音さんの頭も軽率になでた。「えへへ～っ」と声を漏らして、嬉しそうにする風音さんである。

だが今度は弓月が、つぶらな瞳で俺を見つめてくる。

「あの、先輩？　うちには失礼じゃないってのも、それはそれでどうかと思うんすけど」

「そこはそれ、弓月だから」

「むっ……まあ先輩とうちの仲っすからね。許すっすよ」

「ぶーっ！　やっぱり火垂ちゃんと大地くんのほうが仲がいい！　ずるい～！　私も火垂ちゃんみたいな距離感がいい～！」

「あ、あのとりあえず、開けた穴が埋まる前に行きません？　なんかそういう色々は、クエストが終わってからということで……」

風音さんが子供のように駄々をこね始めたので、俺はひとまず、自分の魔法で開けたトンネルへと足を踏み入れていった。

弓月と、ぷくーっと頬《ほお》を膨らませた風音さんが、それについてくる。うーん、弓月と同じ距離感と言われても、難しいんだけどな……。

ちなみにその後、「向こう側のトンネル」の先で、俺たちはキラーアント三体およびキラーアントソルジャー一体の群れと遭遇し、これを難なく撃破。

討伐数を稼いだ俺たちは、何食わぬ顔で元のトンネルへと戻り、自分たちが担当する穴の探索を再開したのだった。

＊＊＊

その後もときどき、風音さんが壁の向こう側にモンスターの気配を感じることがあった。そのたびに俺が【トンネル】を使うことで、俺たちのパーティは余分にキラーアントを討伐することに成功した。

キラーアントを倒せば倒すほどミッション達成時の獲得経験値が上がるし、普通にモンスター撃破による経験値も入る。もちろん、自分たちの本来の担当範囲でも何度かキラーアントの群れと遭遇し、これを次々と撃破していた。

そうしてキラーアントを、ソルジャーやメイジといった上位種も含めて、合計で四十体以上も討伐した頃のこと。

俺たちは、とある事件に遭遇したのだ。

このときの俺たちも、それまで同様に楽しく雑談をしながら、快調に探索を進めていた。

「やーっ、このぐらい殺風景にモンスターと戦ってばっかりなの、元の世界ぶりじゃないっすかね」

「だね。ここまでで遭遇、何回あった？　十回ぐらいかな」

「多分そのぐらいですね。ＭＰもまだまだ余裕ありますし、もっとおかわりしたいところですけど」

「さすがにそろそろ打ち止めじゃねーっすか？　もう巣穴の中を一時間近く歩き回ってる気がするっすよ」

「このまま無限に続いたら嫌だよねー」

「待って風音さん、その想像はさすがに怖い。……まあ多くても百体そこそこの群れと想定すると、ほかのパーティの討伐ぶんもありますし、そろそろ終点に差し掛かるんじゃないかって気はしますけど」

地中のトンネル内の探索を続けていると、視界に広がる風景はほとんど変わらないものだから、本当に前に進んでいるのか不安になる。

ただトンネルはずっと緩やかに下っているから、徐々に深くに潜っていることは間違いない。

この道がクイーンの居場所に繋がっているなら、そろそろ到達してもおかしくない頃だと思った。あるいはそうでなくても、行き止まりにたどり着くとか。

「あっ。大地くん、また。今度はそっち側だ」

風音さんが声を上げ、俺の左手側の壁を指し示してきた。例によってモンスターの気配を察知したのだろう。

「了解です――【トンネル】！

俺は今日何度目かの穴掘り魔法を使い、壁を押し開いて通路を作る。

できた通路の向こう側には、やはり別のトンネルがあり、「エ」の字形の連絡通路を形成した。俺たちはそのトンネルを通って、向こう側へ。そこで遭遇したキラーアント四体とキラーアントメイジ一体を、問題なく撃破した。

そうして再び、自分たちの担当通路に戻ろうとしたのだが――そのときだった。

「うわぁーっ！」

「お、落とし穴だと⁉」

トンネルの一方の奥から、そんな声が聞こえてきたのだ。

俺は風音さん、弓月と顔を見合わせる。

さらにしばらくすると、こんな悲鳴のごとき声も聞こえてきた。

「く、クイーンの間《ま》だと⁉」

「ふざけんなよ⁉　逃げ場ねぇぞ！」

それで俺は、意を決した。風音さんと弓月にすばやく指示を出す。

「声のほうに行ってみましょう！」

「うん！」

「了解っす！」

俺たちはダッシュで、声が聞こえてきたほうへと向かっていった。

＊＊＊

少し前のこと。冒険者パーティ「暁の戦士団」の四人は、だいぶ消耗した様子でトンネル内を歩いていた。

冒険者たちは口々にボヤきながら探索を進めていく。

「あー、マジで疲れてきた。ここまでに何体ぐらい倒した？」

「遭遇五回だから、ソルジャーやメイジも合わせてざっと二十体ってとこだろうな」

「まあまあ稼いだか。にしても今回、ソルジャーとかメイジの数多くねぇか？」

「それな。どこも同じ感じだとしたら、あのハーレム野郎のパーティとか、やっぱ全滅してんじゃねぇのか。三人じゃキツいだろ」

一人が発したその話題を皮切りに、男たちの愚痴の矛先はまた、彼らが目の敵《かたき》にする冒険者パーティ「大地の槍」へと集中しはじめる。

「チッ、あの野郎だけ死んでてくれねぇかな。そしたら女二人は、俺たちで頂いちまえるのによ」

「ハハッ、無理無理。どっちにしたって俺らなんか相手にされねぇよ」

「お前なぁ、哀しいこと言うなよ。あー、あの黒ずくめの生意気女。一生に一度でいいから、あんな上玉をベッドの上であんあん鳴かせてみてぇわ」

「俺もあの魔法使いのガキを監禁して調教したいぜ」

「……お前ホント、犯罪者スレスレだよな」

「でも俺たちは善良だから、無理やりはできねぇんだわ」

「そうそう。俺たち善良だから。願望と現実にやるかどうかは別物ってわけ」

そこまで話してから、男たちは大きくため息をついた。

パーティリーダーである斧使いの男が、話を仕切り直す。

「与《よ》太話《たばなし》はそのぐらいにしとけ。それよりＭＰとかポーションはどうだ。ちゃんと残ってるか？」

「なんとかな。あと二、三回戦闘があっても、そのあとのクイーン戦には耐えられるだろ」

「あー、またあのハーレム野郎のこと思い出したわ。『倒せそうだったら、俺たちだけでクイーンを倒してもいいですか？（キリッ）』だったか」

「ぷっ、いちいち思い出させんなよ。でもアレ傑作すぎるんだよな。クイーンと一度でもやり合えば、三人で戦うのがどれだけバカらしいことか分かるだろうに」

「若気の至りってやつだな」

「んでもあいつらだって、レイドクエストを受けられるってことは、２５レベルあるはずだぜ。そこそこの経験は積んできてるはずなんだけどな」

「それな、謎だよな。普通ああはならんだろ――っと？」

そのときだった。ガラッと、男の足元が突如として崩れた。

その男の足元だけではない。

「うわぁーっ！」

「お、落とし穴だと⁉」

パーティメンバー全員の足元が、まるで薄氷の上を歩いていたかのようにひび割れ、がらがらと音を立てて一気に崩落したのだ。

四人の冒険者たちは、闇の中へと落ちていって――すぐに別の地面らしき場所に墜落した。

落下距離は五メートルほど。四人とも幸《さいわ》い、大きな怪我はなかったが――

「痛てて……」

「くっそ、どうなってやがる」

「どこだ、ここは……？」

不幸中の幸い、割れずに済んでいたランタンの灯《あか》りで周囲を照らす。

男たちの視界に映ったのは――

「「「「なっ……⁉」」」」

彼らの周囲には、うじゃうじゃと、多数のキラーアントが蠢《うごめ》いていた。

その数は二十を超えるのではないかと思えるほど。中には上位種の姿も、少なくない数、見受けられる。

そこは広々とした広間のようだった。

どうやら天井が薄く、崩落してここに落ちてしまったようだ。

さらに、周囲を取り囲むキラーアントの群れとは別に、一体の巨大なモンスターの姿が男たちの視界に入る。

キラーアントに似ているが、体長は通常のキラーアントのおよそ三倍——五メートルほどもある。背中には羽を生やし、腹部はとりわけ大きく膨らんでいる。

それはキラーアントの群れを統《す》べる女王蟻——キラーアントクイーンの姿だった。

「く、クイーンの間だと!?」

「ふざけんなよ!?　逃げ場ねぇぞ！」

広間を見回せば、出口らしき道は一応あるのだが、その前には多数のキラーアントが二体のソルジャー付きでたむろしていた。

あそこを全員無事に突破するのは、不可能に近い。

だが、やるしかない。この人数でクイーンを相手にするのは、勝ち目ゼロの自殺行為だ。

そう思って冒険者たちが動こうとしたときのこと——

びちゃっと、男たちの頭上から何かが降り注いだ。

「なっ……!?」

「くそっ、やられた！　クイーンの粘液《ねんえき》かよ!?」

「か、体じゅうが粘《ねば》つきやがって、動きが……！」

それはキラーアントクイーンの口から吐き出された、粘性の液体だった。べとべとの液にまとわりつかれて、冒険者たちはその動きが大きく妨げられてしまう。

　そうして粘液で動きが鈍った冒険者たちのもとに、周囲を取り囲んでいたキラーアントの群れが殺到した。

「う……うそだろ……!?」

「ちくしょう、来るぞ！」

「ど、どうすんだよ!?」

「どうするったって——くそっ！　ぐわぁああああっ！」

　深紅の巨大蟻たちが、冒険者たちに群がった。

　冒険者たちは必死に武器を振り回して牽制《けんせい》するが、一体を攻撃している間に別の一体に噛みつかれ、次々と小さからぬ怪我を負っていく。

　さらにキラーアントソルジャーまで寄ってきて、槍による「二段突き」を繰り出す。

　キラーアントメイジは岩石弾の魔法を放ち、男たちの体を穿った。

「ふざ、けっ……ぐあぁああああっ！」

「誰か……助けて……！　ぎゃああああああっ！」

「死ぬ、死んじまう……！　助けて、食わないでくれぇっ！　いぎぃいいいいっ！」

　冒険者たちは、もはや深紅の蟻たちの餌《えさ》でしかなかった。体じゅうのあちこちを食いちぎられ、槍で穿たれ、岩石弾に撃たれ、ボロボロにされ、一人また一人と倒れていく。

　だが最後の一人が、意識を失おうとしていたとき——状況が変化した。

「おじさんたち、大丈夫!?　——はあっ！」

「三人は気絶しているみたいです！　来いよソルジャー、こっちだ——【三連衝】！」

「クアッ、クアーッ！」

「この位置関係だと、まとめて狙いにくいっすね！　【エクスプロージョン】！」

「暁の戦士団」メンバーの死地に前触れもなく現れたのは、少し前に彼らがバカにしていた若き冒険者たちだった。

　槍を振るう褐色甲冑《かっしょくかっちゅう》姿《すがた》の青年と、二振りの波形短剣を手にした黒ずくめの女冒険者が、信じられないほどの殲滅力でキラーアントを次々と魔石に変えていく。

　さらに少し離れた場所にいたキラーアントの群れが、頭上から降ってきた爆炎魔法で吹き飛ばされる。

　加えてどういうわけか、キラーアントを攻撃している別のモンスター——グリフォンの姿もあった。

「お、俺は……夢でも見ているのか……？」

　神々《こうごう》しくすら見える若者たちの活躍を前に、「暁の戦士団」の冒険者は、その瞳から我知らず涙を流していた。

＊＊＊

　遠くから悲鳴にも似た声が聞こえてきたので、俺たちはダッシュで声のほうへと向かった。

やがてたどり着いたのは、通路の途中で、地面が落とし穴のように崩落した場所だった。穴の底からは、何人もの男たちの悲鳴が聞こえてくる。

慎重に縁《ふち》まで近付いて穴の下を見ると、四人の冒険者が多数のキラーアントに群がられている光景を目の当たりにした。このまま放っておけば、あの冒険者たちが全滅して巨大蟻たちの餌食《えじき》になるのは時間の問題だろう。

加えて見えたのは、ほかのキラーアントとは比べ物にならないほどの巨大な女王蟻――キラーアントクイーンの姿だ。クイーンは、多数のキラーアントに群がられる冒険者たちからは少し離れた広間の奥で、高みの見物を決め込んでいる。

「どうしよう、大地くん」

「先輩」

風音さんと弓月が、不安そうな声とともに、何かを訴えるような眼差《まなざ》しで俺を見つめてくる。

今にも全滅しそうになっているあの冒険者たちは、風音さんや弓月に暴言を吐いた中心人物たちだ。冒険者パーティ「暁の戦士団」の四人である。

俺たちのこの位置からなら、あの冒険者たちを巻き込んで範囲攻撃魔法を使えば、大量のキラーアントの群れを容易《たやす》く一掃できるだろう。クイーンに対しても、この位置からならかなり有利に戦えるはずだ。

だがその場合、あの冒険者たちを見捨てることになる。彼らを救うには、飛び降りて近接戦闘を仕掛け、キラーアントどもの注意をこちらに引きつける必要があるだろう。

俺の中で一瞬、心が揺らいだ。俺たちの安全を最優先にするなら――

だが頭を振って、その考えを振り捨て、二人の仲間にこう伝える。

「飛び降りて助けます！　弓月はここから援護！」

「――っ！　うんっ！」

「了解っすよ！」

風音さんと弓月の声には、躍るような歓喜の色が混ざっていた。俺も人のことは言えないが、この二人も相当のお人好《ひとよ》しだよな。

俺はまず【テイム】を使ってグリフォンを本来の姿に戻し、しかる後にグリフォンとともに穴の底へと飛び降りることにした。

一方で風音さんは、先行して一足早く飛び降りていた。穴の底までは五メートルほどなので、探索者《シーカー》の運動能力と耐久力をもってすれば、ノーダメージでの着地は造作もない。

「おじさんたち、大丈夫⁉　――はあっ！」

風音さんは早速、目の前にいた一体のキラーアントを、短剣二刀流の連続攻撃で斬り捨てる。そのキラーアントは一瞬にして消滅、魔石へと変わった。

瀕死《ひんし》の冒険者たちに群がっていたキラーアントどものうち、何体かの目が、一斉に風音さんのほうへと向く。

俺とグリフォンが降り立ったのは、そのタイミングだ。

風音さんの近くに着地し、手近にいたキラーアントに攻撃を仕掛けていく。

「三人は気絶しているみたいです！　来いよソルジャー、こっちだ――【三連衝】！」

「クアッ、クアーッ！」

俺のスキル攻撃は、間合いに入ってきたキラーアントソルジャーを瞬殺、魔石へと変えた。

グリフォンもまた、近くにいた通常種のキラーアントに、鉤爪《かぎづめ》やくちばしによる連続攻撃を仕掛ける。

風音さんも素早い動きで立ち回り、さらに一体の通常種を仕留めた。

「この位置関係だと、まとめて狙いにくいっすね！【エクスプロージョン】！」

弓月は穴の上から爆炎魔法を放ち、瀕死の冒険者たちを遠巻きにする位置にいた三体のキラーアントを、まとめて吹き飛ばした。その三体もまた一瞬で消滅、魔石へと変わる。

「来るよ、大地くん！」

風音さんがそう叫んで、モンスターの群れを睨んで身構える。

俺もその隣で、槍を構えて迎撃の姿勢を取った。

キラーアントどもも、今この場にいる人間で最も危険な相手が誰なのかを察知したのだろう。「暁の戦士団」のメンバーに群がっていた深紅の巨大蟻たちが、一斉にターゲットを変え、俺や風音さん、グリフォンのほうへと向かってきた。

残るキラーアントの総数は、上位種含めて十数体といったところか。

向かってくる群れの中にはソルジャーの姿が三体ほど見受けられる。

またそれとは別に、少し離れた場所にいるクイーンの前には、側近よろしく三体のメイジが立っていた。そいつらは土色の魔力を身にまとわせて、魔法発動の準備をしている。

キラーアントどもの目は、そのほとんどが俺たちのほうを向いている。今や瀕死状態の「暁の戦士団」のメンバーのことは、ほとんど歯牙にもかけていないようだ。

それでいい。あの瀕死の冒険者たちは、意識を保っている一人を除けば、ＨＰがすでに0を下回っているはずだ。このまま攻撃を受け続けたら、命を失う可能性が大きい。

あ、でも。

「――うぉおおおおおおっ！」

唯一残っていた剣士らしき冒険者が、なぜか涙を流しながら、一体のキラーアントソルジャーに斬りかかった。

その一撃はソルジャーの肩から胸にかけてを斬りつけたが、決定打には至らず。逆にソルジャーの気を引いてしまい、その冒険者は槍による反撃を受けて倒れた。

あれならＨＰが0を下回って気絶しただけで、差し当たって命に別状はなさそうだが。

無茶しやがって……。

そんな一幕はあったものの、戦闘の主軸は、俺たちのパーティとキラーアントの群れとの戦いへと移行した。

深紅の巨大蟻の群れは、怒濤《どとう》の勢いで俺たちに向かって殺到してくる。

「くらえ、【三連衝】！」

「はぁあああああっ！」

「クァーッ！」

対する俺、風音さん、グリフォンは、群がってくるキラーアントどもを次々となぎ倒していった。

数は多いが、今の俺たちにとっては、通常種のキラーアントは雑魚同然だ。

上位種であるソルジャーも、俺の【三連衡】ならば瞬殺可能。

当初うじゃうじゃといた深紅の巨大蟻たちは、あっという間に数を減らしていく。

だが――

「――キシャアアアアアッ！」

そのとき、大ボスであるキラーアントクイーンが動いた。

クイーンは俺たちの位置から数メートルほどの中距離に鎮座《ちんざ》していたのだが、上半身を起こしたその巨体の口から、俺たちに向かって何やら粘ついた液体を大量に吐き出してきたのだ。

回避の余地はほぼない。大量の粘液は、群がってくるキラーアントの群れを相手に奮闘していた俺、風音さん、グリフォンを巻き込んで、びちゃりと地面に広がった。

ねっとりとした粘液が、俺たちの全身に絡みつき、動きを阻害《そがい》する。

「うわっ、ヤなほうが来た。べとべと～」

「クア～ッ……」

敏捷性《びんしょうせい》がウリの風音さんも、普段ほどには素早く動けなくなっていた。グリフォンもそこはかとなく嫌がっている。もちろん俺も、同様の状態だ。

キラーアントクイーンは、口から二種類の液を吐き出すのだと、モンスター図鑑には記されていた。片方はこうして動きを阻害する粘液。もう一方は強酸性の液で、純粋にダメージを与えてくるものだ。

見たところ先の冒険者たちも、この粘液にやられて動きを鈍らされたところを、キラーアントどもに群がられたようだ。

確かに厄介な攻撃だが――

「この程度で――【三連衝】！」

「気持ち悪いけど、どうってことないし！　――はぁあああっ！」

「クアッ、クァーッ！」

俺たちはなおも、ほとんどこれまで通りの勢いで、向かってくるキラーアントを撃退していった。

ようは移動速度と敏捷力がいくらか落ちる程度の効果だ。地力で勝っていれば、向こうから近付いてくるキラーアントどもを屠《ほふ》るのに大きな難はない。

無論その間に、いくらかの攻撃は受けるが、大したダメージではない。

通常種のキラーアントの攻撃では俺のガイアアーマーは突破できないし、ソルジャーの攻撃でも大したダメージは受けない。

黒装束《くろしょうぞく》等により防御力高めの風音さんも大きな問題はなく、比較的防御力が低めのグリフォンもＨＰが高いからすぐさまどうこうなるものでもないはずだ。

問題があるとすれば――

「ぐうっ……！」

そのとき二発の巨大な岩石弾が、俺の体に直撃した。

クイーンの前に控えるキラーアントメイジたちが放ったものだ。

「大地くん、大丈夫!?」

「え、ええ。この程度なら」

目の前のキラーアントを斬り捨てながら心配する声を上げる風音さんに、俺もまた別の一体を屠りながら答える。

相手のほうから向かってくる通常種やソルジャーならば、粘液で動きを阻害されていても問題なく撃破が可能だ。しかし魔法で遠隔攻撃を仕掛けてくるメイジとなると、少し厄介。俺たちでは今すぐには手出しがしづらい位置に陣取っている。

だが、そこはそれ。

俺や風音さんやグリフォンでは攻撃が難しくとも、うちにはもう一人、心強いアタッカーがいる。

「穿て！　フェンリルアロー！」

天井に開いた穴から、弓月が放った氷の矢が降《ふ》り、直撃したキラーアントメイジの一体が消滅した。

これでクイーンの前に控えるメイジは、残り一体になった。最初に見たときには三体いたから、今のが二体目の撃破らしい。

メイジを片付けるのは、弓月に任せておけばいいだろう。

「――キシャアアアアッ！」

と思っていると、今度はクイーンが、再び口から大量の液を吐き出してきた。

その液体はまた、俺と風音さん、グリフォンを巻き込む範囲へと降り注ぐ。

そればかりか、俺たちが近接戦闘を繰り広げていたキラーアントたちまでをも巻き込んでいた。

ジュウッと音がして、深紅の巨大蟻の甲殻《こうかく》がいくぶんか溶ける。今度は先の粘液とは違う、強酸性の液のようだった。

ちなみに配下を攻撃範囲に巻き込んだクイーンにも、巻き込まれた兵隊たちにも、動揺らしきものはまったく見当たらない。

もちろん俺たちの肌にも、ヒリヒリとした痛みが走っていた。希釈《きしゃく》された危険な薬品を、頭からかぶってしまったらこんなダメージになるだろうか。

これも魔法防御力で軽減される性質のものだ。ダメージはそれなりにあるが、一撃で致命傷になるようなものではない。

だがいい加減、ダメージが累積《るいせき》してきているのも確かだ。

俺は近接戦闘の場から軽く後退し、魔法発動のための精神集中を始める。そんな俺に近付いてきたキラーアントを、前に立ちふさがった風音さんが斬り捨てた。

敵の攻撃も止まらない。クイーンの口から、強酸液が再び吐き出された。それは俺と風音さん、グリフォン、近接戦闘中のキラーアントを巻き込んでさらなるダメージを与えてくる。

それとほぼ同時、ダメージに耐えた風音さんとグリフォンが、周囲にいたキラーアントの最後の二体を撃破した。

見ればキラーアントメイジの最後の一体も、弓月がフェンリルボウによる攻撃で沈めていた。

これで残るは、クイーンだけだ。

そして——

「【エリアアースヒール】！」

俺は範囲回復魔法を使い、俺と風音さん、グリフォンの負傷を治癒した。

完全回復とはいかないが、それなりの効果はある。クイーンの酸液攻撃を一回ぶん帳消しにできるぐらいか。

その程度ではろくな回復にならないか、というと、案外そうでもない。

何しろこっちはグリフォンも含め、手数が三人と一体ぶんあるのだ。配下を失ったクイーンと俺が手数一回ぶんずつのトレードなら、圧倒的にこちらに有利な交換だ。

というか、この時点でクイーンとの対決は、ほぼ決着がついていた。

配下をすべて片付けた時点で、あとは消化試合も同然なのだ。

粘液の効果にやや動きを妨げられながらも、俺と風音さん、グリフォンはクイーンに接敵、近接戦闘を開始した。

俺の槍による【三連衝】が、風音さんの短剣二刀流が、グリフォンの爪とくちばしによる連続攻撃が、次々とクイーンにダメージを与えていく。さらに弓月も、上層からフェンリルボウによる攻撃をクイーンに叩き込んでいく。

対するクイーンは、鎌のような節足や鋭い牙を使った素早い連続攻撃で応戦してきた。

ボス格だけあって、攻撃速度も威力もなかなかのものだ。とはいえ一発や二発で致命的なダメージを負うほどでもなく、大きな問題にはならない。

俺たちがクイーンとの近接戦闘を開始してから決着に至るまでに、そう長い時間はかからなかった。

「クイーンの残りＨＰ、４８っす！」

「よし、風音さん！」

「了解！　――はぁああああっ！」

最後のトドメは、現在最も獲得経験値総量が少ない風音さんが。

戦闘に余裕があったので、今回こそ忘れずに経験値調整だ。

二振りの波形短剣による連続攻撃でトドメを刺されたキラーアントクイーンは、その巨体を消滅させて魔石となった。

ほかにモンスターの姿はない。戦闘終了だ。

クイーンを倒したタイミングで、どういうわけか、俺たちの体にまとわりついていた粘液も綺麗《きれい》に消滅した。相変わらず不可解だが、べとべとのままなのも嫌なので助かるところだ。

俺はトドメを刺した風音さんに向かって、片手をあげてみせる。

風音さんは軽快な足取りで駆け寄ってきて、自分も片手をあげて、俺と手を合わせた。

「やったね、大地くん！」

「――っと？」

何を思ったか、風音さんはそのまま俺に抱き着いてきた。

俺は戸惑《とまど》いつつも、やんわり風音さんの背に腕を回し、抱き返す。

「か、風音さん……？」

「疲れたぁ～。大地くん成分を補充させて～」

「は、はあ……いいですけど、回復しないと」

「十秒でいいから。ううん、やっぱり三十秒お願い～」

「わ、分かりました」

もちろん俺としては嬉しい限りなので、いいのだが。脈絡がないのでドギマギしてしまう。しょうがないので、俺はその姿勢のままで回復魔法を行使していった。

「あーっ！　風音さん、抜け駆けっすか⁉　ズルいっす！」

弓月が上から声をかけてきても、風音さんは俺に抱き着いたまま。弓月には背を向けた状態で、声だけを返す。

「まあまあ。火垂ちゃんいつも抜け駆けしてるんだから、たまには私がやったっていいでしょ～」

「そりゃ、そうっすけど……。先輩、あとでうちにもギューッてするっすよ？」

「お、おう」

相変わらず、わけの分からない桃色加減な日常である。夢なら覚めないでって、いつも思うわ。

ちなみにだが、グリフォンも俺にすり寄ってきたりした。やわらかい毛並みに肌をなでられて、妙に心地がよかった。

というわけで俺たちは、キラーアントクイーンの討伐に成功したのだった。

その後、治癒魔法を使って、俺たちだけでなく「暁の戦士団」の面々の負傷も癒していく。

それから、目を覚まさない冒険者たちをグリフォンの背に乗せるなり俺が背負うなりして、帰還の途《と》についた。

＊＊＊

しばらくの後、俺たちは地上へと帰還した。

いまだ意識を取り戻さない男たちを運び、集合場所である村の中央広場へとたどり着く。

中央広場には、残り二つのパーティが待ち受けていた。

彼らも自分たちの担当エリアを探索し終えたのだろう。

「おい、そいつらはどうした」

ガドルさんが、俺やグリフォンが背負う「暁の戦士団」の姿を見て驚きの声をあげる。

また冒険者たちの中には、グリフォンを見て困惑し、慌てて武器に手を伸ばした者もいた。

「彼らはクイーンの間で全滅しそうになっていたので、俺たちが救助しました。このグリフォンはペットみたいなもので、害はありません」

グリフォンの背から気絶した男たちの体を下ろしてから、俺は従魔に手招きをする。グリフォンは俺に懐くような仕草で、ふわふわの毛並みをこすりつけてきた。

それを見た冒険者たちは、呆気《あっけ》にとられた様子ながらも、武器を下ろして警戒を解く。

ガドルさんは目元を指で押さえ、なおも困惑した様子を見せた。

「待て……なんだって？　グリフォンはひとまず置いておくとして、クイーンの間から救出うんぬんは本当か？　だとしたら、よくやってくれたと言うべきところだが。しかしよくその状況から逃げ延びられたな」

「逃げてねーっすよ。クイーンはうちらが倒したっす」

弓月がそう言って、えへんと胸を張る。

こいつが胸を張ると、胸部の凹凸《おうとつ》がなだらかなのが顕著《けんちょ》に見えてしまって……いや、その言及はやめよう。

「は、倒しただと？　……いや、待て待て。順を追って話してくれ」

「別に、そのまんまなんだけどね」

風音さんが苦笑する。ガドルさんも何だかんだ言って、俺たちの限界突破は信じていなかったみたいだな。

俺たちはガドルさんたちに、何があったのかを説明した。

探索中に悲鳴を聞いて駆けつけてみたら、通路の足元が崩落していて、その下がクイーンのいる広間になっていたこと。そこで「暁の戦士団」のメンバーがキラーアントに群がられ、全滅しそうになっていたこと。俺たちが飛び降りて救助し、取り巻きともどもクイーンを撃破したこと。

　話を聞く冒険者たちは、俺たちが嘘《うそ》をついているのではないかと疑っていたようだが、クイーンが落とした大型魔石を見せたら目を丸くした。

　さらにそのタイミングで、気を失っていた「暁の戦士団」のメンバーが、次々と目を覚ましていく。

「え……こ、ここは……？」

「俺たち、キラーアントに食い殺されたんじゃ……」

　目を覚ました「暁の戦士団」のメンバーは、きょろきょろとあたりを見回す。状況がよく分かっていないようだった。

　だがそんな中、最後に目を覚ました剣士の男が、俺たちを指さして言う。

「こ、こいつらだ！　俺たちがクイーンの間で全滅しそうになったとき、こいつらが現れて、ありえねぇ勢いでキラーアントどもを屠っていったんだ！」

　そんな剣士の男の証言もあり、俺たち「大地の槍」が報告した内容は、どうやら事実であるらしいと認められた。嘘つきの誹《そし》りは免れたようだ。

　さすがに限界突破に関してはあらためて追及されたが、「それ、話す義務あります？」と言ってやんわり拒絶の意志を示したら、それ以上の言及はされなかった。

　その後、レイドメンバーは再び手分けして、キラーアントの討ち漏らしがないかなどを調査した。

　そして仕事が完了したことを確認すると、一行は王都へと帰還したのだった。

＊＊＊

王都に到着したときには、夜もだいぶ更《ふ》けた時刻となっていた。

夕飯を食べていない俺たちは、みんな腹ペコだ。

冒険者ギルドで報酬を受け取って、レイドのほかのパーティと別れる。

その後、俺たち——俺、風音さん、弓月、それに小型化したグリフォンを加えた三人と一体は、王都の繁華街にある酒場へと繰り出した。

店に入ると、四人掛けのテーブルを一つ占拠し、飲み物と食事を適当に注文する。

やがて給仕のお姉さんが、三人分の飲み物と追加のコップを運んできてくれた。

「「「かんぱーい！」」」

木のジョッキやコップをカコンと打ち合わせてから、それぞれに飲み物に口をつける。

グリフォンにも、ミルクを小さなコップに移して与えた。「クピッ、クピーッ♪」と鳴いて上機嫌な様子だ。

レイドの面倒くさいしがらみからも解放され、気の置けない仲間たちと過ごす時間。これが最高のひと時ってやつだな。

「んぐっ、んぐっ、んぐっ——ぷはぁああああっ！　やっぱり仕事を終えた後の一杯は最高だね！　お姉さーん、ビールもう一杯くださーい！」

風音さんがジョッキのビールを早速飲み干して、次の一杯を注文する。心底幸せそうな様子だ。

「風音さん、ホントお酒が好きですよね。でも俺たちの世界のビールと比べて、味は劣《おと》るんじゃないんですか？　キンキンに冷えてるわけでもないですし」

「んー、それはそう。ホントはもうちょっと冷えてるといいんだけど。あと味も、私たちの世界のにはちょっと敵わないかな。それでも喉が渇いてるからおいしいけど」

「でもこっち、牛乳はうまいっすよ。牧場の搾《しぼ》りたてミルクって感じっす」

弓月がそう口を挟む。

風音さんが椅子ごと動かして、弓月に身を寄せた。

「だけどやっぱりビールだよ。火垂ちゃんもどう？　こっちの世界だと十五歳から飲酒アリみたいだし」

「風音さんも懲《こ》りないっすねぇ。いつもすぐに、でろんでろんになるのに」

「ふっふっふ、今日も実はもう、でろんでろんかもしれないぞ～。でろんでろんで絡み上《じょう》戸《ご》の私は、火垂ちゃんを襲っちゃうのだ。そりゃっ」

「ふにゃっ⁉　か、風音さん、そこっ……またセクハラっすよ！　風音さん、酔っぱらうとセクハラ魔神になるっす！　んにゃぁああああっ！　そ、そこはダメっす！」

「ほれほれ、火垂ちゃんも嫌いじゃないんじゃろ？　こことか、こことか」

「や、あっ……ら、らめぇっす～！」

「にははははっ。火垂ちゃんは本当にかわいいのぅ。お姉ちゃん本気になっちゃうぞ～」

嗜虐心《しぎゃくしん》に火がついたらしき風音さんが、弓月を抱きしめて横暴をやり始める。耳を甘噛みしたり、首筋を舐めたりと、やりたい放題だ。

この二人、攻めと受けがたびたび入れ替わるんだよな。お酒を飲んだときの風音さんはたいてい攻めだが。

「せ、先輩、見てないで、助けっ――ふにゃあああああっ！」

俺は助けを求めてくる弓月を見捨て、合掌《がっしょう》する。

可哀想《かわいそう》だが弓月、犠牲になってくれ。その状態になった風音さんは、俺でも止められないんだ。というか止めると俺のほうに来るんだ。俺が我慢できなくなるんだ。

俺はそんなイチャコラする二人――捕食者と被食者の関係にも見える――をぼんやりと見守りつつ、頭の中では今日の戦果について思い浮かべていた。

今回のクエストによる金銭報酬は、魔石の換金ぶんも含めると、パーティ全体で金貨４００枚を超えた。一日で４００万円以上稼ぎあげたと考えると、まあまあとんでもない額だ。

ミッションも、冒険者ギルドに完了報告をした時点でつつがなくクリアとなった。


ミッション『レイドクエストを１回クリアする』を達成した！

パーティ全員が２００００ポイントの経験値を獲得！


特別ミッション『より多くのキラーアントを討伐する』を達成した！

キラーアント通常種（１００）×６９＝６９００

キラーアントソルジャー（５００）×１１＝５５００
キラーアントメイジ（５００）×７＝３５００
キラーアントクイーン（１００００）×１＝１００００
パーティ全員が２５９００ポイントの経験値を獲得！
新規ミッション『レイドクエストを３回クリアする』（獲得経験値７００００）が発生！

現在の経験値
六槍大地……７８６２５４／８１３０３２（次のレベルまで：２６７７８）
小太刀《こだち》風音……７７４１４６／８１３０３２（次のレベルまで：３８８８６）
弓月火垂……８８００７１／９１４１１２（次のレベルまで：３４０４１）

合計で４万５９００ポイントの経験値を獲得。日帰りでこなしたミッションの成果としては、かなりのものだ。

しかも今回は、通常のモンスター撃破による経験値もかなり大きかった。それも含めたトータルだと、三人とも６万ポイントオーバーの経験値を獲得している。

クエストに挑む前と比較すると、弓月は４４レベルで据え置きだが、俺と風音さんがそれぞれ１レベルずつアップして４３レベルになっていた。

レイドクエストの2万ポイントだけだと少ししょっぱいかなと思っていたけど、結果論で言えば、挑んで大正解だったな。

と、そんなことを思っていると——ふと、別のテーブルで飲んでいた四人の男たちが、席から立ったのが見えた。その男たちはおもむろに、俺たちのもとへとやってくる。

誰かと思えば、俺たちがキラーアントクイーンから救出した冒険者パーティ「暁の戦士団」のメンバーだった。なんだ、あの人たちもここで飲んでいたのか。

また面倒くさい人たちと鉢合わせてしまったなと思った。俺はイチャコラしていて気付いていない風音さんと弓月に、指で突《つつ》いて男たちの到来を知らせる。

気付いた二人は慌てて居住まいを正し、逃げるようにして俺のもとに寄ってきた。

「な、何か用ですか？」

風音さんが、牽制するような声で男たちに声をかける。

すると男たちは、ビクッと震えあがった。おや……？

その後、男たちは互いに何かを押し付け合う様子を見せる。「おい、お前が言えよ」「バカ、こういうときはリーダーだろ」「そうだ。リーダーの仕事だ」「あっ、お前ら。くそっ、分かったよ」といった具合だ。

結局、前に出てきたのは斧使いの男だった。

男は人差し指で頬をかき、視線をうろうろさせながら言う。

「い、いや、何の用ってわけでもねぇんだが……その、なんだ……まだ、ちゃんと礼を言ってなかったと思ってな。だから……今回は、お前たちのおかげで命拾いした。助かった、ありがとよ」

何かと思ったら、お礼を言われた。だいぶ意表を突かれたぞ。

まあ、そう言われてしまったならしょうがない。俺は男に向かって答える。

「ええ、無事に救出できてよかったです。冒険者とはいえ、目の前で人に死なれると気分が悪いですからね」

「そ、そうか。まあ、それだけだ。ちゃんと礼は言ったぞ。じゃあな」

男たちはまたぞろぞろと、自分たちの席のほうへ戻っていこうとする。どうやら本当に、お礼を言いにきただけのようだ。

だがそこで、俺はつい魔がさして、こう口にしてしまった。

「あ、そうだ。もう一つだけいいですか？」

俺が呼び止めると、立ち去ろうとして背を向けていた男たちがまた、ビクッと震えあがる。

「な、なん……でしょうか」

自然と敬語になって振り返る、斧使いの男。俺たちのことを、おそらく限界突破しているであろう実力者集団だと認識して、怯えているようだ。

まああれだけ俺たちのことを嘲《あざけ》り笑《わら》ったんだ。何か仕返しをされると思ってびくびくするのも、無理はないかもしれない。

さておき――俺はどうして呼び止めてしまったんだろう？

いや、意図はあるのだが。こんなのはイキリでしかないんだよな。

とはいえ、呼び止めてしまったものはしょうがない。やるか、と意志を決める。

俺は、何を言うつもりだろうという顔で見ている風音さんと弓月を手招きし、寄ってきた二人を両腕で抱き寄せた。

「にゃっ？」

「ふぇっ？」

そして驚く二人を尻目に、俺は「暁の戦士団」の男たちに向かってこう伝えた。

「あらためて言っておきますけど、この二人は見てのとおり、俺の女です。そっちは冗談のつもりかもしれないですけど、二人にちょっかいを出すようなことを言われると、正直殺意が湧くんですよ。ああいうの、今後やめてもらってもいいですか？」

「「「は、はいっ！　二度としません！」」」

男たちは背筋を伸ばし、声を揃えて誓った。

あーあ、言ってしまった。

ここまで来たならもう、せっかくだからイキリ散らかそう。

「分かってもらえればいいです。今後とも同じ冒険者として、よろしくお願いします」

「「「はいっ！　よろしくお願いします！」」」

男たちはそう叫ぶと、逃げるようにして彼らのテーブルのほうへと去っていった。

これでよし、と。

ホッと安堵《あんど》の息をついた俺に、腕の中の風音さんと弓月が声をかけてくる。

「大地くん、また私たちのこと『俺の女』って言った～。合ってるけど」

「イキリ野郎っぽいことを言う先輩、ちょっと新鮮っすよね」

「いや、ほら。ああ言っておけば、あいつらも変なこと言ってこなくなるかなと」

「えへへっ、そうだね～。じゃあ大地くんの女である私は、大地くんとべたべたしよう。べたべた～」

「同じく先輩の女であるうちも、先輩とべたべたするっす。べたべた～」

そんなわけで、風音さんの絡みターゲットが俺に移り、解放された弓月もまた攻め手に回って俺をおちょくった。俺は即座に幸福感がオーバーヒートして、天国にのぼった。

ついでにグリフォンが、「クピッ、クピーッ」と鳴いて、自分も混ぜろとばかりに俺たちの間に飛び込んできた。べたべたにもふもふが追加されて、気持ちが良すぎてわけが分からなくなった。

こうして今日も、俺たちの異世界での一日が過ぎ去っていくのであった。

第四章

それは彼方《かなた》の地、海の底で起こっている出来事。

エメラルド色の海の中、二つの勢力が争っていた。

片方は人魚――マーマンやマーメイドと呼ばれる種族。人の上半身と、魚の下半身を持つ、平穏を愛する海の人々。

片方は半魚人――サハギンと呼ばれる種族。魚に似た顔を持ち、両腕両脚を備えつつも全身が鱗《うろこ》やヒレに覆われた、血と暴力に飢えた者たち。

両者は海中を意のままに泳ぎ回り、槍《やり》を交わし合う。

数は人魚のほうが多い。十五人ほどの人魚族の戦士たちが、十体ほどの半魚人の戦士たちを、必死に追い払おうとしている。

だが、敵《かな》わない。半魚人の戦士のうちの一人が、強すぎるのだ。

「ぐわはははっ！　弱い、弱すぎるぞ！　さっさと姫を渡したらどうだ。そうすれば貴様たちの命だけは助かるかもしれんぞ？」

その半魚人は、ほかの者たちとは違い、四つの腕を持っていた。

四本の槍を巧みに操り、五人以上の人魚族の戦士たちを同時に相手取ってなお、戦いを

優位に進めている。

　そればかりではない。彼が【テイム】のスキルによって操る大型の人食いザメが、人魚族の戦士たちを襲っていた。

　その鋭い牙に噛《か》みつかれた人魚族の戦士が、悲鳴を上げて悶《もだ》え苦しむ。別の戦士が、槍で人食いザメの胴を突き刺し、怯《ひる》んだところでどうにか仲間を救出する。

　傷付いた男人魚《マーマン》の戦士には、女人魚《マーメイド》の戦士が寄り添って、治癒《ちゆ》魔法を施す。だがそうしている間にも、四本腕のサハギンの槍で、別のマーマン戦士が深手を負わされていた。

　ほかの局面では、人魚族の戦士と半魚人の戦士が、ほぼ同数で渡り合い互角の戦いを繰り広げている。

　ただ一人、四本腕のサハギンだけが、他を圧倒していた。

　彼と戦う人魚族の戦士たちは、劣勢に喘《あえ》ぎながらも必死に叫び返す。

「黙れ、邪悪なサハギンが！」

「貴様のようなやつに、誰が姫様を渡すものか！」

「だいたい貴様、姫様をどうするつもりだ！」

　三人のマーマン戦士が突き出した槍を、四本腕のサハギンは三本の槍で巧みに受け止める。そして力任せに三人を押し返したかと思うと、もう一本の槍で背後から忍び寄っていた別のマーマン戦士を薙《な》ぎ払《はら》ってみせた。

　四本腕のサハギンは余裕を示し、高らかに笑う。

「どうするかぁ～？　知れたことよ。人魚族イチの美女と謳《うた》われた姫を犯し尽くし、このサハギン王である俺様の卵を産ませるのだ。十や二十では足らんぞ。百は産んでもらわねばなぁ～！　ぐわははははっ！」

「なっ……!?　ふ、ふざけるな！」

「ここは絶対に通さんぞ！」

「貴様はなんとしてでも、ここで打ち倒す！」

「くくっ、そうかそうか、では仕方がない。貴様らを全滅させてから、ゆっくりと姫をいただくとしよう――死ねぃ、雑魚《ざこ》どもが！」

四本腕のサハギンが、四本の槍で猛威を振るう。時を追うごとに、人魚族の戦士たちが一人、また一人と四本腕のサハギンに討たれ、海の底へと沈んでいった。

戦士たちが沈んだ海の底には、巨大貝や色とりどりの珊瑚《さんご》で形作られた、美しい海底都市の姿があった。

その海底都市では、普段は数百の人魚族が泳ぎ回っているのだが、今はみな住居の中に退避している。戦士の力を持たない者たちは、戦士たちの勝利と無事を祈ることしかできない。

一方、海底都市の中心部にある王宮には、戦士たちの戦いを歯がゆい思いで見守っている者たちがいた。

人魚族の王と王妃、護衛の戦士、そして王女だ。

巨大な巻貝のようなデザインの王宮、その最上部に設《しつら》えられた部屋の窓から、彼らは遠くの戦局を見据えていた。

人魚族の王女は、この世のどんな真珠《しんじゅ》よりも美しいと謳われた絶世の美女だ。

彼女は必死の様子で、王に訴えかける。

「お父様、かの者の狙いは私です！　私があの者の前に出ていけば、戦いをやめるはず。このままでは戦士の皆が……！」

だがそれを聞いた王は、娘に対してぴしゃりと言い放つ。

「ならん！　あんな者の前にお前の身を晒《さら》せるものか。第一、お前が出ていったところで、あの残虐なサハギンが戦いをやめる保証などどこにもない。フェルミナよ、お前は逃げ延びるのだ。やつに捕まったら、どんなひどい目に遭わされるか知れたものではないぞ」

「そんな！　皆が戦っているのに、私だけ逃げることなどできません！」

「聞き分けるのだ、フェルミナ。――ゲラルクよ、分かっておるな。娘を頼んだぞ」

「はっ、陛下。近衛《このえ》ゲラルク、命に代えても必ずや姫様をお守りいたします。――姫様、御免！」

「え……あっ……。そん、な……ゲラ……ルク……」

近衛のマーマン戦士の当て身により、王女は意識を失った。

近衛は、王女の身を抱え、苦渋の表情で王と王妃に一礼し、その場から去っていく。

「頼んだぞ、ゲラルク。――槍を持て！　わしも出るぞ！」

王もまた、側近が持ってきた槍を手に、王宮の窓から飛び出して泳いでいく。

向かう先は、残虐《ざんぎゃく》なる侵略者である四本腕のサハギンのもとだ。

だが王とて分かっていた。自分一人が出ていったところで、どうにもならない戦況であることを。

あのサハギン王を名乗る四本腕のサハギンは、遊んでいるのだ。

人魚族の手練《てだ》れの戦士たちが、まるで訓練兵のように軽くあしらわれ、苦しめられている。悪魔の如《ごと》き、理不尽なまでの強さと暴虐。

（海神《かいじん》よ。どうか我らに加護を……！）

王は神に祈った。

我らの前に無慈悲に現れた災厄《さいやく》を、打ち払えるだけの力を、どうか――

＊＊＊

キラーアント討伐《とうばつ》のレイドクエストをこなした日の、翌朝。

俺と風音《かざね》さん、弓月《ゆづき》の三人がわずかな眠気を引きずって冒険者ギルドにやってくると、クエスト掲示板の前ではちょっとした騒《ざわ》めきが起こっていた。

「何かあったんですか？」

昨日クエストを共にこなした一人、レイドリーダーを務めたガドルさんがいたので話しかけてみる。

俺たちの姿を見たガドルさんは、「おっ」と声を上げた。

それから彼は、俺たちに向かってニヤリと笑いかけて、こう言った。

「指名クエストが出ているんだ。それもクエストランクSの、とんでもない内容のやつがな」

「指名クエスト……？　しかもＳランクですか？」

「おう。ダイチたちも見てみるといいぜ。くくっ」

意味ありげに笑うガドルさんである。一体なんなんだ。

指名クエストといえば、クエストの依頼人が特定の冒険者や冒険者パーティを指名して、クエスト依頼を出すものだ。

以前、商人のエスリンさんに俺たち指名でＡランクのクエストを出してもらったことがあるが、あれと同じである。もっとも、ああいうマッチポンプ依頼は普通ないだろうが。

それだけなら驚くには値しないと思うが、クエストランクＳの指名クエストだというのだから、それは騒ぎにもなるだろう。

Ｓランクのクエストというと、２５レベル冒険者八人以上が推奨ラインだったはずだ。そんな難易度のクエストはほとんど出ることはなく、Ｓランクの時点で相当にレアなクエストである。

例えば「飛竜の谷の奥地にある薬草を採取してくる」みたいなクエストであれば、ドラゴンとの遭遇が見込まれるため、クエストランクはＳになるだろうと予想される。ドラゴン討伐は、２５レベル冒険者四人を目安とするＡランクのパーティでは、全滅の可能性が高いと目されるためだ。

俺も正直、Ｓランククエストには興味がある。未達成ミッションの中に「Ｓランククエストを１回クリアする」（獲得経験値３００００）があるからだ。

とはいえ、指名クエストではしょうがないんだよな。

そう思い、俺たちには関係ないなと承知しながらも、クエスト掲示板を覗《のぞ》いてみたのだが――

★指名クエスト
指名冒険者……ダイチ、カザネ、ホタル
クエスト概要……海底都市までの護衛
クエストランク……S
依頼人……冒険家レベッカ
クエスト内容……冒険家として海底都市に行ってみたい！　というわけで、道中の護衛を頼みたいんだ。「最短ルート」を通りたいこともあってSランクにした。ヒュドラをあっさり倒した少年たちなら、きっといけるよね？
報酬……金貨３００枚

「……俺たちじゃん」

「うちらだったっすね」

俺の呆《あき》れ声《ごえ》に、弓月が合の手を入れる。

見れば周囲の冒険者たちの注目が、俺たちに集まっていた。

困る。できればあまり目立ちたくないのに。といっても後の祭りだな。おのれ。

俺たちはクエストの貼り紙を引っぺがすと、とりあえず冒険者ギルドの隅っこに逃げ込んだ。冒険者たちの注目が、ひとまず離れる。

「レベッカさんって、あのレベッカさんだよね？」

「でしょうね。冒険家って書いてありますし」

風音さんの問いかけに、俺はうなずく。

依頼人、冒険家レベッカ。ユニコーンと出会った世界樹《せかいじゅ》からの道程、魔獣《まじゅう》の森でヒュドラに追われていた女冒険者の、あのレベッカさんだろう。

そしてこのクエスト依頼には、もう一つ、注目すべきポイントがあった。

「『海底都市までの護衛』っすか。ていうか、そもそも海底都市ってどこにあるんすかね？　地図に描いてなかったと思うんすけど」

「ないな。それを確認する意味でも、とりあえず本人に会って話を聞いたほうがよさそうだ」

海底都市というと、これまたミッションで「海底都市に到達する」（獲得経験値５００００）がある。とりあえず、詳しい話を聞いてみるだけの価値はありそうだ。

俺はクエストの貼り紙を持って、受付へと向かった。

＊＊＊

「やっほー、少年。二日ぶり～！」

「うわっ!?」

冒険者ギルドの片隅に設けられた待合場所。依頼人のレベッカさんは、その場に現れるなり、いきなり俺に抱き付いてきた。

女性にしては長身で、俺とほとんど変わらないぐらいの背丈のお姉さんが、その柔らかな腕と体で俺にぎゅーっと抱き着いてくる。風音さんや弓月とは少し違う女性の匂いに鼻孔をくすぐられ、俺は困惑した。

なお冒険者ギルドにいるときは、俺はたいてい、ガイアアーマーやガイアヘルムを身に着けていない。今もそうだ。

だから女性の肌の感触をたっぷりと堪能《たんのう》でき——じゃなくって。

「ちょっ、ちょっと、レベッカさん!?　いきなり何を……は、離れて……!」

「えぇーっ、いいじゃん~。少年とあたしの仲じゃない~。こちとら独り身だから、人肌が恋しいんだよ~」

「だ、だからって——」

「——いいわけないですよねぇ、レベッカさん?」

聞き馴染《なじ》みのある、しかしゾッとするような凄《すご》みを感じる女性の声がした。

見れば、俺に抱き着いたレベッカさんの背後には、おそろしい笑顔を浮かべた風音さんがいた。

「ヒッ……!?　ちょっ、カ、カザネ……ちゃん……?　ギルド内での武器の使用は、まずいんじゃないかなぁって……」

レベッカさんは顔を青くして、額から汗を垂らす。

彼女の背後に立つ風音さんは、その耳元に口を寄せて、黒い声でささやいた。

「大丈夫ですよぉ。この位置、ほかの人からは見えない死角ですから。それよりも、このまま背中からずぶりといかれたくなかったら、今すぐ大地《だいち》くんから離れてくださいね。私、いつ手に力が入っちゃうかって、今ゾクゾクしてるんですよ」

「わ、わ、分かった！　分かりました！」

レベッカさんは慌てて俺から離れ、両手をあげた。

その背後にピタリと密着して立つ風音さんが、短剣を腰の鞘《さや》に納める仕草を見せた。それから音もなく、レベッカさんの背後から離れる。安堵《あんど》の息を漏らすレベッカさん。

俺の位置からだと見えなかったけど、風音さんの抜き身の短剣が、レベッカさんの背中に当てられていたんだろうな……。

それから風音さんは、何を思ったか、俺の目の前にやってきた。

「大地くん、少しかがんで？」

そう言ってぴょこぴょこと手を動かし、俺に頭を下げるよう指示してくる。

とても怖い。逆らってはいけない気がする。

「え、えっと……こうですか？」

「そう。でももう少し、もう少し……そう」

風音さんが言うとおりに頭を下げていくと、俺の目線の高さは、風音さんの胸ぐらいの位置になった。

何をする気だろう、と思っていると。

風音さんの両腕が、俺の頭を抱きかかえ、ぎゅっと抱きしめてきた。

「――っ!?」

俺の顔が、黒装束《くろしょうぞく》に覆われた風音さんの胸に埋まる。

柔らかくて、いい匂いがする。これまでに何度も嗅いでいる、安心する匂い。

レベッカさんの匂いを塗りつぶして上書きするように、俺の脳に風音さんの匂いが刷り込まれていく。

「前にも言ったよね？　大地くん、レベッカさんにドキドキするの禁止。分かった？」

「あ、えっと……す、すみません」

「うん、いい子いい子。約束だよ」

風音さんは俺の頭をよしよしとなでてきた。俺は母親に抱かれた幼児のように安心した気持ちになった。

若干のホラーを感じる気がしないでもないが、きっと気のせいだろう。

風音さんは俺を解放すると、レベッカさんのほうへと向き直る。

「次は我慢できるか分かりませんから、二度とやらないでくださいね？」

「えーっ、でも……」

「二度とやらないでくださいね」

「……はい」

レベッカさんは怯《おび》えた様子を見せていた。凄腕《すごうで》の暗殺者に睨《にら》まれたようなもので、むべなるかなといった感じだ。

普段の雰囲気に戻った風音さんが、腰に手を当てて、ため息をつく。

「ていうか人恋しいなら、人の彼氏に手出ししないで、レベッカさんも相方を探せばいいじゃないですか」

「えぇーっ、やだよー。それじゃあ冒険家として自由にほっつき歩けなくなるじゃん」

「わがままだなぁ」

あまり反省はしていないようだった。レベッカさんらしいというか、なんというかだ。

一方で、今度は弓月が、俺にジト目を向けてくる。

「先輩、まーたレベッカさんに鼻の下伸ばしてたっすね」

「いや、これはだから、ほとんど生理的な反応であってだな。不可抗力というか」

「ふーんだ。先輩はうちみたいな子供体型のクソガキより、風音さんやレベッカさんみたいなボンキュッボンのお姉さんが好みなんすよね。分かってるっすよ。ぐすんっ」

「だからそれは違うって」

いきなり話がややこしい。レベッカさん、登場シーンからさっそく引《ひ》っ掻《か》き回さないでほしいな。

というわけで登場イベントが長引いたが、俺たちの前には冒険家を自称するお姉さんが現れた。

オレンジに近い明るい茶髪をショートカットにした、弓月とは違う意味でボーイッシュな雰囲気の女性冒険者である。活動的な衣服を身に着け、腰には剣を提げている。

彼女自身が冒険者であり、今回のクエストの依頼人でもある。

「それで、海底都市に行きたいという話でしたけど、場所は分かっているんですか？」

話がさっそく脱線しかかったので、俺は露骨に軌道修正をかけにいく。

レベッカさんは「そうそう」と言って、ようやく本題について話しはじめた。

「場所はまあ、だいたい分かってるよ。この王都から北、ランドラム山脈の向こうに港町バーレンがあるのは知ってる？」

「ええ。地図を見て把握できる範囲では」

俺は【アイテムボックス】から地図を取り出して広げ、レベッカさんが示した町の場所を確認する。

港町バーレンは、俺たちが今いる王都からさらに北、直線距離でいえば徒歩で一日ちょっとの場所にある。

ただバーレンまでの実際の道のりは、それよりも遥《はる》かに長い。東西に延びる険《けわ》しい山脈地帯が間を遮っているため、東か西に大きく迂回《うかい》する街道ルートを通るのが普通だからだ。

「東西どちらの街道を進むにしても、ここからだと四、五日はかかりますよね。その海底都市はバーレンの近くにあるんですか？」

「うん、あたしの調査ではそうなってる。バーレンから海に出て、ちょっと行ったあたりのはずよ」

「海に出るっていうと、船ですか？　それともまさか泳ぎ？」

「港でボートを借りていく予定。目印の『人魚岩』までは早ければ一時間ぐらいでつくんじゃないかな」

「となると、目的地までざっくり五日ぐらいか……」

目的の海底都市まで五日かかると想定して。

ミッション達成経験値が、Sランククエスト3万＋海底都市到達5万＝8万ポイント。

一日あたりで考えると、1万6000ポイントというところか。

悪くはないな。ほかにもっと効率のいいクエストが見当たらなければ受けてもいい、ぐらいか。

あとはリスクがどのぐらいと見込まれるか。

いや、それ以前の問題として——

「ていうか、そもそも海底都市ってなんすか？　海の底に都市があるんすか？」

弓月が根本的な疑問を口にした。いい質問だ弓月。俺もそれが知りたかった。

レベッカさんはうなずいて答える。

「そうらしいよ。なんでも人魚族が暮らしている街なんだって」

「『らしい』とか『なんだって』とか伝聞系が多いですけど、それ情報源は何なんです？」

俺がそう聞くと、レベッカさんは自身の【アイテムボックス】から一冊の本を自慢げに取り出し、見せてきた。ハードカバーの立派な本で、表紙には世界地図、ドラゴン、剣と盾が組み合わさったイラストが描かれている。

「へへーっ。冒険者なら聞いたことぐらいはあるでしょ、『ランドルフ冒険記』。過去に世界を股《また》にかけて飛び回った偉大な冒険家ランドルフが残した手記を、作家グウェルが血湧き肉躍る冒険譚《ぼうけんたん》に仕立てたって代物さ」

「え……それってフィクションってことでは……」

「いやま、そうなんだけど。大丈夫だって。事実に基づいたフィクションだし、ほかの文献でもちゃんと裏はとってあるから。そこに海底都市はある。あたしが保証する。万が一なかったとしても、依頼料は払うから。ね、お願い、手伝って！」

レベッカさんはそう言って、俺たちを拝み倒してきた。

う、うーん……かなり怪しい案件な気はしてきたが。

でもミッションにある以上、この世界に「海底都市」なるものが存在することは間違いないだろうなとも思う。だとすると、レベッカさんが想定している場所に海底都市なるものがあるかどうかでいうと、そんなに分が悪くない気はする。

あとは――

「そういえば、クエスト依頼書に『最短ルート』を通るってありましたけど、あれって？」

「そう、それ！　よくぞ聞いてくれました。少年たち、準S級モンスターのヒュドラを難なく倒してたよね？　だったらさ、行けると思うんだ」

そう言ってレベッカさんは、俺が広げている地図の、山脈部分を指さしてこう言った。

「『地竜《ちりゅう》の寝床《ねどこ》』。ここの洞窟《どうくつ》を通っていこう」

＊＊＊

森の中の道なき道へと踏み入って、しばらくのこと。

俺たちの目の前には今、そびえ立つ断崖絶壁の岩山と、そこに開いた大きな洞窟の入り口が姿を現していた。

「ふえぇ～」

「でっかいっすねぇ」

「これが『地竜の寝床』の入り口！　あたしも実物を見るのは初めてだよ」

風音さん、弓月、レベッカさんが感嘆の声を上げる。レベッカさんに至っては、わくわくしてたまらないといった様子だ。

俺たちは今、「地竜の寝床」と呼ばれる大洞窟の入り口前にいる。地図上では、聖王国王都と港町バーレンの間に横たわる、ランドラム山脈の南端に位置する場所だ。

眼前にそそり立つ岩山は急峻《きゅうしゅん》で、本格的な登山道具を使わないと登れそうにない代物だ。これを登って港町バーレンを目指したら、東西の街道を使って迂回していくよりも遥かに日数がかかることに疑いはない。

目の前にある洞窟は、途方もない大きさだ。岩山に穿《うが》たれた洞窟なのだが、その天井までの高さは三階建ての住居の屋根ほどもある。

この規格外に雄大な自然の景色を見ていると、どこか飛竜の谷を思い出す。奥地にエアリアルドラゴンが棲息《せいそく》する、普通の人なら近付かないような危険な地だった。

この「地竜の寝床」も、それとまったく同様の理由で、常人ならば近寄ろうとはしない場所だという。

空を見上げれば、太陽が真上に昇っている。

王都を出立してから半日ほどがたち、ここからが旅の本番といったところか。

俺たちは洞窟の入り口前で昼食をとってから、洞窟内へと踏み入っていく。

天井までの高さも左右の壁までの差し渡しも、一般的に想像する洞窟の何倍もある大洞窟だ。うねうねと曲がりくねりながら変わり映えのしない風景の中を進んでいると、まるで自分が小人になったかのような錯覚《さつかく》に襲われた。

小一時間も進んでいくと、自分たちが本当に前に進んでいるのかどうかすらも疑いたくなってきた。無限ループする道を歩かされているような、そんな疑念を持ってしまう。

だがこれが、王都から港町バーレンへと向かうための「最短ルート」のはずだ。

ランドラム山脈を縦断するこの洞窟を通り抜けていけば、ほぼ直線距離で港町バーレンへとたどり着くことができるのだ。本来ならば四、五日はかかる道程を、一日半ほどで踏《とう》破《は》できるショートカットルートだ。

無論、そんな道なら誰もが通りたくなるだろう。

だがそれも、この道に何の障害もなければの話だ。

なおレベッカさんからの依頼のタイミングで、例によって特別ミッションが出た。

特別ミッション『地竜の寝床を経由して港町バーレンに到達する』が発生！

ミッション達成時の獲得経験値……30000ポイント

これが出た時点で、依頼を受けることが確定した。

この特別ミッションの獲得経験値を加味すれば、仮にレベッカさんが調べた海底都市の在《あ》り処《か》がガセネタだったとしても、十分においしいクエストだと評価できるからだ。

そうして「地竜の寝床」の中を、時間の感覚もなくなるぐらい延々と歩き続けた頃。俺たちは、この大洞窟最大の障害がいる場所へとたどり着いた。

そこは大広間だった。天然の闘技場を思わせるような、半球状の広大な広間だ。天井や壁や床に、光る苔《こけ》か何かが生えているのか、広間全体が薄ぼんやりと緑色の燐光《りんこう》を放っている。

その中央部に、巨体がうずくまっていた。

俺たちが今いる広間の入り口からは、百メートルほどの距離だ。

そいつは俺たちがやってきたことに気付いて、ゆっくりと鎌首をもたげ、こちらを睨みつけてくる。

アースドラゴン。褐色《かっしょく》の鱗を持った竜だ。

こいつを乗り切ることができなければ、この洞窟は通過できない。「地竜の寝床」を守護する、絶対的門番である。

アースドラゴンは俺たちを睨みつけただけで、まだその場から動こうとはしなかった。

こちらも遠隔攻撃が届く距離ではない。俺たちはいつものボス戦セット――【プロテクション】【クイックネス】【ファイアウェポン】を味方全体にばら撒《ま》いていく。

「ねぇ少年。本当にあたし、手伝わなくていいの？」

レベッカさんがそう聞いてくる。

俺は【プロテクション】を行使しながら答える。

「はい。事前に約束したとおり、絶対に手出ししないでください」

「わ、分かった。じゃああたし、広間の外まで下がってるね」

レベッカさんは通路まで後退していった。

ドラゴンとの戦いは、これで三度目だ。

アースドラゴンの強さは、過去に戦ったエアリアルドラゴンやファイアドラゴンと同格と目される。俺、風音さん、弓月、それにグリフォンを加えた三人と一体だけで、十分に戦えるはずだ。

何よりも、ミッションの都合がある。「ドラゴンを４体討伐する」（獲得経験値１０００００）が、現在四体のうち二体を撃破している段階だ。これを倒してもミッション達成とはならないが、討伐数は着実に積み重ねておきたい。

しばらくすると補助魔法をばら撒き終わった。

その間の二十秒ほど、アースドラゴンは動こうとせずに待っていてくれるのだから、モンスターは分からない。こちらを侮《あなど》っているのか。いや、そもそもそういった心の動きみたいなものがあるのかどうかも不明だ。

「よし。風音さん、弓月、グリフォン――行くぞ」

「うん、大地くん！」

「任せろっす！」

「クアーッ！」

俺たちはドラゴンに向かって、一斉に地面を蹴った。

＊＊＊

高レベル探索者《シーカー》の敏捷性《びんしょうせい》に【クイックネス】の効果が乗った俊足で、俺たちはドラゴンとの距離を瞬《また》く間《ま》に詰めていく。

アースドラゴンも、いよいよ動き出す。翼を羽ばたかせ、高い天井を持つ半球状ドームの天井近くまで飛び上がり、俺たちの方へと向かって滑空してきた。

ワンパターンだな。エアリアルドラゴンもファイアドラゴンも、最初は似たような動きだった。飛び上がり、こっちに向かって飛んできて、次に行う動作もどうせアレだろう。

その頃には俺たちも足を止め、魔法発動や遠隔攻撃の準備をしていた。

アースドラゴンが射程に入ったタイミングを見計らって、風音さんと弓月が攻撃を放つ。

「土属性の相手なら、私の魔法だって少しは――【ゲイルスラッシュ】！」

「射貫《いぬ》け、氷華《ひょうか》の矢！　フェンリルアロー！」

高速で飛来するアースドラゴンの全身がつむじ風に覆われ、無数の刃《やいば》がその鱗を引き裂く。同時に氷の矢が着弾し、地竜の胸部に氷柱《つらら》の華を咲かせた。

だがドラゴンは、それらのダメージを振り切って、そのままの勢いで突っ込んでくる。

大きな口を開き、その中に生まれたエネルギーの塊を放出した。

「「「くぅっ……！」」」

多量の石つぶてを含んだエネルギーの奔流が、俺、風音さん、弓月の三人を包み込む。

グリフォンは空中に退避させていたので、巻き込まれることはなかった。

アースドラゴンの特殊能力、アースブレス。土属性であることを除けば、エアリアルドラゴンのウィンドブレスやファイアドラゴンのファイアブレスとまったく同等の効果を持つ、高威力の中距離範囲攻撃だ。

飛び上がって、向かってきて、初手はドラゴンの必殺技であるブレス攻撃。然《しか》る後に着地して、爪や牙での怒濤《どとう》の連続攻撃を仕掛けてくるのだろう。これまでのドラゴン戦と同じ、定番のパターンだ。

まあシンプルに強いからな。この力押しで、普通の冒険者パーティであれば壊滅的ダメージを負うことになるはずだ。

しかしながら、俺たちももう４３～４４レベルだ。土台の基礎力が違う。

ドラゴンブレスによる攻撃を食らえば、それなりのダメージこそ受けるものの、壊滅的打撃というにはほど遠い程度の被害である。

俺に至っては、ガイアアーマーとガイアヘルムによる土属性ダメージ軽減効果もあってか、「あれ？」と思うぐらいの被ダメージ感だった。

そよ風に吹かれたようなもの……は言いすぎにしても、なんか本当、普通のダメージだ。回復抜きで七、八発ぐらい受けたら危ないかもしれない、ぐらいのもの。

それに加えて今回、俺は初手で攻撃魔法を放たずに、魔法発動を遅らせて待機していた。

俺の攻撃魔法は土属性だから、アースドラゴンには効きにくいだろうと思ったのもあるが——

「【エリアアースヒール】！」

俺は計画していた通りに、範囲回復魔法を発動した。

俺、風音さん、弓月の三人を包み込んで、足元から治癒の光が立ち昇る。

結果、風音さんと弓月の二人は、受けたダメージの大部分が回復されたようだった。俺に至っては、ＨＰ全快である。

必殺のブレス攻撃が大した成果を残せなかったことを見て、アースドラゴンが苛立《いらだ》ちを見せた——ように見えた。実際は分からない。俺の錯覚の可能性は高い。

だがアースドラゴンは、弓月の前でも風音さんの前でもなく、俺の前へと着地した。そして俺に向かって、鋭い爪と牙による猛攻を始めた。

「はっ、そう来るかよ！」

このドラゴンに知性があるのなら、回復魔法の使い手である俺をまず仕留めようと考えたのかもしれない。

俺の心は躍っていた。

巨大なドラゴンの爪や牙による攻撃が、俺の体にガシガシと襲い掛かる。

俺は風音さんのような飛び抜けた俊敏さは持ち合わせていない。巨体のわりに敏捷なドラゴンの猛攻をひらひらと回避することなどかなわず、その大半を被弾してしまう。

だが今の俺には、ガイアアーマーとガイアヘルムがある。加えて、高い耐久力と【プロテクション】による防護効果、盾による防御もある。

結果、大したダメージは受けない。この程度なら回復なしでも一分間ぐらいは耐えられるんじゃないかと思うほどだ。

これなら回復に手数を使うより、一気に畳みかけて次のブレス攻撃を放つより前に倒したほうがよっぽど無難だな。

「【三連衝】！」

俺の手によって放たれた、魔法の炎をまとった槍による三連撃が、アースドラゴンの胴を激しく穿つ。

アースドラゴンは、エアリアルドラゴンやファイアドラゴンと比べても防御力が高めだが、そんな機微にはさしたる意味もない。相手の耐久力をがっつり削《そ》いだ感触が、俺の手に伝わってきた。

「――やぁあああああっ！」

「どんどん行くっすよ、フェンリルアロー！」

「クアーッ！」

風音さん、弓月、グリフォンもまた、思い思いの攻撃をドラゴンに仕掛けていく。

対する地竜は、俺に向かってしゃにむに攻撃を仕掛けてくるが、それで俺が大ダメージを負うことはない。

戦いの形勢は明らかで、決着までもそう長くかかることはなかった。

「残りHP、３００切ったっす！」

「よし！　弓月とグリフォンは攻撃を中止！　俺か風音さんが仕留める！」

「「了解！」」

「クアーッ！」

弓月のフェンリルボウによる攻撃がやみ、グリフォンも接近戦範囲から退避していく。

トドメを誰が刺すかのコントロール――経験値調整をするだけの余裕が十分にあった。

「いけっ、【三連衝】！」

「はぁあああああっ！」

俺のスキル攻撃と、風音さんの短剣二刀流による連続攻撃が、アースドラゴンの体を貫く。

次の瞬間、褐色の鱗を持ったドラゴンの巨体は、黒い靄《もや》となって霧散した。

地面には大型の魔石が落ちる。アースドラゴン、討伐完了だ。

戦闘開始から三十秒、いや二十秒もかかっていないかもしれない。

「「いえーい！」」

「クアッ、クアーッ♪」

俺は風音さん、弓月の二人といつものハイタッチ。さらに寄ってきたグリフォンの頭部をなでてやる。

広間の外に退避していたレベッカさんも、戦闘終了と見てやってきた。

「はぇーっ……少年たちならドラゴン相手でもやれるんじゃないかとは思ってたけど、まさかこんなに楽勝するなんて。さすがに想定外だよ」

「まあ、ドラゴンとの戦闘はこれで三度目なので、慣れてもいますから」

「は……？　ドラゴン戦が三度目？　一体どういうことなの……」

レベッカさんは呆気《あっけ》にとられた様子で、俺たちを見つめていた。

その後、俺たちは数時間の移動を経て、「地竜の寝床」を踏破することに成功した。

洞窟を出て、久々の外の空気を吸ったときには、空はすっかり夕焼け色に染まっていた。

＊＊＊

眼下に広がるエメラルド色の海から、磯《いそ》の匂いを含んだ潮風が吹きつけてくる。

波止場《はとば》には大型船から小型船まで大小さまざまな船が停泊しており、海の男たちが船から陸へ、あるいは陸から船へと荷運びをしている姿が見受けられた。

港町バーレンは、人口二千人ほどの中規模の都市だ。

沿岸の崖地に作られた集落で、北側が海に面している。南門から街区に入ると、最初に遭遇したのは、下り坂の町並みとその先の海を眼下に一望できる風景だった。

「うんっ……！　潮の匂いがして、海って感じだね」

「ま、新鮮なのは最初だけで、そのうちべたべたするのが気になってくるけどね〜」

「いきなりテンション下がること言うっすねレベッカさん。それでも冒険家っすか？」

「あははっ、ごめんごめん。一度来たことがある町だとどうもね」

風音さん、レベッカさん、弓月の三人が、港町の風景を眺めながら思い思いの感想を漏らす。

俺もまた、カモメの鳴き声や波の音を耳にしつつ、ちょっとした感慨にふけっていた。肩に乗ったミニグリフォンも、いつものように「クピッ、クピッ♪」と鳴いてご機嫌の様子だ。

大洞窟「地竜の寝床」を踏破してランドラム山脈の北側へと抜けた俺たちは、そこから鬱蒼《うっそう》とした森林地帯をさらに北上して、ついに港町バーレンへと到着した。

王都を出立してからは、およそ一日半の道程だ。今は昼過ぎの時刻で、青空の下、麗《うら》らかな午後の風景が広がっている。

なおバーレンに到達した時点で、特別ミッション達成の通知が出ていた。


特別ミッション『地竜の寝床を経由して港町バーレンに到達する』を達成した！

パーティ全員が３００００ポイントの経験値を獲得！

六槍《むそう》大地が４４レベルにレベルアップ！

小太刀《こだち》風音が４４レベルにレベルアップ！

現在の経験値
六槍大地……８１６２５４／９１４１１２（次のレベルまで：９７８５８）
小太刀風音……８３４１４６／９１４１１２（次のレベルまで：７９９６６）
弓月火垂《ほたる》……９１００７１／９１４１１２（次のレベルまで：４０４１）

アースドラゴンの撃破経験値を風音さんが得たこともあり、三人のレベルが並んで全員４４レベルになった。

　１レベル上げるのに必要な経験値が、そろそろ１０万ポイントを超え始めた感じだな。さすがに少し厳しくなってきたか。

　俺はレベッカさんに、これからの行動について確認する。

「この港町バーレンから海に出て、目印になる『人魚岩』までは、ボートで一時間ぐらいって話でしたよね」

「でもその前に『準備』があるって言ってたっす」

「海の底にある都市に、どうやって行くのって話だよね」

　弓月と風音さんが情報を補足する。

　レベッカさんは、からからと笑った。

「ま、そう慌てなさんな。先に腹ごしらえといこうよ。美味《おい》しい海鮮料理のお店を知ってるからさ」

レベッカさんは、この港町バーレンには何度か来たことがあるらしい。彼女の案内で大衆的な飲食店に入って、俺たちはそこで遅めの昼食をとった。

朝に保存食を齧《かじ》ったきりだったこともあってか、提供された海鮮料理はとても美味しく感じられた。特にエビやイカを使ったパスタは、風味豊かで絶品だった。

腹ごしらえを済ませた俺たちは、その足で次の店へと向かう。

レベッカさんについていくと、細まった路地をぐねぐねと進んでいった先にある、質素な店構えの店舗にたどり着いた。

先導していたレベッカさんが、店の前で振り返って、にこっと笑いかけてくる。

「ここで『水着』を買うよ。少年たち、きっとびっくりするんじゃないかな」

「びっくり……ですか。ていうか、海底都市に行く準備って、水着のことですか？　てっきり海の中に入るための特殊なアイテムか何かを準備するのかと思ってましたけど」

「ふっふっふ、それも間違ってないんだな～」

「はあ……」

俺は風音さん、弓月の二人と顔を見合わせて、互いに首を傾《かし》げる。もったいぶるなぁ、レベッカさん。

雇い人《クライアント》が構わず店の中へと足を踏み入れたので、俺たちも腑《ふ》に落ちないまま、そのあとをついて行く。

そして店内を見て、俺は自らの目を疑うことになった。

「やあ、いらっしゃい。レベッカはひさしぶり」

「やあラティ、おひさ～♪」

個人営業と思《おぼ》しき小規模の店舗。店主らしき人物がカウンター越しに、客である俺たちに向かって歓迎の声をかけた。

レベッカさんは店主と顔見知りらしく、カウンターに駆け寄って、その奥に腰掛けた店員に向かって両手を広げて差し出す。店主は淡々とした様子で自らも両手を出し、レベッカさんと手を合わせていた。

その店主の姿には、見覚えがあった。

年若い少女だ。ともすれば小学生にも見えるほど小柄《こがら》で童顔。ロングウェーブの銀髪に、紫色の瞳。肌は港町に似つかわしくない白さだ。

その姿を見た俺と風音さん、弓月の声がハモった。

「「ダンジョンの妖精!?」」

「ダンジョンの妖精……？　何それ？」

レベッカさんと、当の店主らしき少女が首を傾げる。

その後、カウンターの向こうに腰掛けた少女は、少し考え込むような仕草を見せてから、こう返してきた。

「それはつまり、別のボクがそう呼ばれているのかな。けれど『妖精』とはまた大層な呼び名だ。少しこそばゆいね」

外見相応の幼い声質の、しかし落ち着いた雰囲気の言葉。

間違いない。俺たちの世界のダンジョン第五層で遭遇したあの子だ。少なくとも、それ

と瓜二《うりふた》つの声と外見だ。

あのときの彼女は、まるでモンスターを倒したときのように黒い靄になって消え去ってしまった。

彼女には聞きたいことが山ほどある。例えば、そう――

「キミは、何者なんだ」

俺は少女に向かってそう問いかけていた。何よりも真っ先に聞きたいのがそれだ。

レベッカさんは少女と俺たちとを見比べて、頭の上に疑問符を浮かべている。

一方で、当の少女は、首を横に振った。

「おそらくこのボクには、キミたちが聞きたいことの大半に関して、答えることができないと思う。それは、このボクに許された権能ではないからね」

「えっと……『このボク』って？」

「キミたちが知っているボクとこのボクは、別の存在だと思ってくれればいい。ボクはキミたちとは初対面だし、キミたちが聞きたいことにも答えることができないだろう。このボクにできるのは、キミたちに『水着』を提供することぐらいだ」

キツネにつままれたような答えが返ってきた。

しかし彼女が大きな嘘《うそ》を言っているようにも思えなかった。本当はニュアンスが違う部分を、分かりやすく噛《か》み砕《くだ》いて話している雰囲気は感じるのだが。

つまり――彼女は、俺たちが出会った「ダンジョンの妖精」とは別人の、ただのそっくりさんということ？

いや実際にはもっとニュアンスが違うのだろうが、今この場ではその理解をしておけばいいと、彼女はそう言ったように思えた。

風音さんや弓月の顔を見ても、二人もお手上げという様子だった。わけ分からんぷーといった感じだ。

俺は考える。彼女に出会ったら聞きたいことはいろいろあったはずだ。

が、あらためて考えてみると、「キミは何者？」以外の質問があまり思い浮かばない。

限界突破イベントとかなんとか不可思議なことは色々とあるが、不可思議であることを横に置けば、必要最低限の情報は現段階でほぼ出揃《でそろ》っている気もする。

それに、聞かれても答えられないだろうと、彼女自身が言っている。今、目の前にいる彼女の発言も妙《みょう》な部分はあるが、問いただしても生産性がないように思えた。

そして彼女はこう言った。「このボクにできるのは、キミたちに『水着』を提供することぐらいだ」と。

店内を見回せば、この店はどうやら水着ショップのようだった。

色とりどり、デザインもさまざまの水着が、所狭しと陳列されている。

「ていうか、こんなデザインの水着、こっちの世界にあるんすね」

「ね、私も驚いた。私たちの世界の水着とほとんど変わらなくない？」

弓月と風音さんが寄ってきて、レベッカさんに聞こえないようにコソコソ話をする。

店内に並べられている水着は、俺たちの世界の水着そのものの、現代的なデザインのものに見えた。いや、わずかにエキゾチックな雰囲気を感じなくもないが。

いろいろと不可解なことはあるが、とりあえず、今考えるべきことは――

「えっと、レベッカさん。この店には本当に、水着を買いにきただけなんですか？　海底都市にはどうやって行くつもりなんです？」

俺が問うと、ずっと不思議そうに首を傾げていたレベッカさんが、気を取り直した様子で答える。

「ああ、うん。それはね――ラティ、説明してくれる？」

「ん、任された。それはこのボクに許された権能だからね」

ダンジョンの妖精にそっくりな少女は、そう前置いて説明を始めた。

＊＊＊

ダンジョンの妖精のそっくりさん――ひとまずダンジョンの妖精二号と呼ぼうか――は、ゆっくりと立ち上がると、とことこと歩いて陳列されていた水着の一枚を手に取った。男性ものの海パンだ。

それを両手で胸のあたりに持って、俺たち三人に見せてくる。

「先に言っておこう。この店内に並べられているこれらの水着は、参考にするためのデザインにすぎない。キミたちに『水着』を与えるのは、このボクの力だ」

「ん……？　どういうことっす？」

弓月が問い返す。まあ当然だ。今の説明だけじゃチンプンカンプンだからな。

「ん……実際に、やって見せたほうが早いか。レベッカ、キミにはすでにボクの力を宿してあるね？」

ダンジョンの妖精二号が、レベッカさんに話を振る。

レベッカさんはわずかに不満そうな様子を見せた。

「えーっ、まさかあたしに、今ここでやってみせろと？」

「そうだよ。なに、別に裸になるわけじゃなし、気にすることはない。それにこのあと、どうせその姿を晒して海に潜るんだろう？」

「まあそうだけどさぁ。分かった、分かったよ、やればいいんでしょやれば」

レベッカさんは、大きくため息をついた。

それからコホンと一つ咳払《せきばら》いをしてから、呪文を唱えるようにして、こんな言葉を口にした。

「――フォームチェンジ・アクアフォーム」

レベッカさんの全身を、まばゆい光が包み込んだ。まるで魔法少女モノアニメの変身バンクのように、身に着けていた衣服や装備が光の粒となって消え去っていく。

光り輝く女性の裸身ができあがる。ただし腰に下げた剣のシルエットだけはそのままだ。

そして新たに何らかの衣をまとったかと思うと、光が弾けた。

光がやんで現れたのは、冒険者装備を失い、水着姿へと変身したレベッカさんだった。

剣だけはもともと提げていたものを、そのまま身に着けている。

ただ水着姿といっても、上はへそ上までのキャミソール、下はデニムタイプのショートパンツスタイルなので、言うほど水着感はないのだが。

そんな水着を身に着けたレベッカさんが、少し恥ずかしそうにしながらキャピッとポーズをとる。

「ど、どう……？」

「おおーっ、レベッカさんが魔法少女みたいに変身したっす」

「うーん、魔法少女って歳《とし》ではないと思うけど」

「マホウショウジョ？　何それ。なんか分かんないけど、すごく失礼なことを言われた気がするよ」

弓月と風音さんが感想を漏らし、レベッカさんが苦笑いする。いや、魔法少女はどうでもいいんだけど。久々の、不思議現象おかわりって感じだ。

ダンジョンの妖精二号が口を開く。

「これがボクの力だよ。今レベッカが身に着けている水着は、彼女が装備していた防具一式と同等の性能を持つ。防御力、魔法防御力、特殊効果などすべてを保持しているんだ」

えっ……マジで？　どういうこと？

「えーっと……それって、職人さんがオーダーメイドで作ると武具のデザインを変えることができるっていうのと、同じような感じ？」

風音さんが問い返す。そういえばそんな仕様あったな。

ダンジョンの妖精二号は、おもむろにうなずく。

「理解としては、それでいいと思う。普通のスキルではここまでの変化はできないし、二つの形態を持つこともできないけどね。それからもう一つ、この水着には『力』がある」

そう言ってダンジョンの妖精二号は、店の奥に引っ込んでいった。

しばらくして、がらがらと何かを引っ張って戻ってくる。

ダンジョンの妖精二号が持ってきたのは、台車に載せられた、たっぷりの水が張られた大型の水槽だった。ガラス張りだが、大きめのバスタブほどのサイズがある。

「じゃあレベッカ、実演。これに入って」

「……マジで？」

「マジで」

「ちぇっ、分かったよ。人使いが荒いなぁ」

レベッカさんは渋々といった様子で、水槽の中に入った。

頭まですっかり水に浸《つ》かった姿が、ガラス越しにしっかりと確認できる。

「じゃあ、これに蓋をして、鍵をかけて」

『えっ、ちょっと、ラティ⁉　待った待った、それ聞いてないんだけど⁉』

ダンジョンの妖精二号は、水槽の上から透明なガラス蓋をして、カチャリと鍵をかけた。

水中に閉じ込められたレベッカさんが水槽の内側をバンバン叩《たた》いているが、ボクっ娘《こ》店主はまったく取り合わない。

あとどういうわけか、水中にいるレベッカさんの声がはっきりと聞こえてくる。少しくぐもっては聞こえるが、本来は水中にいる人の声がこんなに明確に聞こえるはずはないと思うのだが。

「それじゃ、キミたち三人は店内を見て回って、水着のデザインを選んでほしい。決まったら、キミたちの装備に力を与えるから」

「「「はあ……」」」

『おーい、ラティ～！　あたしはいつまでこの中なの～？　おーい！』

「レベッカのことは、心配しないで。大丈夫だから」

ダンジョンの妖精二号は、そう言って俺たちに、にこっと微笑《ほほえ》みかけてきた。淡い笑みだが、シチュエーションがシチュエーションだけにちょっと怖いなと思った。

さておき、俺たちはそんななんだかよく状況の分からないまま、水着選びをすることになったのである。

＊＊＊

水着選び。

店内に陳列されていた水着は、男物にはあまり選択肢がなく、俺も特にデザインにこだわらないのですぐに決まった。

問題は風音さんと弓月だ。

二人は真剣な顔つきで、店内の水着をあれこれと見て回り、唸《うな》っていた。

「うーん……ねぇ大地くん、私に着てほしい水着とかある？」

「えっ……？　あ、いや、えっと……」

風音さんから問われて、俺は店内の女性用水着を見回し、それらを身に着けた風音さんの姿を想像してみる。

三種類ぐらい想像したあたりで、俺は心の中で鼻血を噴いた。

「……風音さんが着るなら、どれでも見てみたいです」

「わっ、本音っぽい。嬉《うれ》しいけど、でもそれじゃ参考にならないかなぁ」

「先輩先輩、うちはどうっすか？」

弓月からも同じことを聞かれた。そっちもついつい想像してしまう。

「うーん……弓月なら、子供向けみたいなかわいらしいデザインのものが似合いそうだな。待てよ、あるいは男水着チャレンジとかも……」

「ちょんわーっ！　先輩のバカァーッ！」

「火垂ちゃん、怒っていいよ」

「ぐげっ！」

弓月から跳び蹴りを食らわされた。なんだよ、聞かれたから正直に答えたのに。

そうやって選ぶこと、しばらく。何度か試着なども行ってから、二人の水着デザインが決定したようだ。

選び終えた頃には、水槽の中のレベッカさんは腕を組んで胡坐《あぐら》をかいた姿勢で水中に座り、むすっとした表情を見せていた。

ダンジョンの妖精二号が水槽に手をついて、俺たちに向かって解説する。

「さて、そろそろ三十分がたつ頃だ。ご覧の通り、レベッカは無事だね。ボクが与える

『水着』を着ていれば、水中での呼吸が可能になるんだ」

「もしかして、それを見せるためだけに、レベッカさんをこの水槽に閉じ込めたんすか？」

弓月がドン引きした様子で聞く。

ダンジョンの妖精二号は、悪びれもせずに、こくんとうなずいた。

「そうだよ。あとこの『水着』を着ていれば、水中での行動全般や魔法の使用にも支障がない。地上と同じノリで活動できるし、戦える。言葉も伝わるよ」

「ああ、それで」

水中にいるレベッカさんの声が滞りなく聞こえたのも、彼女が与える「水着」の力というわけだ。いや、原理はまったく分からないが、それはいつものことだしな。

水着を選び終わった俺たちは、ダンジョンの妖精二号の「力」を浴びた。

少女の手のひらから、やわらかな光球が放たれ、俺たちの体に吸い込まれていく。俺たちの全身が淡い光を帯び、やがてそれも収まった。

次に、ダンジョンの妖精二号は俺たちに、レベッカさんが唱えたのと同じ呪文を口にするよう指示してきた。

俺と風音さん、弓月の三人は、互いにうなずき合ってから、教えられた呪文を口にする。

「「フォームチェンジ・アクアフォーム」」

俺の体がまばゆい光を帯びる。風音さんと弓月も同様だ。

俺の装備一式が、光の粒となって消滅する。その瞬間、俺は裸になった。全身光っているから大丈夫。セーフだ。

　風音さんと弓月に視線を向けると、二人も体の曲線がダイレクトに見えるシルエット姿に。俺は心の中で鼻血を噴いた。本日二回目。

　やがて光がやむ。

　俺は裸の上に海パン一丁と、槍、それに盾を身に着けた姿へと変わっていた。

　ちなみに盾は、貝殻みたいな形状に変化していた。芸が細かい。

　まあ俺はどうでもいいんだ。

　それよりもはるかに大事なのは、二人の女子の姿だ。

「ど……どうかな、大地くん？」

「しょーがないから、先輩が言うとおり子供っぽい水着を選んでやったっすよ。ぷいっ」

　そこには俺と同様に水着姿に変身した、風音さんと弓月の姿があった。

　スタイル抜群の風音さんは、ビキニ水着を身に着け、腰には透け感のある薄絹のパレオをまとっている。頬《ほお》を赤らめ、恥じらうようにもじもじとしながら、反応をうかがうような上目遣いで俺を見つめていた。

　一方、体の曲線が緩やかな弓月は、子供っぽい雰囲気のフリルたっぷりツーピース水着だ。下もフリヒラのミニスカート風味。不貞腐《ふてくさ》れるようにそっぽを向いた弓月だが、その頬はやはり赤く染まっていた。

　そんな二人の艶姿《あですがた》を見た俺は――

「ぶっ……！」

「あ、あれ、大地くん……？」

「あー……倒れちまったっすよ」

本日三度目の鼻血は、実際に噴いた。

俺は幸せな光景を脳裏に焼き付けたまま、店の床にばったりと倒れ伏したのだった。

＊＊＊

少しの後、ダンジョンの妖精二号が営む水着ショップ（？）を出た俺たちは、波止場へと向かう下り坂の道を歩いていた。

俺たちの装備品は、通常の姿へと戻っている。水着姿のときに「フォームチェンジ・ノーマルフォーム」と唱えると元に戻る仕様のようだ。

「けど先輩、鼻血噴いて倒れるとか、ひと昔前の漫画っすか？」

隣を歩いている弓月が、俺の顔を覗き込み、にひひっと笑っておちょくってくる。

俺はふて腐れるしかない。

「しょうがないだろ。好きな女性二人の超絶かわいい水着姿を同時に見せられたら、興奮ぐらいするだろ」

「あう……そ、そう来るっすか……。ま、まあ風音さんのあの悩殺水着姿を見たら、仕方ないっちゃ仕方ないっすね」

「お前もだお前も。お前の水着姿も、めちゃくちゃかわいいんだよ。自分が魅力的な女子だってこと、少しは自覚しろ」

「なっ……⁉　先輩がうちのこと、男子扱いしたんじゃないすか！」

「そ、それはお前、その……男子っぽいのと、水着姿がめちゃくちゃかわいい魅力的な女子であるのとは、両立するんだよ」

「ふわわわわっ……！　せ、先輩が褒め殺してくるっす……」

「え、褒め殺してるかこれ？」

「あーっ、もうだから火垂ちゃんばっかりズルい～！　私も大地くんとそういうイチャイチャしたい～！」

「まったく蚊帳《かや》の外のあたしが、一番キッツイんだけどね……」

弓月と言い争いをしていたら、風音さんとレベッカさんから横槍《よこやり》が入った。

風音さんはともかく、レベッカさんは別にいいかなと思ってしまうあたり、彼女のキャラというか立ち位置みたいなものが確立されてきている感じがする。

なお弓月はというと、自分がからかってきたくせに、自爆的に顔を真っ赤にしていた。

へへん、いい気味だ。

そんなわちゃわちゃをやりながら、やがて俺たちは波止場へとたどり着いた。

レベッカさんが港の人と交渉して、ボートを借り受ける。二人乗りの手漕《てこ》ぎボートが二艘《そう》だ。これを使って海に出て、目印となる「人魚岩」まで向かう予定だ。

手漕ぎボートには乗ったことがないが、これも乗馬と同じく、特に問題なくやれそうな気がした。探索者《シーカー》の能力の守備範囲なのだろう。

このボートで沖に出るのはやや不安な気もするが、万一転覆してもアクアフォームで問題なく乗り切れるだろうしな。

念のため、ボートに乗る前に再び水着姿《アクアフォーム》に変身して、海の中へと潜ってみた。

どういうわけか、確かに水中で呼吸ができる。さらに泳ぎも、魚にでもなったのかなと思うぐらいにスイスイとこなせて、水中での活動はまったく問題ないと感じた。なんならボートもいらないんじゃないかと思うぐらいだ。

ちなみにアクアフォームは、「水着が似合う場所」でないと効果を発揮せず、防御力などの装備性能が失われてしまうらしい。具体的には水中、浜辺、船の上など。

「線引きは難しいけど、確実なのは水中だね。陸上では、不安だったらノーマルフォームで戦うといいよ」とはダンジョンの妖精二号の談だ。

なお【テイム】しているモンスターは、主人の状態に依存するとのこと。俺が水着姿《アクアフォーム》のときは、グリフォンも水中での活動が可能になるわけだ。

アクアフォームの性能確認が終わると、陸に上がって、さっそくボートに乗り込むことにした。

だがここで問題が生じた。

「私と火垂ちゃん、どっちが大地くんと一緒に乗るかだよね」

「そーっすね。ここはわりと重要っすよ」

「火垂ちゃん、譲る気は？」

「ないっすね。ここはフェアに決めるべきっす」

二人乗りのボートが二艘なので、誰と誰がペアになるかで火花が散ったのだ。

より具体的には、風音さんと弓月、どちらが俺と一緒のボートに乗るかである。

「それじゃあ間を取って、あたしが少年とペアになるってことで……」

「「それはない（っす）」」

「……はい」

レベッカさんの提案は秒で却下された。しょぼーんとした顔を見せるレベッカさんである。一応は本クエストの依頼人《クライアント》なのだが、にべもない。

「ま、ジャンケンで決めるっすかね」

「そうだね。それが後腐れないか。それじゃいくよ」

「「せーの——最初はグー、ジャンケンポン！　あいこでしょ！　あいこでしょ！」」

「いよっし！」

「くっ……負けたっす……」

風音さんが大空に向かって拳《こぶし》を突き上げ、弓月はがっくりと膝をついてうなだれた。

賞品《トロフィー》である俺との同乗権は、ジャンケンの勝者である風音さんのものとなった。毎回思うけど、いつから俺の立ち位置はこうなったんだろう。不思議だ。

そんなわけで俺たちは、二艘のボートを漕いで、港町バーレンの波止場を出立したのだった。

＊＊＊

俺たちは二艘のボートを漕いで、港町バーレンの波止場を出立した。

俺と風音さんが同じボートに乗り、もう一方には弓月とレベッカさんだ。

こっちのボートでは、オールを漕ぐのはもちろん俺だ。

風音さんも探索者《シーカー》の能力を持っているのだから、オールを漕ぐぐらいどうということはないだろうが、こういう力仕事は男の役割だという価値観をなんとなく持っている俺である。

風音さんはというと、可憐《かれん》な水着姿で俺の向かいに座っていた。にこにこしていて、とても上機嫌に見える。

「えへへーっ。こうしてると、二人っきりでデートしてるみたいだね、大地くん♪」

「そ、そうですね」

俺は海パン姿でボートを漕ぎながら、ドギマギしつつそう返事をする。

俺たち二人を乗せたボートは、港を離れ、大海原《おおうなばら》へと漕ぎ出していた。このまま一時間ほど漕いでいったところに、「人魚岩」と呼ばれる目印となる岩場があるらしい。

ちなみにレベッカさんと弓月が乗ったボートもすぐ近くに並走しているので、「二人っきり」という表現はあまり妥当ではない。しかし狭いボートに二人で向かい合って座っていれば、そんな気分にもなろうというものだ。

「大地くんさ、緊張してる？」

「してますよ。風音さんと二人きりのときは、いつも緊張してます」

「じゃあ、火垂ちゃんとは？」

「弓月とは……まあ、だいぶ気安いですけど」

俺がそう答えると、風音さんは腕を組んで難しい顔をした。

「そこなんだよねー。私、いつまでも大地くんに気を遣わせちゃっててさ。気遣いはありがたいんだけど、距離を感じちゃうんだよね」

「距離、ですか。そんなことは……」

「ないと思う？　大地くんが私との間に、まだ壁を作ってるように見えるんだ。私には」

「…………」

まあ確かに風音さんは、弓月のようには気安く扱ってはいけない感じはしている。

何かのはずみで、風音さんを傷つけてしまうんじゃないか。壊れものを扱うような繊細さをもって接している向きは、自分でもあるかと思う。

「……俺、多分、風音さんに嫌われるのが怖いんだと思います」

「私が大地くんを嫌うって思う？」

「何か、俺が風音さんを傷つけるようなことをしたらと思うと、少し怖いです」

「ふぅん、そっか……。それは私にも責任あるかなぁ。大地くんからの信頼を得られてないってことだ」

「あ、いや、その……」

「ううん、いいのいいの。多分本当に、そういうことだよ。私がズルいんだ」

「ズルい？」

「うん、そう。火垂ちゃんと違って、大地くんにならどんな扱いをされてもいいよってオーラを、私が出せてないんだよ。うーん、難しいなぁ」

風音さんはそのまま、考え込む仕草を見せてしまった。

俺はどう言葉を返したらいいのか分からず、オールを漕ぎ続ける。探索者《シーカー》のパワーで漕いでいるので、ボートは海の上をかなりの速度で進んでいく。

しばらくの沈黙の後、風音さんがこんなことを口にした。

「じゃあさ、大地くん。試しに私のこと、呼び捨てにしてみない？」

「呼び捨て、ですか？」

「うん、そう。『風音』って、私のことを呼び捨てにしてみてよ」

「えーっ……それは、すごく気が引けます。違和感がすごい……」

「そこを何とか、頑張って。はい、どうぞ」

「うっ……じゃ、じゃあ……か、風音」

「〜〜〜っ！！！」

俺が呼び捨てにした瞬間、風音さんが一瞬で頬を真っ赤にして、身悶《みもだ》えした。

しばらくジタバタしてから、息を切らせた様子を見せる。

「ハァ……ハァ……だ、大地くん、もう一回。もう一回お願い」

「え……えっと、風音」

「うわぁああああっ！」

風音さんが再び、俺の対面で悶えた。ボートがギシギシと揺れる。

「いい、いいよ大地くん、最高だよ！　今後それで行こう！」

「はあ……」

「せっかくだからもう一個リクエストしていい？『風音、愛してるよ』って言ってみて」

「あー、はい。――風音、愛してるよ」

「ひぃやぁあああああっ！　……も、もう死んでもいい……幸せ……」

「えっと……とりあえず、死ぬのはやめてもらえます？」

「大地く～ん、私も愛してるよ～！」

「うわっ、ちょっ、危ない危ない……！」

風音さんが突然、俺に向かってダイビングして、抱きついてきた。ボートがいくぶんか揺れたが、どうにか立て直す。

水着姿なので、風音さんの肌の感触や体温がダイレクトに伝わってくる。裸で抱き付かれているのと大差ない。俺は煩悩を退散させるべく、無心でボートを漕いだ。

そんなわけで、俺は今後、風音さんのことを「風音」と呼び捨てにすることになった。あと敬語もやめようと言われた。まあ確かに、俺が壁を作っているのであれば、そういう風に言葉遣いから直していく手は有効かもしれない。違和感バリバリだが、ほかならぬ風音さん……風音からの要請だし、試してみることにしよう。

とまあ、そんなあれやこれやのやり取りをしながら、俺たちは大海原を手漕ぎボートで進んでいった。

俺たちはやがて、目印となる「人魚岩」へとたどり着いたのだった。

＊＊＊

海底都市の在り処の目印となる「人魚岩」は、海面から数メートルほどの高さまで隆起した小規模の岩場だ。

大海原にポツンと浮かぶその岩礁《がんしょう》で、「人魚を見た」という逸話が過去にあるため、その名がついたのだという。

ボートで人魚岩までたどり着いた俺たちは、その岩礁にボートを停泊させ、陸と呼ぶのもおこがましいほどの小さな陸地に上陸した。

ここから先は、泳ぎでの探索になる。アクアフォームの面目躍如《めんもくやくじょ》だ。

「それじゃ、手分けして海底都市を探すよ。港町バーレンが見えるあっちが南側ね。あたしが北側を探索するから、少年は南、カザネちゃんは東、ホタルちゃんは西の探索をお願い。十分を目安に、全員一度戻ってきて報告。その間に誰かが海底都市を見つけているかもしれないからね」

レベッカさんが俺たち三人を見回して、そう指示してくる。

つい忘れそうになるが、彼女はクエストの依頼人なのだ。

「こんな方法で、本当に見つかるんすかね、海底都市」

弓月が疑問の声をあげると、レベッカさんは「チッチッチ」と人差し指を振る。

「大丈夫、この近くのどこかに海底都市はあるよ。あたしの調査と勘を信じなさい」

「暗くなるまでに見つからなかったら、探索をあきらめてクエスト達成扱いとのことでしたよね」

「うん、そういう契約だね――って、まったく信じてないよね少年⁉」

レベッカさんのツッコミで、場に笑いが漏れる。

まあ実際、この近隣の海底に目的地が存在する可能性はそれなりに高いと思っているが。仮にスカだったとしても、元は取れるよう計算してある。

すでに獲得した特別ミッションの3万ポイントに加え、「Sランククエストを1回クリアする」の3万ポイントで、合計6万ポイントの獲得経験値だ。二日間のクエストでもらえる経験値としては上出来だろう。

もちろん「海底都市に到達する」の5万ポイントも得られれば最高だ。海底都市が見つかると嬉しいのは、レベッカさんばかりではない。

そんなわけで、俺たち三人とレベッカさんによる海底都市探しの素潜りが始まった。

俺の担当は、人魚岩の南側だ。風音さんや弓月、レベッカさんと別れて、俺は海の中へとダイブする。小型化状態のグリフォンも、俺についてきた。

海に潜ると、海中を泳いでいく。水着《アクアフォーム》の力により呼吸に問題はなく、深くまでスイスイと進んでいくことができる。水圧なども軽減されるようで、水中活動に関しては至れり尽くせりだ。

エメラルド色の綺麗《きれい》な海の中には、色とりどりの魚が泳ぎ、海底には揺らめく海藻の群れや宝石のような珊瑚の姿も見ることができた。

俺はそのまま周辺を泳いで回り、海底都市らしきものが見つからないか探索を続けた。

海底までの水深はものすごく深くはないが、さすがに深部になってくるとだいぶ暗い。見通しもそれ相応だ。この近隣に海底都市があったとしても、それを見つけ出すのはそう簡単ではなさそうだと思った。

体感で数分ほど泳いで回ったが、これといった収穫はなし。

そろそろ十分になるなと思ったタイミングで、俺は人魚岩まで帰還した。

人魚岩に戻ると、岩場には水を滴《したた》らせた姿の弓月が待っていた。

また俺が戻ったのとほぼ同じタイミングで、風音さんも海面に顔を出した。

「先輩、風音さん、お疲れっす。収穫あったっすか？」

「いや、こっちは今のところ何も。風音さん……じゃなかった、風音は？」

「私も全然。気長に探すしかなさそうだね。あんまり遠くにあるようだとお手上げだよ」

「もともと雲をつかむような話っすからねー。あ、うちも収穫なしっす」

俺と風音も岩場に上がり、ひと時の休息につく。ミニグリフォンはぶるぶると体を振り、毛並みから水気を飛ばしていた。

だが、それからおよそ五分。依頼人がなかなか戻ってこない。

「レベッカさん、遅いっすね」

「何かあったのかな。でもレベッカさん自由人だからなぁ」

「もう五分だけ待ってみましょう……じゃなかった、待ってみよう。それで戻ってこなかったら、何か考える方向で」

「風音さんから話は聞いたっすけど、先輩、喋《しゃべ》りづらそうっすね」

「無理はしなくていいよ、大地くん。徐々に徐々にで」

「はい。風音さ……風音には、敬語が癖になっちゃってるからなぁ」

癖はなかなか直らないのだ。でも風音さ……風音との距離はもっと縮めたいし、ほどほどに頑張ってみよう。

そんな話をしてから、さらに五分ほど。レベッカさんはまだ戻ってこない。

「これはレベッカさんに何かあった可能性を考慮して、動いた方がいいかもな」

「何かって、なんすかね？」

「このあたり、モンスターはそう滅多に出ないって話だけど。海底都市を見つけて一人で行っちゃったとか？」

「レベッカさんもそこまで自由じゃない……と信じたいが」

あり得ないとも言い切れないな。何しろあのレベッカさんだからな。信用がない。

「レベッカさんの探索範囲だった、北側の海に潜ってみるか」

「そうだね。行き違いになったらレベッカさんのせいってことで」

方針決定。俺たちは三人と一体で、レベッカさんの探索範囲だった人魚岩北側の海に潜ることにした。

海に入って、海中を泳いで回ることしばらく。

やがて風音が、前方を指さした。

「大地くん、あれ……！」

「うん。本当にあったな……」

行く手のだいぶ先。大きな岩礁越しに見える、薄暗い海の底に、何やら風変わりな都市のような姿がうっすらと見えてきたのだ。

珊瑚を組み合わせて作った家や、巨大な貝を利用した住居のようなものが、二百あるいは三百と寄り集まって大集落を形成しているように見える。中心部には、とりわけ巨大な巻貝を塔にしたような立派な建物（？）が見受けられた。

海底都市なるものがあるとすれば、あれをそう呼ばずして何としようと思えるような姿だった。

「レベッカさん、やっぱり一人で海底都市に行っちゃったんすかね？」

「分からん。が、その可能性を視野に入れたほうが良さそうだな。行ってみよう」

ミッション的にも、海底都市に到達しないと経験値はもらえない。俺たちはそばにあった岩礁の横を通り過ぎて、その集落に向かって泳いでいこうとした。

だが、そのときだった。

「待って！　今あそこに近付いてはダメ！」

どこか近くから、女性の声が聞こえた。風音や弓月の声ではない。

見れば、通り過ぎようとしていた岩礁の下部に洞窟があり、その入り口に何者かが姿を現していた。

上半身は人間の美少女、下半身は魚。その姿を一言で表すならば——

「「人魚!?」」

俺たち三人は、声をハモらせていた。

＊＊＊

時間になっても戻ってこない、行方不明《ゆくえふめい》のレベッカさん。

それを探しに海に潜ってみたら、海底都市と人魚を見つけた。↑今ココ。

しかも状況は、さらに動く。

「姫様、一体どうしたのですか——むっ、何奴《なにやつ》!? まさか地上人《ちじょうびと》だというのか!?」

洞窟の奥から、別の人魚が姿を現した。

人魚といっても上半身は若い成人男性のそれで、手には三《み》つ又《また》の槍を携えている。

レベッカさんから聞いた話によると、女性の人魚はマーメイド、男性の人魚はマーマンと呼ばれるらしい。

どちらも実在すら危ぶまれる、半ば伝説上の存在だと聞いていたが。

三つ又の槍を手にしたマーマンは、彼自身が「姫様」と呼んだマーメイドの前に、彼女を守るようにして進み出る。そして俺たちに向かって槍を構え、警戒心を露《あら》わにした眼差《まなざ》しで睨みつけてきた。

マーメイドの少女とは違い、マーマンのほうは覚醒者の力を持っているようだ。伝わってくる圧から察するに、２５レベルの熟練冒険者と同格の実力だと思うが。

マーメイドの少女が、マーマンの戦士に向かって言う。

「だってゲラルク、あの人たち、私たちの集落に向かおうとしていたんだもの。今あそこはサハギンたちに支配されているわ。知らずに行ったらどんな目に遭わされるか」

「姫様はお優しすぎます。行かせておけば良かったのです。あわよくば共倒れになってくれました」

「そんな言い方！　ゲラルクはもっと優しい人でしょう！」

「姫様はよそ者に対して警戒心がなさすぎるのです！」

やんややんやと言い争いを始めるマーメイドの少女とマーマン戦士。

なお水中だというのに声が伝わってくるのは、水着《アクアフォーム》の力を得ている俺たちのそれと同等の現象に思えた。

「なんかうちら置いてけぼりでケンカ始めたっすね」

「ああ。よく分からんが、とりあえず友好的にいくぞ。風音、ほかに気配は？」

「ないと思うよ。魚の気配とかはたくさんあるから、ちょっと判別しづらいけど」

あの二人だけなら、仮に敵対したとして、こちらが負ける要素は皆無だと思う。

もし俺たちが悪党だったら、この時点で向こうは詰んでいるよなと思いつつ。

「こちらに敵対の意思はありません。人を探しています。ヒト族の女性を見掛けませんでしたか？」

俺がそう伝えると、マーメイドの少女は「ほら、いい人たちじゃない」と勝ち誇った。

マーマン戦士は苦虫を噛み潰したような顔をして「いずれにせよ、あとには引けないか」とつぶやく。そして俺たちに向かって、こう返してきた。

「分かった、敵対の意思がないというその言葉、信じよう。そこにいてはサハギンどもに見つかるおそれがある。中に入ってくれ」

そしてマーメイドの少女とともに、洞窟の中へと入っていった。

俺は少し迷いつつ、その後へと続く。風音と弓月、小型化状態のグリフォンもついてきた。

洞窟はさほど深いものではなく、すぐに行き止まりになった。マーメイドの少女とマーマン戦士は、その一番奥で待ち受けていた。

まずはそこで、互いに自己紹介をした。マーメイドの少女はフェルミナ、マーマン戦士はゲラルクという名前らしい。フェルミナは、先ほど見た海底都市に住む、人魚族の王女なのだという。ゲラルクさんは王族近衛の戦士とのこと。

ちなみに二人の容姿だが。フェルミナのほうは、なんというかこう「絶世の美少女」という感じだ。年の頃は人間でいうところの十六、七歳ぐらい。快活さを示すようなぱっちりとしたサファイアブルーの瞳に、柔らかそうな薄紅色《うすべにいろ》の唇。あどけなさを残しつつも均整の取れた顔立ちと、男なら誰でも抱きしめたいと思うような理想の体つき。癖のある栗《くり》色《いろ》のロングヘアは、海中にあって絵画に描かれたような美しい広がりを見せている。下半身は桃色の鱗を持った魚のようだ。

ゲラルクさんもまた、そこそこの美男子だ。武骨で真面目《まじめ》そうな感じ。二十代前半ぐらいの見た目で、よく鍛えられた武人らしい肉体を持つ。鋭いまなざしを持った瞳は紫、髪色はくすんだブロンドだ。下半身の魚部分は青緑色の鱗を持っている。

　一方で俺たちは、どうやって地上人がここに来たのかと聞かれたので、この水着の力だと正直に答えた。フェルミナは「すごぉい」と言って目を丸くしていたが、ゲラルクさんは呑《の》み込《こ》めないという顔をしていた。無理もない。でも事実なのでしょうがない。

　ひと通りの自己紹介が済んだところで、本題に入る。

「あらためて同じ質問になりますが。レベッカというヒト族の女性を探しています。何か心当たりはありませんか？」

　俺がそう聞くと、フェルミナとゲラルクさんは互いをうかがうように顔を見合わせる。

　ゲラルクさんが首を横に振り、それを見たフェルミナがこう返してきた。

「私たちは見ていないわ。でももしかしたら、サハギンに襲われたのかも」

「サハギンって、たしか半魚人っすよね。上から下まで魚みたいなやつ」

　弓月が、以前に街の人から聞いた話を持ち出した。

「上から下まで魚だと、ただの魚だな。人間みたいな手足があって、陸上での二足歩行も可能だって話だが」

「その手足にも鱗やヒレが生えてるんだよね。ときどき沿岸の村や街に現れて人を襲う、邪悪で残虐なやつらだって聞いたよ」

　俺と風音が、情報を補足する。俺たちの認識がおおむね合っていることを示すように、ゲラルクさんがうなずいた。

半魚人こと、サハギン。モンスターではなく異種族の一種らしいが、ヒト族にとっては敵対的な存在なのだという。

ごく稀《まれ》に、海辺の村や港町などに一体または数体の規模で現れ、人々を襲う。

人里に現れるサハギンはみな覚醒者の力を持っていて、小村などではたった一体現れただけでも甚大な被害を免れないのだとか。

人魚族とは違い、人間社会でも悪い意味で実在が知られている、「人類の敵」と呼べる種族の一つだ――と、少なくとも俺たちは、そう聞いていた。

ここまでの話を総合すると、どうもそのサハギンの集団が、人魚族の集落――すなわち俺たちが「海底都市」だと認識しているあそこを占領して、支配してしまっているのが現状のようだ。

レベッカさんは、そのサハギンに襲われた可能性があると。

それが事実だとしたら、すでに最悪の事態が起こってしまっているおそれも……。

と、ここでピコンッと、例のやつが来た。


特別ミッション『サハギンに囚《とら》われた冒険者レベッカを救出する』が発生！

ミッション達成時の獲得経験値……１０００００ポイント

ホッとするやら、複雑な気持ちになるやらだ。それにしても、相変わらずメタ情報を与えてくるミッション内容だなおい。

ミッションにこの内容が提示されるということは、現段階でレベッカさんの身に最悪の事態は起こってはいない……と思っていいんだよな？

でも逆に言うと、レベッカさんがサハギンに囚われていることもほぼ確定してしまった。

今どんな状況なのかは分からないが、サハギンは血に飢えた邪悪な種族だという話だから、それが本当なら……。

しかし獲得経験値がずいぶん多い。ドワーフ大集落ダグマハル関連で、「炎と氷のダンジョン」に挑んだときと同じ獲得経験値だ。

それってつまり、難易度がかなりヤバいってことだよな。

あのときは伝説の八英雄のうちの二人、ユースフィアさんやバルザムントさんらと協力して挑んだわけだが、そのあたりは難易度に加味されていたのかどうなのか。

リスクがあまりにも大きすぎるのではないか。ここで退《ひ》いて、海底都市は見なかったことにして帰るという選択肢が、脳裏に浮かぶ。

だが一方で、こうも思う。それはレベッカさんを見捨てることと同義だよな、と。

元より奔放でいい加減で、自分から危険に頭を突っ込むようなお調子者だ。

あの調子じゃあ、ここで救助したっていずれ命を落とすだろうという気もする。

救助する価値なし。自業自得だ。

……と思うには、俺は少しレベッカさんと馴れ合い過ぎたようだ。割り切れない気持ちが、俺の胸の奥でくすぶっていた。

くそっ、あのバカ冒険家。次々とトラブルに足を突っ込みやがって。

まあ今回は、本人のせいとばかりも言い切れない……言い切れない……いや、あの人が海底都市に行こうとか言い出さなければとかはあるけど、それは今さら言ってもしょうがないしな。

「大地くん」

「先輩」

風音と弓月が、不安そうな表情を向けてくる。

二人だって、俺からレベッカさんを遠ざけようとはしても、本気で彼女のことを嫌いだったわけではないだろう。

だがそうは言っても、俺たちの――風音や弓月の命がかかっている。

安易な決断は、最悪の事態を招きかねない。

「ねぇゲラルク。この人たちに助けてもらえないかしら。何か報酬を約束すれば……」

「それは……しかし姫様、仮に彼らが助力をしてくれたとて、私も含めてたった四人です。やつらには――特にあのサハギン王を名乗る四本腕には、到底敵いません」

「でもそれじゃあ、どうしたら。このままここで、ずっと隠れていろっていうの？」

「お気持ちは分かります。ですが……」

フェルミナとゲラルクさんは、そちらはそちらで何か話し合っているようだった。

まあだいたい事情は察せられる。彼女らが俺たちに頼みたいことも予想ができる。

人魚族の二人と俺たち、利害関係は噛み合っていると思われる。

あとは俺たちが、リスクを呑んで踏み出すかどうかだが。

――と、そのときだった。

洞窟の外、だいぶ遠くのほうから、こんな声が聞こえてきたのだ。

「ゲギャギャギャギャーッ！　人魚族のお姫様～？　このあたりにいませんか～？　いたら返事をしてもらえませんかねぇ～？」

その声を聞いて、マーメイドの少女の肩が、びくりと震えた。

＊＊＊

洞窟の外から、粗野《そや》なダミ声が聞こえてきた。俺たちや人魚族の二人のそれと同様、水中でも伝わってくる声だ。

ゲラルクさんは洞窟の入り口側を睨みつける。

「くっ、サハギンか。だがこちらの居場所は分かっていないようだな。集落周辺をしらみつぶしに探しているといったところか。姫様、出ていく必要はありません。ここでやり過ごしましょう」

「え、ええ、ゲラルク……」

「…………。姫様、失礼」

震えるフェルミナの肩を、ゲラルクさんが槍を持っていない方の腕で抱き寄せる。

フェルミナは一瞬だけ目を丸くしたが、すぐに受け入れるように頬を染め、ゲラルクさんの胸に身を寄せた。

　へぇ、そういう関係か。ただの護衛の戦士とお姫様、というだけでもないようだ。

　風音と弓月も、なるほどねーという顔をしていた。

「これは俄然《がぜん》、助けてあげたくなっちゃったね」

「右に同じくっす。先輩、どうっすか？」

「気持ちは同じだけどな。ただ……」

　洞窟の外にサハギンがいるとして、ここで事を構えるべきか、俺は判断に迷っていた。

　外から聞こえた声は、先の一つだけではない。少なくとも三体のサハギンが、洞窟の外、少し離れた海中を徘徊《はいかい》していると思われる。

　サハギンの強さは、人間の覚醒者と同程度だというが――

　などと考えていると、続けて、聞き捨てならない言葉が聞こえてきた。

「お～い、いたら返事しろよ、お姫様よぉ～？　でねぇと大事な民が、傷つくことになるぜぇ～？　ほぉら、こんな風によぉ～！」

「や、やめて、何をする気――いぎゃぁあああああっ！　痛い、痛い痛い痛い痛いっ！」

「ゲギャギャギャギャギャッ！　さっさと姫様が出てこねぇと、このままぐりぐりと抉《えぐ》られちまうぜぇ～！」

「いやぁあああっ！　あぁああああああっ！」

　サハギンのものらしきダミ声と同時に聞こえてきたのは、女性のそれと思しき悲痛な叫び声だった。

　フェルミナの顔がさっと青ざめ、ゲラルクさんの表情が怒りに染まる。

「くっ……！　やつら、まさか……！」

「ゲ、ゲラルク……私……」

「くそっ、卑劣《ひれつ》な真似《まね》を！　姫様、どうか堪《こら》えてください。やつらの狙いは姫様なのです」

「わ、分かっているけど、でも……」

「姫様が出ていこうが、やつらは残虐行為を続けるに決まっています。どうかご辛抱を」

　ゲラルクさんはギリギリと歯を食いしばり、槍を折れんばかりに握りしめながら、腕の中の人魚姫を強く抱きしめる。

　フェルミナは瞳に涙を浮かべ、今にも壊れてしまいそうな表情を浮かべていた。

　聞こえてくるのは声だけなので、外で何が起こっているのかは想像でしか分からない。

　だが許せないと思うような悪行が繰り広げられているであろうことは、容易に想像ができた。

　風音と弓月が、俺を見つめてくる。

　俺もまた、もはや我慢をしようとは思えなくなっていた。

　ここでサハギンどもと敵対するリスク？

　知ったことか。細かいリスクがどうこうなんて、後で考えればいい。

「フェルミナとゲラルクさんは、このままここに隠れていてください。俺たちが出ます」

　俺は人魚族の二人にそう言い残して、相棒たちとともに洞窟の外へと向かって泳いでいった。

洞窟の出口あたりまで来ると、声がいくぶんか近くに聞こえるようになった。

俺は仲間たちに一度ストップをかけ、後輩に声をかける。

「弓月、このまま一人で先に行ってもらえないか」

「ふぇっ……？　な、なんでっすか⁉　うちに尊い犠牲になれっていうんすか⁉」

「すまん、端的に言うとそうだ」

「？？？」

俺は考えを手早く説明する。弓月は不承不承ながらも了解してくれた。

「分かったっすよ。まったく、彼女使いの荒い先輩っすね」

「すまん。あとで一つ、何でも言うことを聞いてやるから」

「ホントっすか⁉　しょーがないっすね～」

弓月はフリルたっぷりのツーピース水着姿で、相棒の弓を片手に先へと泳いでいった。

さらに俺はグリフォンにその場で待機を言い渡すと、風音と二人で岩礁に身を隠しながら、声がする方角へと向かっていく。

少し泳ぐと、惨劇《さんげき》の現場が遠目に見えてきた。

海中の一角に、三体の半魚人《サハギン》と、一人の人魚《マーメイド》の女性の姿があった。

「やめてよっ、痛いっ、もうやめてよぉおおおっ！　痛いのぉっ！　もう嫌ぁっ！」

「ゲギャギャギャギャッ！　いいぞ、もっと悲鳴を上げろ！　このあたりに姫がいたら、必ず聞こえるようになぁ～！」

二体のサハギンがマーメイドを取り押さえ、別の一体のサハギンが、その手の槍をマーメイドの左肩あたりに容赦なく突き刺していた。

突き刺された部分から、赤い血が煙のように水中へと広がっている。

サハギンはマーメイドをいたぶるように、槍で傷口を抉る。そのたびにマーメイドは痛い、痛いと泣き叫ぶ悲痛な声をあげていた。

「ひどい……！　許せない、あいつら」

俺の隣で、風音が怒りの声をあげる。

俺もまた、胸のうちに静かな憤《いきどお》りの心を募らせていた。

一方では、俺たちとは別働で先行した弓月が、三体のサハギンの前へと姿を晒した。

「クソ半魚人ども、そこまでっす！　その人魚族の女性を放すっすよ！」

「ゲギャッ……？　なんだぁ、またヒト族ぅ？」

マーメイドをいたぶっていた三体のサハギンの注意が、一斉に弓月へと向いた。

両者の距離はまだ少しあり、戦闘距離まではやや遠い。

「ギャギャッ、最近は俺たちの領域にヒト族が潜ってくるのが流行《はや》ってんのかぁ？」

「だがメスガキ一匹だぜ。戦士の力はあるみてぇだが」

「構いやしねぇ、二人がかりでヤッちまおうぜ。ヒト族のあの頃合いは、ちょうどいい卵の産ませ頃だ。ギャギャギャギャッ」

長い舌でべろりと舌なめずりをしたサハギンが、別の一体のサハギンとともに弓月のほうへと向かっていく。

向かったサハギンのうち一体は、マーメイドに槍を突き刺していた個体だ。その手の槍が引き抜かれた際に、マーメイドがひときわ大きく悲鳴をあげた。

苦悶《くもん》する彼女は、残る一体のサハギンが取り押さえる。

「くっ……！　その女性を放せっつってるんすよ！　さもないと――！」

弓月がフェンリルボウの弦を引き、そこに青白く輝く矢を生み出す。

だがそれに呼応するように、マーメイドを取り押さえていたサハギンが、その手の槍の先を人質の首筋にあてた。

「ゲギャギャギャッ、やめときなぁヒト族のお嬢ちゃん？　おイタをすると、この人魚女の首に穴が開いちまうぜぇ？」

「それにどうせ三対一、敵いやしねぇんだ」

「ギャギャギャッ、おとなしく俺たちの苗床になるんだなぁ」

「くっ……ひ、卑怯《ひきょう》っすよ！　正々堂々と戦えっす！」

そう言いつつも、弓月はフェンリルボウの攻撃動作をキャンセルし、観念した様子を見せた。

彼女のもとに向かう二体のサハギンが、勝ち誇った声をあげる。

「そうそう、それでいいんだ」

「俺たちのねぐらに連れて行って、たっぷりと楽しませてやるからよぉ。ギャギャギャギャッ」

「くっ……半魚人のくせに、下品極まりないっすね！」

弓月は一転して、逃げの姿勢を見せた。

近寄っていく二体のサハギンから遠ざかるように、泳ぎ去っていく。

「おいっ、逃げんじゃねぇぞメスガキ！」

「あの人魚女がどうなってもいいのか！」

「別にいいっすよ。できるもんならやってみるといいっす」

「「はあっ!?」」

弓月の様子が、豹変《ひょうへん》した。

逃げるのをやめ、再びフェンリルボウを構えて、そこに光り輝く矢を生み出していく。

俺は後輩に、遠方から声をかけた。

「お疲れさん、弓月。なかなかの名演技だったぞ」

そんな俺のすぐそばには、【三連衝】によって瞬殺されたサハギンが、白目をむいて浮かんでいた。

また俺の隣にいる風音の腕の中には、救出されたマーメイドが抱かれている。

俺と風音とで【隠密《おんみつ》】スキルを活用し、マーメイドを捕らえていたサハギンの死角からこっそりと接近、人質を救出すると同時にそいつを片付けたのだ。

【隠密】スキルの効果は、相手との実力差に比例して高くなる。覚醒者相当のサハギンといえども、格下《かくした》相手であればそう易々と気付かれることはない。

ましてや弓月に注目していたのだ。俺と風音の二人がかりで仕掛ければ、人質救出は困難な仕事ではなかった。

というわけで、残るは弓月を追いかけていった二体のサハギンだけだ。

俺からのねぎらいの言葉を受けた弓月は、ご満悦な様子で声をあげる。

「へへーっ、演技派の火垂ちゃんとはうちのことっすからね。さあ、反撃の時間っすよ。さんざっぱら汚い言葉をぶつけてきた報いを受けるっす——フェンリルアロー！」

「なっ……!?　ギャアアアアアッ！」

弓月が放った氷の矢は、残る二体のサハギンのうち一体の胸部を射貫き、そいつを一瞬で戦闘不能に陥らせた。ダメージの衝撃で大きく吹き飛ばされたそのサハギンは、ぐったりとした様子で静かに海底へと沈んでいく。

なお水中でのフェンリルボウによる攻撃は、軌道上の海水をわずかに凍らせるものの、その威力が大幅に減殺《げんさい》されている様子は見られなかった。

「ギャギャッ!?　い、一撃で……!?　どうなってやがる、クソッ！　——だったらメスガキ、今度はお前を人質にとってやる！　ギャギャギャーッ！」

残る一体のサハギンは、三つ又の槍を手に弓月へと向かっていく。

海中のサハギンの動きは、さすがに素早い。あっという間に距離を詰め、その手の槍を鋭く突き出した。

弓月のフェンリルボウの二射目は間に合わず、俺や風音も距離があるのでカバーには入れない。回避も及ばず、サハギンの槍がぐさりと、弓月の腹部に突き刺さった。

「ぐぅっ……！」

「ギャギャギャギャッ、どうだ我が槍の威力は！　遠隔攻撃使いなら、接近戦に持ち込めばこちらが有利！　このまま意識を刈り取って、人質に——」

サハギンは弓月の体から槍を引き抜いて、さらにもう一撃を加えようとする。弓月の腹部から、鮮血が赤い煙のように漏れ出した。

だがそのとき、刺された側の弓月の口元が、ニヤリと歪《ゆが》む。

「ハッ、この程度！　土台のレベルが違うんすよ――フェンリルアロー！」

「ギャギャッ!?　グギャアアアアッ！」

サハギンの二撃目より早く、弓月のフェンリルボウから二射目の氷の矢が放たれた。

その矢はサハギンの胸部に突き刺さり、そいつをただの一撃で撃沈させた。三体目のサハギンも、ゆっくりと海底に沈んでいく。

これで障害は、すべて排除された。

「弓月、大丈夫か!?」

俺は慌てて、弓月のもとに泳ぎ寄る。

後輩は、にへらっとした笑顔を向けてきた。

「大丈夫っすよ先輩。こんな雑魚の一撃じゃ、大事ねーっす。ＨＰは二割ぐらいしか減ってないし、血ももう止まったっすよ」

「そ、そうか。良かった……」

「先輩、自分でうちをおとりにするって決めておいて、慌てすぎっすよ。ご褒美、楽しみにしてるっすからね♪」

「分かった。今すぐには厳しいが、落ち着いたら何でも言ってくれ」

俺は弓月に治癒魔法をかけてから、その体を力強く抱き締めた。

弓月は「この時点でだいぶご褒美っすね」と言って、嬉しそうに俺を抱き返してきた。

俺たちはその後、人質にされていたマーメイドを連れて、フェルミナとゲラルクさんが待っている洞窟へと帰還したのだった。

＊＊＊

一方その頃。

海底都市の中ほどにある巨大巻貝状の王宮内には、サハギン王を名乗る四本腕のサハギンが、我が物顔で君臨していた。

「おい、人魚の姫はまだ見つからんのか」

類《たぐい》まれな巨体を持つ四本腕のサハギンは、地下牢《ちかろう》へと向かう螺旋状《らせんじょう》の通路を泳ぎながら、配下のサハギンに問う。

付き従う配下のサハギンは、怯《おび》えた様子で答える。

「はっ……。げ、現在、集落の外も含めて探させております。集落の人魚を利用しておびき出す、あるいは拷問《ごうもん》にかけて聞き出すなど手を尽くさせておりますので、今しばらくお待ちいただければと……」

「いつまでかかるのだ」

「そ、それは……はっきりとしたことは申し上げにくく……」

「なんだ、貴様。このサハギン王である俺様を舐《な》めているのか？」

「め、滅相《めっそう》もございません！　兵たちには死力を尽くして探させておりますゆえ、今しばらくお時間を。どうか、どうか」

「ふん、まあ良かろう。姫が見つかるまでは、別の愉悦に興じるとしよう」

四本腕のサハギンはそう言って、隣を並んで泳ぐ従魔の体をなでる。

なでられた巨大ザメはガチガチと歯を鳴らし、そのぎょろりとした目が配下のサハギンを見る。配下のサハギンは小さく悲鳴を上げたが、ひとまずのところ彼が害されることはなかった。

二人のサハギンと一体の巨大ザメは、巻貝状の外壁に沿って緩やかに下るカーブの通路を泳いでいく。

やがて彼らは、地下牢へとたどり着いた。

地下牢には、四つの房があった。硬度の高い珊瑚を利用して作られた格子《こうし》が、それぞれの房と通路の間を仕切っている。

四つの房のうち、二つには人魚族の戦士たちが詰められ、別の一つには人魚族の王と王妃が、もう一つにはヒト族の女性が一人囚われていた。

どの房の囚人も、拘束用の海藻を用いて厳重に縛られている。その特殊な海藻は、戦士の力を持った者でも引きちぎることができないほど強靭《きょうじん》なものだ。

四本腕のサハギンらが牢にやってくると、房に囚われている人魚族の戦士たちが、仇《きゅう》敵《てき》を憎々しげに睨みつける。

四本腕のサハギンは愉快げに笑い、彼らを無視した。

「サハギン王バルシュディラ。お待ちしていました」

通路の奥には、一人の雌のサハギンが待ち受けていた。

ほかのサハギンとは異なり、フード付きローブを思わせる漆黒の衣に身を包んでいる。

水中用の素材なのか肌に張り付くこともなく、袖や裾が優雅になびいている。

「司祭ネーテルよ。こいつらは口を割ったか？」

四本腕のサハギンが問う。

司祭と呼ばれた黒衣の雌サハギンは、おもむろに首を横に振った。

「いいえ。姫の居場所は知らない、『槍』も知らないとの一点張りです」

「やり方が手ぬるいのではないか？」

「人魚王や戦士たちでは我慢強くて埒《らち》が明かないので、王妃を痛めつけようかと考えておりました。ですが治癒魔法の及ばぬ限りある資源なので、バルシュディラ、あなたの許しを得ねばと思い待っていました」

「くくっ、殺戮《さつりく》と混沌《こんとん》の神メルグィエに仕える司祭が、ずいぶんと慎重なことだな。だがお前のそういうところも嫌いではない。今後も俺様のために尽くせ」

「ありがとうございます、サハギン王バルシュディラ」

「そうだ、俺様はサハギン王。この海を統《す》べる王なのだ。すべては我が手中にある。何も慌てることはない。ゆるりと余興を楽しもうではないか」

四本腕のサハギンはそう言って、一つの房へと視線を向けた。

そこに囚われていたのはヒト族の女性だ。明るい色合いの茶髪をショートカットにしたやや長身の女性で、露出度の高い奇妙な衣装を身に着けている。

彼女はどういうわけか、サハギン族や人魚族と同じように水中で呼吸ができるようだ。

この集落の近くを泳いでいたところを、サハギン族の戦士たちに見つかって、戦いの末に捕らえられた。それなりの力量はあったようだが、多勢に無勢であったため為《な》すすべもなく敗れたのだ。

今は房の中で、胡坐をかいた姿勢で両手両足を縛られ、不貞腐れたような顔でこの場の支配者たちの様子を見ていた。

四本腕のサハギンは、その房の扉を開き、虜囚《りよしゆう》姿《すがた》のヒト族の女性の前まで移動する。

ヒト族の女性は、目の前にやってきた巨軀《きよく》に向かって、蓮《はす》っ葉《ぱ》な様子で声をかけた。

「あんたがサハギン王とやらだね。何か用？　あたし状況が全然分かってないんだけど。どうしてあたしを捕まえたの？」

「ぐわははははっ。威勢がいいな、ヒト族の小娘よ」

「小娘って歳でもないんだけどねー」

「なに、ヒト族の雌の齢《よわい》など、卵の産み頃であればいくつであっても構わん」

四本腕のサハギンは、その手の槍のうち二本を閃《ひらめ》かせた。金属を引き裂くような不快な音とともに、ヒト族の女性が身に着けていた二枚の衣装が引き裂かれる。

胸を守るへそ上までの衣装と、下腹部を覆う短いズボンが、どちらも真ん中あたりでパックリと断ち切られていた。

「なっ……!?　う、嘘だろ。この水着には鉄の胸当て《ブレストプレート》相当の防御力があるはずなのに」

「妙な手ごたえだな。だが、何も変わりはせん」

四本腕のサハギンは、さらに数度、目にもとまらぬ速さで槍を閃かせる。

金属が引き裂かれるような音が幾度《いくど》か鳴り響いた後、ヒト族の女性が身に着けていた奇妙な衣装は、ずたずたに引き裂かれていた。

大事な部分まで含め肌も露わな姿になったヒト族の女性は、わずかに羞恥《しゅうち》の表情を見せながらも、目の前にいる暴虐の担い手を睨みつける。

「くっ……このクソ半魚人！　あたしをどうするつもりだ！」

「ヒト族の雌は、こうして裸に剝《む》いてやると、悲鳴をあげて泣き叫ぶものなのだがな。お前は少し反応が違う。人魚姫《メインディッシュ》の前の前菜として、このまま苗床にしてやってもよいのだが、さて――」

四本腕のサハギンは、しばし動きを止めた。それから、槍の一本をくるくると器用に回しはじめる。

ヒト族の女性は、どうにかこの場から逃げ出す手段はないかという視線で、様子をうかがっていたが――

ずぶりと。その腹部に、槍の先端が突き刺さった。

「えっ……？　――いぎゃぁあああああああっ！」

ヒト族の女性が悲鳴をあげる。

四本腕のサハギンが持つ槍の一本が、彼女の腹部に深々と突き立てられたのだ。

虐待者はさらにぐりぐりと、傷口を抉るように槍を動かす。

「――あぁあああっ！　うぁあああああああっ！！！」

「ぐわははははっ！　やはりこうして槍で抉れば、よい悲鳴を奏でるか。もっといい声で泣き叫べ。俺様は雌の悲鳴を聞くのが大好きなのだ」

四本腕のサハギンは、叫び声をあげるヒト族の女性に向けて、さらなる虐待を続けた。裸も同然の女性の体を、四本の槍で幾度も穿ち、痛めつけていく。

「あっ……あ、あっ……」

やがてヒト族の女性は、びくびくと痙攣《けいれん》してから、力なくぐったりとした姿で浮かんだ。煙のような鮮血が、房の中に広がっていく。

「ぐははっ、意識を失ったか。このサハギン王に生意気な口をきいておきながら、なんと他愛《たわい》のないことよ。司祭、こいつを癒《いや》しておけ。次に目を覚ましたら苗床にする」

「はい、サハギン王」

「泣き叫ぶ声を聞きながら雌を犯す。これもまた王の権利よ。この雌が俺様の卵を産んだ後には、兵たちにも下賜してやろう。ぐわははははっ」

四本腕のサハギンは笑いながら、その場から離れていく。入れ替わりで、漆黒の衣をまとった雌のサハギンが房に入り、傷ついたヒト族の女性に治癒魔法を施しはじめた。

四本腕のサハギンは次に、人魚王と王妃が囚われている房へと入った。

そして彼を睨みつけてくる人魚王に向かって、こう口にする。

「さて、そろそろ気が変わったかね、惰弱《だじゃく》なる人魚族の王よ。姫の居場所と『神槍』の在り処、おとなしく吐いたほうがよいのではないか」

「くっ、貴様……！　何度も言わせるな。我が娘の居場所は、もはやわしにも分からぬ。『神槍』とやらの在り処も、与《あずか》り知らぬことだ」

「やれやれ、強情なことよ。美貌《びぼう》の姫も、かつて人魚族の英雄が手にしたと言われる海神の槍も、このサハギン王の手に渡るのが相応《ふさわ》しいとなぜ分からん。そうやって無駄な抵抗をしても、苦しむ者が増えるだけだぞ」

四本腕のサハギンは、今度は王妃の前に立った。その手にある四本の槍の穂先が、王妃の体へと向く。

人魚王の顔が青ざめた。

「待て、貴様、何をする気だ！　妻は戦士の力を持っていないのだぞ！」

「いけません、あなた！　私のことは構わないで！」

「ぐはははっ、話すなら今のうちだぞ、人魚の王よ」

四本の槍の穂先が、王妃の身へと差し向けられようとする――そのときだった。

「サハギン王！　ご報告がございます！」

一人のサハギンが、地下牢へとやってきた。

口を開こうとしていた人魚の王が、その口を噤《つぐ》む。

槍を止めた四本腕のサハギンは、現れた配下をギロリと睨みつけた。

「何だ、俺様の愉しみの邪魔をして。姫を見つけ出したのか？」

「ヒッ……！　い、いえ、人魚の姫は見つかっていないのですが……」

「では何だ。さっさと言え。寛大な王にも限度はあるぞ」

「あ、いえ、その……この集落の近くにある洞窟の奥に、意味深なオーブと扉を見つけまして……」

そのサハギンの報告を耳にして、反応を見せた者が、四本腕のサハギンのほかに二人いた。一人は人魚の王。もう一人は、司祭と呼ばれた黒衣の雌サハギンだ。

四本腕のサハギンはそのうち、人魚王の反応を見咎《みとが》めた。魚に似た顔を愉快げに歪め、人魚王に声をかける。

「おやぁ、これは『槍』のほうが見つかったかな？」

「………」

「ぐははははっ！　その沈黙が何よりの答えよ。よぅし貴様、でかしたぞ。俺様をそこまで案内しろ。このサハギン王を、相応しい神槍のもとへと導くのだ」

「はっ。すぐにご案内します」

サハギンたちは笑い声をあげながら、地下牢を出ていった。

あとに残ったのは、牢に幽閉《ゆうへい》された虜囚たちと、司祭と呼ばれた黒衣の雌サハギンだけ。

黒衣の雌サハギンは、くつくつと笑う。そして人魚の王に語りかけた。

「良かったですね、人魚王。あの報告がなければ、自ら『槍』の在り処を話すつもりだったのでしょう？　それが無意味な時間稼ぎにしかならないと分かっていても」

「………」

人魚の王は、黙して語らない。

黒衣の雌サハギンは、なおも笑う。

「あきらめなさい、人魚王。あなたたちにとって、盤面はとうの昔に詰んでいるのですから。――ああ、我が神メルグィエよ、もう少しです。この海に、いいえ、この世界に、真なる殺戮と混沌のときがもうすぐ訪れるのです」

治癒を終えたあと、意識を失ったままのヒト族の女性をべろりと舐め、雌サハギンは恍《こう》惚《こつ》とした表情を浮かべた。

＊＊＊

三体のサハギンを倒した俺たちは、救出したマーメイドを連れて、フェルミナとゲラルクさんが待っている洞窟へと戻った。

傷を負ったマーメイドを見て、ゲラルクさんはすぐに洞窟を飛び出していった。

少しして二種類の海藻を手に戻ってくると、それらを使って応急手当を始める。海藻のうち一つは薬効のあるもの、もう一つは止血に使うものだという。

応急手当を終えたゲラルクさんは、ひとまずこれで命に別状はないだろうと告げる。そしてあらためて、サハギンたちへの怒りを露わにした。

覚醒者が使う治癒魔法は、覚醒者の力を持った者やモンスターにしか効果がない。ＨＰポーションなども同様だ。

一般人が傷を負ったら、容易《たやす》くは治せない。それでも強力な薬効を持つ薬草があるだけ、俺たちの世界より幾分かマシではあるが。

海藻の薬効により、やがて患者はうとうとと眠りについた。

その後、俺たちはゲラルクさんから、どうやって人質を救出したのかを問われた。

俺は、俺たちが限界突破をしていることを含めて、洗いざらい話した。今回に関しては、そうしたほうが話が早いと思ったからだ。

俺たち三人のレベルを聞いて、ゲラルクさんは目を丸くした。それからフェルミナと顔を見合わせ、互いにうなずき合う。

フェミルナは俺たちに、こう頼み込んできた。

「ダイチさん、カザネさん、ホタルさん、どうかお願いします。あの侵略者たるサハギンたちを討ち倒し、集落を取り戻すのを手伝っていただけませんか？　私たちにできる限りの報酬はお支払いします。私にできることであれば、何でもします。どうか、どうか力を貸してください！」

人魚族の王女は、俺たちに向かって深々と頭を下げる。護衛のゲラルクさんもまた、同じように頭を下げてきた。

俺は確認の意味で、二人の仲間の顔を見る。

しかし二人の相棒は、どちらも俺にジト目を向けていた。

「分かってると思うけど、ダメだからね、大地くん」

「ダメっすからね、先輩」

「え……な、何が？」

二人はどうやら、フェルミナが言った「何でもします」の部分で、俺がやましいことを考えたのではないかと思ったようだ。相変わらず信用がない。

　さておいて、俺はあらためてフェルミナに向かって答える。

「分かった、協力するよ。俺たちも知人が捕らえられているなら助けたい。それに何より、俺はサハギンが嫌いになった」

「うちもホント、あいつらゲロゲロに嫌いっす。卵を産ませるだの苗床だの、気持ち悪いったらねーっすよ。異種（ピーッ）モノのエロゲじゃねーんすから」

　弓月がうげぇっと、心底気持ち悪そうな様子を見せていた。

　俺はそこで一つ、疑問を覚える。

「でも卵を産ませるって、サハギンは卵生なのか。卵生の魚とかって、体外で受精するんじゃなかったか？」

「そこ掘り下げるっすか、先輩？」

「大地くぅん、デリカシー」

「うっ……ご、ごめんなさい」

　二人から怒られた。

　だがそこにゲラルクさんが補足説明をしてくれる。

「サハギンどもは、異種族と交配して母体に卵を産ませるのだ。本来卵生でない母体の胎内にも卵を発生させる特殊な――痛《い》ててててっ」

「ゲラルク！　デリカシー！」

「うっ……姫様、申し訳ありません」

今度はゲラルクさんが、フェルミナに耳を引っ張られて怒られていた。ううむ、いまいち緊張感がないな。

しかし状況は当然、そんなほのぼのとしていられるようなものではない。今このときにも、レベッカさんや集落の人魚族は窮地に陥っている可能性が高いのだ。

それに10万ポイントの特別ミッションだ。危険度がどの程度かは判然としないが、舐めてかかっていいものでないことだけは間違いない。

「ゲラルクさん、敵の戦力がどの程度か分かりますか？」

俺がそう問いかけると、ゲラルクさんもまた表情を引き締める。

「攻めてきたサハギンは全部で十体だった。武器戦闘を主とする者が八、魔法を得意とする者が一、そしてサハギン王を名乗る四本腕だ。また何かのスキルの効果なのか、四本腕がサメ型のモンスターを一体制御していたように見えた」

「それは多分【テイム】のスキルですね。俺もグリフォンを一体使役しています。今はスキルの力を使って小さくしていますけど」

「クピッ、クピィッ！」

「な、なんと……」

その後ゲラルクさんは、彼が知っている限りの敵戦力情報を教えてくれた。

話を聞いた感じでは、大きな脅威《きょうい》になりそうなのは、サハギン王を名乗る四本腕のサハギン——つまり敵のボスだけのように思えた。

もちろん、ほかのサハギンたちも状況次第では大きな邪魔になり得るだろうが。

特に漆黒の衣をまとっていたという魔法使いタイプのやつは、治癒魔法も使うようなので捨て置けないだろう。

どうにか分断するなり各個撃破するなりして、自称サハギン王が一人でいるところを叩けるのがベストだが。

一方で最悪のパターンは、交戦に際して、集落の人魚たちを人質にとられることだ。そうなることは絶対に避けたい。

強襲を仕掛け、混乱に乗じて一気に叩くような作戦が望ましいと思うが。

あるいは——

「ゲラルクさん、ほかの人魚族の戦士たちはどうなったんでしょう？　どこかに捕らえられているなら、うまく救出できれば、こちらの戦力を補強できる可能性もあると思うんですけど」

俺のその質問に、ゲラルクさんは首を横に振る。

「残念ながら、まったく分からない。殺されていなければ王宮の地下牢に幽閉されている可能性が高いと思うが」

「大地くん、【隠密】スキルを使って、その地下牢に侵入できないかな？」

風音がそう提案してきた。

俺は少し思案し、答える。

「普通のサハギンだけなら出し抜ける可能性は高いと思う。でも四本腕に遭遇したらかなり危ない。【隠密】スキルは彼我《ひが》の実力差で効力が変わるから」

ゲラルクさんの話を聞いた感じでは、四本腕のサハギンは俺たち一人ひとりと同格か、それ以上の実力者である可能性が高い。ニアミスした場合は【隠密】スキル発動状態でも気付かれる可能性が高いと想定しておくべきだろう。

「もともとのサハギンの数が十体っすよね。三体はさっき倒したから、残りは六体とボスだけっすか？　あとサメ型モンスターが一体」

「そうなるな。できれば四本腕とぶつかる前にもう少し数を減らすか、こっちの戦力を増強するかしたいところだが」

いずれにせよ、できる限り有利な状況を作り、不利な状況になることは避けたい。直接交戦する前から、戦いは始まっているのだ。

その後も俺たちはいろいろと話し合い、計画の細部を詰めてから、行動を開始した。

俺たちのミッションの目的は、レベッカさんを救出すること。

向かうはサハギンどもに支配された海底都市だ。

＊＊＊

隠れていた洞窟を出立した俺たちは、海底都市へと向かって泳いでいく。

敵地へと向かうのは、俺と風音、弓月、グリフォン、人魚族の戦士ゲラルクさんだ。

フェルミナは洞窟でお留守番である。覚醒者の力を持たない彼女には、傷付いたマーメイドを診《み》てもらっている。

なるべく岩礁などに隠れながら泳いでいった俺たちは、やがて海底都市の外郭部へとたどり着いた。外壁はないので、ひとまず住居の陰に身を寄せる。

巨大貝や珊瑚を利用した住居が数百という規模で並んだ、美しい集落だ。

その中ほどには、何十メートルもの高さがある巨大な巻貝状の塔のようなものがそびえ立っている。あの巨大巻貝の塔が、王宮なのだという。

人魚族の戦士たちがまだ殺されていなければ、あの王宮の地下牢に囚われている可能性が高いとのこと。おそらくはレベッカさんも。

だが同時に、王宮は敵の本拠地となっている可能性も高い。地下牢にたどり着く前に、サハギン王と遭遇して戦いになる展開も十分に考えられる。

サハギン王と戦いになって、勝てるのか。

分からない、というのが実際のところだ。

サハギン王の実力は、ゲラルクさんの話を聞いた印象では、俺たち一人ひとりよりはいくぶんか上のようだ。

つまり俺が一対一でサハギン王と戦うことになれば、勝てない可能性が高い。

でも俺と風音、弓月で連携して三対一でサハギン王と戦うことができれば、分は悪くないのではないかと踏んでいる。

どれだけ有利な条件で戦えるかが、勝敗を分ける鍵となるはずだ。

なお海底都市の外郭部にたどり着いた時点で、いつものミッション達成の通知がきていた。

ミッション『海底都市に到達する』を達成した！
パーティ全員が５０００ポイントの経験値を獲得！

新規ミッション『砂漠の都に到達する』（獲得経験値７００００）が発生！

弓月火垂が４５レベルにレベルアップ！

現在の経験値
六槍大地……８６６２５４／９１４１１２（次のレベルまで：４７８５８）
小太刀風音……８８４１４６／９１４１１２（次のレベルまで：２９９６６）
弓月火垂……９６００７１／１０２４２８９（次のレベルまで：６４２１８）

現在のレベルは俺と風音が４４レベル、弓月が４５レベルとなった。
全員のステータスはこんな感じだ。

六槍大地
レベル：４４（＋３）　経験値：８６６２５４／９１４１１２
ＨＰ：３３６／３３６（＋１６）　ＭＰ：２０２／２９６（＋１６）

筋力：３７（＋２）　耐久力：４２（＋２）　敏捷力：３２（＋２）
魔力：３７（＋２）
スキル：【アースヒール】【マッピング】【ＨＰアップ（耐久力×８）】
【ＭＰアップ（魔力×８）】【槍攻撃力アップ（＋３２）】（Rank up!×３）
【ロックバレット】【プロテクション】【ガイアヒール】【宝箱ドロップ率２倍】
【三連衝】【アイテム修繕《しゅうぜん》】【命中強化】【グランドヒール】【翻訳】【隠密】
【ロックバズーカ】【回避強化】【アイテムボックス】【テイム】
【ストーンシャワー】【重装備ペナルティ無効】【エリアアースヒール】
【トンネル】
残りスキルポイント：０

小太刀風音
レベル：４４（＋３）　経験値：８８４１４６／９１４１１２
ＨＰ：２５６／２５６（＋１６）　ＭＰ：２０７／２２４（＋４４）
筋力：３２（＋２）　耐久力：３２（＋２）　敏捷力：５３（＋３）
魔力：３２（＋２）
スキル：【短剣攻撃力アップ（＋３６）】（Rank up!×２）【マッピング】【二刀流】
【気配察知】【トラップ探知】【トラップ解除】【ウィンドスラッシュ】
【アイテムボックス】【ＨＰアップ（耐久力×８）】【宝箱ドロップ率２倍】

【クイックネス】【ウィンドストーム】【ＭＰアップ（魔力×７）】（Rank up!）

【二刀流強化】【回避強化】【翻訳】【隠密】【トラップ探知Ⅱ】

【二刀流強化Ⅱ】【ゲイルスラッシュ】【レビテーション】

残りスキルポイント：０

弓月火垂

レベル：４５（＋２）　経験値：９６００７１／１０２４２８９

ＨＰ：２５６／２５６（＋８）　ＭＰ：５２１／５７６（＋１６）

筋力：２７（＋１）　耐久力：３２（＋１）　敏捷力：３８（＋２）

魔力：７２（＋２）

スキル：【ファイアボルト】【ＭＰアップ（魔力×８）】【ＨＰアップ（耐久力×８）】

【魔力アップ（＋１８）】【バーンブレイズ】【モンスター鑑定】

【ファイアウェポン】【宝箱ドロップ率２倍】【アイテムボックス】

【フレイムランス】【アイテム鑑定】【エクスプロージョン】【翻訳】

【弓攻撃力アップ（＋１４）】（Rank up!×２）【トライファイア】

残りスキルポイント：０

数値上昇等の比較は、聖王国王都に着く前。

各自、ステータスと攻撃力アップ系スキルが地道に強化されているだけだが、その分だけ着実に強くはなっている。

俺たち四人と一体は、集落外郭部にある一軒の住居の陰に隠れたまま、集落内部の様子をうかがう。

集落のあちこちに、何人もの人魚たちが泳いでいる姿が見えた。

彼ら彼女らは、どこかビクビクとした様子で、周囲を気にかけているように見える。

「集落の民たちは、拘束されたりはしていないようだな」

ゲラルクさんが集落の様子をうかがいながら、小声で口にする。

「でも、なんだかみんな怯えている感じ。サハギンを恐れてるのかな」

「そりゃそーっすよ。覚醒者の力を持ってない一般人じゃ、やつらに横暴されても何もできねぇっす。でも隙を見てこの集落から逃げたりはできないんすかね？」

「それもサハギンに見つかったら、間違いなく逃げ切れないだろうな」

そしてそうなったら最後、一度逃げ出そうとした者の行く末は想像に難《かた》くない。ただでさえ残虐行為を平然と行う連中なのだ。

と、そんなことを考えていたときだ。

集落の中心部、王宮がある方角から、こんな声が聞こえてきた。

「ギャーギャギャギャッ！　人魚族の諸君、元気かなぁ？　誰一人逃げちゃいないだろうなぁ？　一人逃げたら三人殺す。分かってるよなぁ？」

「言っとくがよぉ、我らの王がお出掛けになられたからといって、妙な気は起こすんじゃねぇぞ？　反逆者が一人出れば五人殺す。そもそも戦士でもないお前らごときじゃ、束になったところで俺たちには敵いやしねぇんだがな。ギャギャギャギャッ」

脅しの言葉をばら撒きながら、こちらに向かって悠然と泳いでくるサハギンが二体。

それに気付いた集落の人魚たちが、びくりと震えて、慌ててサハギンどもの進路から遠ざかろうとする。

泳ぎ来るサハギンたちが、ニタァッと笑ったように見えた。

うち一体が声をあげる。

「おい、そこのマーメイド。止まれ」

そう呼びかけられて、彼らから遠ざかろうとしていた人魚族の女性が一人、金縛りにあったように動きを止めた。

距離をとろうとしていたほかの人魚たちの何人かが、その様子を見て動きを止め、緊張した様子で状況を見守りはじめる。

「な……なんでしょうか」

サハギンに背を向けた姿で金縛りにあっていたマーメイドは、心底怯えた様子で半魚人たちの方へと振り返る。

二体のサハギンのうち一体が、彼女のもとに泳ぎ寄る。もう一体はほかの人魚たちを挑発するように、ニタニタしながら周囲を見回した。

泳ぎ寄ったサハギンは、マーメイドの腕を乱暴につかむ。

「ギャギャギャギャッ、次の苗床はお前に決めたぞ。俺たちの卵を産ませてやろう。光栄に思うがいい」

「あっ……や、いや……やめてください……私には、夫が……」

「ギャギャギャッ、それがどうした。何ならお前の旦那も連れてきて、その目の前で襲ってやろうか？　ほぉれ、こんな風に」

サハギンに力ずくで攻められ、振りほどくこともできずに、そのまま海底の砂地に背中を押し付けられるマーメイド。

彼女は恐怖と嫌悪に引きつった顔で、イヤイヤするように首を横に振る。

長い舌を出したサハギンが、その顔を近付けていって――

「いい加減にしろ！　【三連衝】！」

「グギャアアアアッ！」

【隠密】状態で接近した俺は、マーメイドに横暴を行うサハギンを一息のもとに片付けた。

「ったく、どいつもこいつも――はあっ！」

「こいつはオマケっす――【ファイアボルト】！」

「なっ……!?　ギャアアアアアッ！」

同じく【隠密】状態で近付いた風音の攻撃と、物陰からの弓月の追加攻撃とで、もう一体のサハギンも撃沈する。

なお火属性魔法でも、水中で普通に効果を発揮することはあらかじめ確認済みだ。

急変した状況を見て、あっけにとられた様子の集落の人魚たち。

その前にゲラルクさんが姿を現すと、彼ら彼女らは感極まったような表情を見せた。

ゲラルクさんはそれに対し、口元に人差し指を立てて静かにするように促す。喝采《かっさい》の声を上げようとしていた集落の人魚たちは、慌てて口を噤んだ。

ゲラルクさんは集落の人魚たちに向け、俺たちを指し示す。

そして静かに、しかし力強く、こう口にした。

「我々は海神の導きとも思える、頼もしい戦士たちの助力を得ることができた。これからサハギンどもに反撃を仕掛ける。みんな、知っているだけの情報を教えてくれ」

＊＊＊

身近にいた人魚たちから手早く話を聞いたところ、重要な情報を得ることができた。

曰《いわ》く、サハギン王をはじめとした数体のサハギンが、少し前に集落を出て、遠くのほうへと向かって泳いでいったとのことだ。

また、どうやら人魚族の王族や戦士たちが、王宮の地下牢に囚われているらしいとの話も聞けた。

これは千載一遇のチャンスだ。俺たちは集落の中ほどにある王宮へと急行した。

集落を出ていったというサハギン王は、いつ戻ってくるかも分からないとはいえ、現在はこの集落内にいない。地下牢に囚われた人々を救出するには、これ以上ない絶好の機会だ。

全速力で泳いでいくと、王宮前にはすぐにたどり着いた。

巨大な巻貝の形をした王宮は、目前で見ると圧倒されるほどの途方もない大きさだ。

だがゆっくりと観光を楽しんでいる場合でもない。

俺たちはゲラルクさんの案内で、王宮の正面入り口から突入した。

「ギャギャッ!?　お、お前たちは――ぐわぁああああっ！」

正面口には門番よろしく一体のサハギンがいたが、これは当然、難なく撃破。障害にもならない障害を突破して、王宮内へと侵入する。

王宮の内部は、これまた巻貝の内側を思わせる有機的なデザインのものだった。ただし階や部屋を分ける間仕切りがあって、そういった意味では普通の塔に近い。

上階へと続く通路もあったが、俺たちはゲラルクさんに従って、それとは別の地下へと続く道を泳いでいく。

巻貝の外縁部に沿った螺旋状の通路を緩やかに下っていくと、やがて目的の地下牢へとたどり着いた。

地下牢には四つの房があり、そのうち三つに、全部で十数人の人魚たちが囚われていた。いずれも海藻で縛られ、ろくに身動きも取れない状態にされている。

もう一つの房には誰も囚われておらず、珊瑚製と思われる格子状の扉が開かれたままの状態だった。

なお、サハギンの姿はどこにも見当たらない。

「陛下、ご無事で何よりです」

ゲラルクさんが、奥の牢に囚われていた壮年の人魚に話しかける。

どうやら彼が人魚族の王のようだ。

「おおっ、ゲラルク！　どうやってここに。フェルミナはどうした？　いや、それよりも――」

「陛下、失礼ながら、積もる話は後に。あの四本腕のサハギンが、いつ戻ってくるか分かりません。まずはここから脱出を」

「む、そうだな。だが牢の鍵はやつらの手にある。この格子を破れるか、ゲラルク」

「やってみます」

ゲラルクさんが槍を使って、人魚族の王が囚われている房の珊瑚の格子に攻撃を仕掛けていく。

鉄格子代わりの珊瑚は相当に硬いらしく、一度の攻撃では破れなかった。だが二度、三度と攻撃を仕掛けていくうちに、端が欠け、ヒビが入り始める。

それを見て、俺と風音もまた自らの武器を使い、それぞれに別の房の格子を破壊しようと試みた。弓月は【ファイアウェポン】を使い、俺たち三人を援護する。

珊瑚の格子を攻撃するたび、ガンガンと大きな音が立つ。サハギン王がいつ戻ってくるか分からない。不安が募る中、俺たちは珊瑚の格子を絶え間なく攻撃し続けた。

やがて俺と風音の担当した格子が先に破壊され、人ひとりが通れるほどの穴を作ることに成功した。次いでゲラルクさんが担当した格子も、同様にその一部が破壊される。

俺はできた穴をくぐって房の中に入り、中の人魚たちを拘束する海藻をちぎって回った。この海藻も相当に強固だったが、槍の穂先を使えばどうにか切ることができた。

俺が助けたのは、人魚族の戦士たちだった。そのうちの一人が、声をかけてくる。

「解放してくれたこと、心より感謝する。だがキミたちは一体……。あそこの牢に囚われていたヒト族の仲間か？」

彼はそう言って、空きの牢を指さした。聞き捨てならない情報だ。

ここに囚われていると思っていたレベッカさんの姿が見当たらない。

「あそこにヒト族が囚われていたんですか？　それは女性？　このぐらいの背丈で、明るい茶髪をショートカットにした、楽天的な感じの」

「ああ、おそらくその人物だ。『司祭』と呼ばれる黒衣の女サハギンに連れていかれたのだが」

「『司祭』？　『黒衣の女サハギン』ですか？　連れていかれたって、どこに」

「分からない。四本腕のサハギンが出ていってから少しして、そのヒト族の女性を気絶した状態のまま連れて出ていったのだ」

「その女サハギンを、すぐに追わねばならん！」

話の腰を折るようにそう叫んだのは、人魚族の王だった。

ゲラルクさんに拘束を解かれながら、人魚王は焦りを隠せない声で訴える。

「やつは扉を開くための『合言葉』を知っていたのだ！　『槍』が引き抜かれることは、絶対にあってはならん！　このままでは、すべてが終わってしまうぞ！」

「あー、人魚のおっちゃん、何言ってるか分かんねーっすよ。少し落ち着いて喋るっす」

人魚王の言葉足らずな物言いに、その隣で王妃らしき女性の拘束を解いていた弓月が冷静なツッコミを入れる。王様をおっちゃん呼ばわりは、さすがは弓月といった感じだが。

弓月が言うとおり、俺たちには人魚の王が何を言わんとしているのかよく分からない。
ひどく焦っていることだけは伝わってくるのだが。

頭上に疑問符を浮かべる俺たちに対して、人魚の王はなおも焦りを孕《はら》んだ様子で、こう叫んだ。

「かの扉の奥に、確かに『槍』はある。だがあの神槍は、かつてこの海を地獄へと変えた災厄の魔獣を封印しておるのだ！　あの槍が引き抜かれることだけは、絶対にあってはならん！」

＊＊＊

人魚族の戦士たち、それに王と王妃を、地下牢から解放した俺たち。
今は彼らとともに、地下から一階へと向かう螺旋状の通路を泳いでいた。
人魚王の話は、ひとまず地下牢から出て、移動しながら聞くことになった。

「かつて人魚族の英雄が手にしたという『神槍』と、その槍によって封印された伝説の魔獣、ですか……」

俺は人魚王から聞いた話をオウム返しにする。

人魚王は、おもむろにうなずいた。

「その通りだ、ヒト族の勇者よ。この集落の近くにある洞窟の一つに、封印の間へと至る扉がある。だがその扉は、合言葉を唱えなければ絶対に開かぬのだ。あの四本腕が扉に至ろうとも、何もできずに引き返してくるしかない……はずだった」

「ところがその合言葉を知っているサハギンがいた――と、そういうことですか」

そう相槌《あいづち》を打つのは風音だ。

人魚の王は再びうなずく。

「ああ。我らが部族の王族にのみ代々伝わる合言葉だ。あの女サハギンがどうやってそれを知り得たのか……いくつか心当たりはあるが、いずれにせよそれは今考えるべき問題ではない。とにかくあやつは、わしの前で正しい合言葉を口にしたのだ。やつがいれば封印の間への扉が開かれてしまう」

「その封印されてる魔獣って、どんなやつなんすか？　世界を恐怖のどん底に陥れる大魔王みたいなやつっす？」

弓月が口を挟む。

人魚族の王は、震える声でこう口にする。

「その災厄の魔獣の名は『クラーケン』。かつて我らが部族の英雄王ですら打倒することかなわず、その槍の力をもって封印するよりほかになかったという最悪の怪物だ」

「うげぇっ……。『クラーケン』って、マジっすか」

「それは……大地くん、『クラーケン』って確か、討伐ミッションにあったよね？」

「ああ。手持ちのミッションで獲得経験値が一番高いミッションだから、よく覚えてる。ここで遭遇するとしたら最悪だな」

海の中なのに、冷や汗が出てくる気分だ。恐怖の大魔王とかいうよりも具体性と現実味があるだけ、逆に怖いモンスター名だった。

俺たちの未達成ミッション一覧にある中で、最も獲得経験値が高いのが「クラーケンを1体討伐する」（20万ポイント）だ。

その獲得経験値から、脅威度は推して知るべしだろう。

で、そのクラーケンがどうしたって？　封印が解かれる？　マジで言ってんの？　そろそろ本気で帰っていいかな。

いや、レベッカさんはその女サハギンに連れていかれたらしいんだけど。

ミッション達成のためには追いかけざるを得ない。

「でもレベッカさんは、どうして連れていかれたんだろ？」

風音が疑問を口にする。

人魚の王は、沈んだ表情で首を横に振る。

「おそらくは魔獣クラーケンを完全復活させるための生贄《いけにえ》だろう。戦士の力を持つ乙女《おとめ》の生き血が必要なのだ」

「乙女って……。てかその前に、何すかその邪悪仕様の封印は？　英雄とか神様の力で封じたんじゃなかったんすか？　実はその神様、邪神っすか？」

「何を言う。神の封印から邪悪な魔獣を解き放つための儀式なのだ。さもあろう」

「うーん、なるほどっすかね……？」

弓月が微妙に納得いかない様子で首を傾げる。まあ気持ちは分かる。

ただはっきりと言えるのは、その手の超常現象に今更ケチをつけても始まらんよなということだ。

　こういう原理が分からない現象に遭遇したとき、必要なのはゲームプレイ思考だ。

　俺たちの目的は何で、そのためには今、何をするべきか。

　俺は風音と弓月に近寄るように手招きをして、二人に小声で伝える。

「選択肢は主に二つだな。レベッカさんや人魚族を見捨てて逃げるか、立ち向かうか」

　すでに決断はしたが、状況がまた大きく変わった。再検討が必要だろう。

　少しの沈黙の後、風音と弓月が口を開く。

「……私は、見捨てたくはないな」

「うちも同じっす。毒を食らわば皿までって言うっすよ。皿まで食うっす、バリバリと」

　まあそう言うだろうなとは思っていた。

「俺は……前にも言ったけど、風音と弓月のことが一番大事だ」

　俺は意を決し、左右から近寄ってきた二人の肩に腕を回して、両腕で抱き寄せた。

　抱き寄せられた風音と弓月は、どちらも目を丸くし、頬を赤く染める。

　俺は一つ息を吸ってから、吐き出し、それから二人に伝える。

「でも、ここで彼らやレベッカさんのことを見捨てて後悔はしたくないし、風音と弓月にも同じ後悔をさせたくない。二人も望むなら是非もない、一緒に行こう。そして絶対にみんなで生きて帰る。いいな」

「うん！」

「もちろんっす！　先輩はときどき思い出したように性格イケメンになるっすね♪　それ

じゃ先輩、さっきの何でも一つお願い聞いてくれるっていうの、今使うっすよ」

「ん……？」

弓月は泳いで俺の前に出た。

俺が何事だと思っていると、後輩は両手で俺の顔を引っつかんできた。そして——

「——んむっ⁉」

そのまま有無を言わせず、俺の唇に自らの唇を重ねてきた。

……は？　こいつこのタイミングで何やってんの？？？　くらくらして理性飛びそうになるんですけど？？？？？

弓月は唇を離すと、耳まで真っ赤にした顔で、にへっと笑いかけてくる。

「レベッカさんを助けて、全部終わったら続きをするっす。先輩はスケベだから、こうすると死ねなくなるっす。——あ、風音さんもいいっすよ。どうぞっす」

弓月が俺から離れていく。

横でおろおろしていた風音が「え、私もいいの？」と聞くと、弓月は「あんなご褒美の約束、独り占めにするつもりもないっすよ」と答えた。

そのあとの風音の行動は速かった。俺に左腕で肩を抱かれた状態から、するりと正面に回って、顔を近付けてきて、弓月と同じように俺に唇を重ねた。

「ぷはっ。……えへへっ、大地くん、一緒に生きて帰ろうね」

そう言って、にっこりと笑いかけてきた。

……どうしよう、この二人。俺、幸せ過ぎてそろそろ死ぬんじゃないかな。

いいや、ダメだ。誰が死んでやるものか。

「分かった。レベッカさんも人魚族も助けて、俺たちも生きて帰る。必ずだ」

俺はそう、決意の言葉を口にした。

なおこのやり取りの際、あえて周りは見ないことにした。人魚族の戦士たちが並んで泳いでいる中で行った暴挙である。

もはやバカップルどころの騒ぎではないが、これは多分、あなたがたに助力するために必要な儀式だったので許してほしい。ていうか許して。見なかったことにして。

とまあ、そんなこんなしながら泳いでいると、俺たちは王宮の一階へとたどり着いた。

大変不用心なことに、人魚族の戦士たちの武器も地下牢に放置してあったし、戦闘準備は整っている。このまま王宮を出て、一刻も早くサハギンどもを追いかけるべきだろう。

そう思い、俺たちは王宮の出口を目指して泳いでいこうとしたのだが――

そのとき風音が、ピクリと反応した。

風音は王宮の出口を厳しい視線で見据えて、俺たちに注意を促す。

人魚族の戦士たちの中にも【気配察知】持ちがいるようで、同じように周囲に警告を飛ばしていた。

わずかの後、王宮の出口の外から、こんな声が聞こえてきた。

「ええい忌々《いまいま》しい！　何だあの扉は、一向に開かんではないか！　このサハギン王にとんだぬか喜びをさせおって！」

別にクラーケンの騒ぎで、そいつのことを忘れていたわけでもない。

ただ、このタイミングで遭遇する可能性については、あまり想定していなかった。

王宮の出口に姿を現したのは、三体のサハギンと、一体のサメ型モンスター。

そしてサハギンのうちの一体は、類まれな巨体を持った四本腕の個体だった。

＊＊＊

俺たちは四本腕のサハギンと、王宮内の出入り口前ホールで遭遇した。

王宮の出入り口に姿を現したそいつの傍《かたわ》らには、彼が【テイム】しているのであろうサメ型モンスターが一体と、別のサハギンが二体。見たところ、黒衣をまとった女サハギンの姿はない。

俺たちは王宮の出入り口がある大ホールの反対側にいて、彼我の距離は、魔法等の遠隔攻撃射程の外ギリギリといったところだ。

四本腕のサハギンは、俺たちの姿を見て、その魚顔を不愉快そうに歪める。

「あぁん、何だこの状況は？　人魚族の戦士《ザコ》どもが牢から抜け出しているだと？　それに――」

四本腕は俺、風音、弓月のほうを見据えて、スッと目を細める。

そして次の瞬間には、その口元をニヤリと歪めた。

「くくくっ……面白いのがいるようだな。そこのヒト族三人、大したプレッシャーだ。蹂躙《じゅうりん》し甲斐《がい》のある強者と見たぞ？」

「風音、弓月、まずは遠隔攻撃でできるだけ削るぞ」

「了解」

「うちの領分っすね。任せろっす」

四本腕の言葉には答えずに、二人の相棒に指示を出し、俺自身も魔法発動のために体内の魔力を高めていく。

やはりあの四本腕は、危険な相手だ。対峙《たいじ》しても実力が計り知れない。ダークエルフの英雄ユースフィアさんと初めて遭遇したときと似たような印象だ。

四本腕のサハギンは、なおも俺たちに興味津々という様子で語りかけてくる。

「お前たちが何者で、なぜここにいるのかは知らん。だが雑魚ばかりで飽いていたところだ。お前たちも屈服させ、雌二人には俺様の卵を産ませてやろう。光栄に思え！」

そして長い舌でべろりと舌なめずりをしてから、四本の槍を構えて突進してきた。

サメ型モンスターと残り二体のサハギンも、それに続く。

有無を言わさず、さっそくの戦闘か。

だがこっちも話し合いが通じる相手だとは思っていない。

相手が遠隔攻撃の射程内に無造作に入ってきたのを見計らって、一斉攻撃を開始した。

「グリフォンはあのサメを止めろ！　【ロックバズーカ】！」

「斬り裂け！　【ゲイルスラッシュ】！」

「凍てつかせろっす！　フェンリルアロー！」

突進してくる四本腕のサハギンに向かって、三人で最大火力の遠隔攻撃を放った。

岩塊《がんかい》、旋風、氷の矢――三つの攻撃がターゲットに向かって、高速でほとばしる。

覚醒者同士の戦いは、互角の実力者同士であっても、最初の一手や二手で決着がつくことが十分にあり得る。

ボス格のモンスターと比べると、双方ともにＨＰが低く、それに比して攻撃力が大幅に高いケースが少なくないからだ。

例えば、俺の【三連衝】や弓月のフェンリルボウは、そうした特大火力攻撃の筆頭と言える。風音の【二刀流】だって攻撃力重視の戦闘スタイルだが、それが霞《かす》むぐらいの高威力である。

もちろん双方が防御重視で戦えば、お互い攻撃をなかなかヒットさせられずに長期戦になることもあるのだが、どちらも前のめりなら短期決戦が見込まれる。

ゆえに相手が前のめりに突進してくるこの状況下では、遠隔攻撃で最初の一手をぶち込めるのは、非常に大きなアドバンテージであると言えた。

傲慢《ごうまん》ゆえの油断か、それとも――

いずれにせよこの勝負、かなり有利に進められる。――そう思ったときだった。

四本腕のうち二つが、その手の武器ともどもスキルの光を帯び、異常な速度で閃いた。

「なっ……!?」

俺は思わず驚きの声を上げていた。

俺が放った【ロックバズーカ】と、弓月が放ったフェンリルボウによる氷の矢が、衝突音とともに槍と激突。

一瞬の後、俺の【ロックバズーカ】は嘘のように消滅していた。

一方で、弓月のフェンリルボウから放たれた氷の矢は、威力を減殺された様子はありながらも、サハギン王の胴に命中して氷華を咲かせた。

さらに風音の【ゲイルスラッシュ】は槍で弾かれることなく、そのまま直撃していた。

サハギン王の全身をつむじ風が覆い、風刃《ふうじん》がその身を斬り裂いていく。

あの槍を使った防御技、スキルの一種だろうと思うが、どういう効果だ？

一定確率で発動し、攻撃の威力をいくぶんか減殺する程度の効果だろうか。

いや、だとしてもクッソ強いが。初手で大打撃を与えられる予定が、その威力を激減されてしまった。この影響はあまりにも大きい。

「ぐぬぅうううっ、何だこのバカげた威力は！　小癪《こしゃく》な！」

サハギン王は攻撃のダメージを押して、そのまま突進してくる。

向こうも想定外のダメージのようだ。おそらくフェンリルボウの威力に困惑しているのだと思うが。

とはいえ、俺たちの最初の一手はこれで打ち止めだ。こちらの遠隔攻撃の二射目よりも、向こうが近接攻撃を仕掛けてくるほうがわずかに早いはず。

一秒を数倍にも感じる体感時間の中で、まずいな、と直感する。

覚醒者同士の戦いは、双方とも攻撃力に対してＨＰが低いから、短期決戦になりやすい——この道理は、当然ながら俺たちが攻撃を受ける際にも当てはまる。

「弓の小娘、まずは貴様から仕留める！」

恐ろしい速度で突っ込んでくるサハギン王は、そのターゲットを弓月に定めたようだ。

遠隔攻撃の威力だけ見れば、最大火力は明らかに弓月だから、当然の動きと言える。

「弓月、下がれ！」

「わ、分かってるっす！」

俺は貝殻状の盾を構えて、弓月をかばうように前に出る。

「火垂ちゃんはやらせない！」

風音もまた、俺の隣について、弓月を守る構えを見せた。

だが問題は、俺や風音にやつの一連の攻撃を凌《しの》げるか、ということだ。

あの四本の槍、おそらくは風音の【二刀流】と同質のものだろう。四本の武器を同時に操り、一瞬で四回攻撃を仕掛けてくる類の代物に違いない。

しかも相手はこちらより格上だから、土台の攻撃力も当然に高いだろう。

それに加えて、覚醒者と覚醒者の戦いの特性。

つまり――やつと近接戦闘距離で交錯した瞬間、俺や風音は一瞬でＨＰをすべて刈り取られる可能性もあるのではないか。

その瞬間、俺の脳裏に、この戦いに負けるイメージが浮かんだ。

俺がやつの一手で、瞬殺でＨＰを削り切られる。俺の意識はブラックアウト。

残った二人では敵のＨＰを削り切れず、あっという間に風音が叩き伏せられ、ついで弓月までもが落とされる。それでゲームオーバーだ。

そうなれば――

くそっ、バカな想像をしているんじゃない。さっき二人と、絶対に生きて帰るんだと約束したばかりじゃないか。

俺が一撃で落とされなければいいんだ。

集中しろ。やつの動きをよく見て、盾による防御を駆使すれば――

だが、そのときだ。俺にとって、良い意味での想定外が起こった。

「うぉおおおおおっ！」

「ヒト族の戦士たちは希望だ！　絶対に守り抜け！」

人魚族の戦士たちのうち何人かが、サハギン王に打ちかかったのだ。

さしものサハギン王も、この手勢を完全に無視することはできない。

彼は突進の動きを阻まれることになった。

「ぐっ……！　雑魚どもが、邪魔をするなぁああああっ！」

「がはっ……！」

「ぐぅうううっ……！　だが、時間は稼いだぞ……！」

打ちかかっていった戦士たちのうち二人が、それぞれサハギン王の二本の槍に貫かれて、ぐったりと力を失う。サハギン王は槍を引き抜き、別の人魚族の戦士たちに槍を向けていく。

その戦いは、サハギン王にとっては鬱陶《うつとう》しい羽虫を払うようなものだったのだろう。

だがそれは、彼にとっては致命的なタイムロスを生む結果となった。

「【ロックバズーカ】！」

「【ゲイルスラッシュ】！」

「フェンリルアロー！」

人魚族の戦士たちが身を挺《てい》してサハギン王の足止めをしてくれている間に、俺たちは立て続けに遠隔攻撃をぶつけた。

その何割かは例の防御スキルで弾かれたり威力を減殺されたりしたが、当然ながらすべてを防ぎきることはできない。

また人魚族の戦士たちの攻撃も、まったく意味がないわけではなく、わずかだがダメージを与えていく。

多勢に無勢。卑怯といえば卑怯だが、構うものか。

つまりこの戦いは、この状況――俺たち三人を含んだ圧倒的多勢でサハギン王を相手取れる状況が作れた時点で、はなから勝負がついていたのだ。

「くそっ、くそぉおおおおっ！　この俺様が、こんな、こんな雑魚どものせいで――！　ふざっ、ふざけるなぁああああっ！　ぐわぁああああっ……！」

サハギン王の耐久力も、無尽蔵ではない。

傲慢なる覇者は、十数秒の奮闘の後に力尽き、白目をむいた姿で動かなくなった。

その頃には、ほかの二体のサハギンとサメ型モンスターも、グリフォンや別の人魚族の戦士たちの攻撃によって打ち倒されていた。

「「うぉおおおおっ！　サハギン王を討ち取ったぞぉおおおおっ！」」

人魚族の戦士たちは勝鬨《かちどき》を上げ、喝采した。

俺と風音、弓月の三人もハイタッチと抱擁《ほうよう》で勝利を祝い、戻ってきたグリフォンにもよくやったとなでてやった。

だが、「司祭」と呼ばれる黒衣の女サハギンの姿がない。

レベッカさんもまだ見付かっていない。

俺たちと人魚族の戦士たちは、勝利の余韻に浸る時間もそこそこに、王宮を出て封印の間があるという海底洞窟へと向かった。

＊＊＊

目指す洞窟は、海底都市からそう遠くない場所にあった。

人魚族の王の案内で、目的の海底洞窟の前までやってきた俺たちは、すぐさま洞窟の中へと潜っていく。

人魚族の戦士たちの人数は、四本腕のサハギンとの戦いで四人ほど減らされていた。戦闘不能になっただけではあるが、一度ＨＰが０になって意識を失えば、治癒魔法で回復してもすぐに戦線復帰はできない。

「でも大地くん、あの四本腕はどうして王宮に戻ってきたんだろ？　あいつが群れのボスじゃなかったのかな」

海底洞窟の中、人魚族の戦士たちが持つ不思議な灯《あか》りを頼りに泳ぎ進みながら、風音がそうつぶやく。

「サハギンたちも一枚岩じゃなかったのかもしれないな」

「その『司祭』とかいう女サハギンが、あの四本腕を裏切ったってことっすか？」

弓月がそう聞いてきたので、俺はうなずいてみせる。

「そう考えれば辻褄《つじつま》は合う。動機は分からないが」

いずれにせよ、その女サハギンの行動を止める必要がある。

人魚族の王の話によると、生贄を使ってクラーケンを完全復活させるには、ある程度の時間をかけてゆっくりと生き血を注ぐ必要があるのだという。

急げばまだ間に合う。そう思いたかった。

総勢十人を超える戦士一行が洞窟を進んでいくと、やがて扉がある突き当たりにたどり着いた。

石造りの荘厳な大扉の傍らには、台座があり、紫色のオーブが配置されている。

どこかダンジョンのボス部屋に似た雰囲気だ。

大扉はしっかりと閉じられている。

扉は合言葉によって開かれ、しばらくすると自動的に閉じる仕組みなのだという。

「エル、ラディール、レグマ、アグラストラ」

人魚族の王はオーブに手を置いて、合言葉を唱える。

石造りの大扉が音を立て、ひとりでに開いていった。

扉が完全に開ききるのを待つことなく、王を筆頭として、人魚族の戦士たちが扉の奥へと進んでいく。俺たち三人も、その集団に混ざった。

扉の先、なおもうねうねと曲がる洞窟を進み、やがてたどり着いたのはかなりの広さを持つ大広間だった。

広間の奥には、タコともイカともつかない不気味な姿をした巨大モンスターが伏していた。

モンスターの全体の大きさは、その巨体でのしかかれば大型船をも容易に転覆させてしまいそうなほど。十本ほどもある触手は、一本が人間の胴よりも太く、長さは十メートルをゆうに超えるだろう。

そのドラゴンすらも凌駕《りょうが》すると思わせる巨大モンスターの上に、神々《こうごう》しい輝きを放つ一本の槍が突き刺さっていた。

どくん、どくんと脈動する怪物を、槍からあふれる輝きが覆い、今にも動き出さんとする邪悪な力を必死に抑え込んでいるように見える。

その槍の傍らには、二つの人影があった。

一つは、漆黒の衣装をまとった女サハギン。

もう一つは、水着を身に着けた人間の女性――すなわちレベッカさんだ。

レベッカさんは意識を失っている様子で、ぐったりとした姿でサハギンの腕に抱かれている。

サハギンは手にした短剣をレベッカさんの右胸に突き刺していて、あふれ出す血が足元にいる怪物へと垂れ落ちていた。

この状況を見れば、やるべきことは瞭然《りょうぜん》だった。

「風音！」

「分かってる！　――レベッカさんを放せ！」

いち早く飛び出した風音が、二本の短剣を手に黒衣の女サハギンへと泳ぎ迫る。

しかし距離があり、さすがの風音でも瞬く間にたどり着くようなことはできない。

黒衣の女サハギンは、俺たちの姿を見て、一瞬だけためらう様子を見せた。

だが次の瞬間には、傍らにあった神々しい槍を、思い切りよく怪物の体から引き抜いた。

黒衣の女サハギンは、レベッカさんの体を放り捨て、忌々しげに吐き捨てる。

「お前たち、どうしてここに！　これでは完全復活が成らないではないか！　我が神が求める真の殺戮と混沌には、これでは遠く及ばない！　よくも、よくも――！」

「レベッカさん！」

風音は進路を変えて、放り捨てられたレベッカさんの体を抱きとめる。

それとほぼ同時、同じく飛び出していた人魚族の戦士たちが、黒衣の女サハギンを槍で一斉に貫いた。

黒衣の女サハギンは断末魔の悲鳴をあげ、動かなくなる。

「大地くん、レベッカさん生きてるよ！」

風音がそう伝えてくる。

ほぼ同時に、ミッション達成の通知音が鳴った。


特別ミッション『サハギンに囚われた冒険者レベッカを救出する』を達成した！

パーティ全員が１０００００ポイントの経験値を獲得！


六槍大地が４５レベルにレベルアップ！

小太刀風音が４５レベルにレベルアップ！

弓月火垂が４６レベルにレベルアップ！

現在の経験値
六槍大地……９６６２５４／１０２４２８９（次のレベルまで：５８０３５）
小太刀風音……９８４１４６／１０２４２８９（次のレベルまで：４０１４３）
弓月火垂……１０６００７１／１１４４３８２（次のレベルまで：８４３１１）

この段階で、サハギンに囚われていたレベッカさんの救出は完了したことになるようだ。

それなら、これでミッションは達成だ。用事は済んだし、万事解決、大団円。

あとはサハギンどもも打倒されて平和になった海底都市まで凱旋《がいせん》すれば、残るはエピローグを待つのみだ——と、言いたいところだが。

「そうは問屋が卸《おろ》してくれないよな。……くっ！」

先刻から脈動していた巨大モンスターから、恐ろしいまでのプレッシャーが襲い掛かってきた。

見れば、モンスターを覆っていた光の膜は、邪悪な力に呑み込まれるようにして儚《はかな》く霧散していた。

黒と紫が混ざったような禍々《まがまが》しい色の波動が、怪物を起点に荒れ狂う。

近くにいた人魚族の戦士たちは、暴風に吹かれたように弾き飛ばされた。

人魚族の王――黒衣の女サハギンから奪った神槍を、今一度怪物に突き刺そうと試みながらも、不可視の障壁に阻まれ続けていた――も含めてだ。

「くぅっ……！　せ、先輩……今のうちなら、まだ逃げられるっすかね……!?」

怪物が放つ力に吹き飛ばされないように踏ん張りつつ、弓月が聞いてくる。

俺は内心で冷や汗をかきつつ、答える。

「無理だろうな。俺の探索者《シーカー》としての直感がそう言ってる。逃げる暇があったら、今のうちに補助魔法でも使っておいたほうがよっぽど建設的だってな」

「奇遇っすね。うちもなんとなく、同じことを思ってたっすよ」

「大地くん、お待たせ！」

レベッカさんの体を広間の外まで退避させた風音が、俺と弓月のもとに合流した。

グリフォンは俺たちの隣で、怪物に向かって威嚇《いかく》するような声を上げている。

大広間の奥にいた巨大な怪物が、地面に横たえていたその身を起こした。

イカともタコともつかない、著しく巨大で禍々しい姿。

吹き荒れていた邪悪な波動は収まったが、不気味さと重圧を兼ね備えた怖気《おぞけ》立つような感覚は未《いま》だに残っている。

そのとき弓月が叫ぶ。

「先輩、今まで『UNKNOWN』だった【モンスター鑑定】が通ったっす！　モンスター名は『クラーケン（不完全体）』！　HP1800、攻撃力110、防御力135、敏捷力55、魔力65、弱点や耐性属性は特になし！　特殊能力は『触手乱舞』『稲妻《いなづま》の嵐』『無敵状態』っす！」

「へぇ。思ったよりは良心的というか、現実的な数値だな」

数値だけ見れば、これまで戦った各種ドラゴンやファイアジャイアントなどと比べて、それぞれ数割増し程度だ。これならやれるんじゃないかという気持ちが湧いてくる。

さらにこのタイミングでもう一つ、ピコンッ。

特別ミッション『クラーケン（不完全体）を討伐する』が発生！
ミッション達成時の獲得経験値……150000ポイント

ダメ押しするように特別ミッションの通知が来た。

加えて、そこに——

「ヒト族の勇者よ、この槍を使うのだ！」

人魚族の王が、その手の槍を投げつけてきた。その槍——魔獣クラーケンを封印していたという神槍は、俺のすぐ前の地面に突き刺さる。

俺は何かに導かれるようにして、自らの手にあった槍《アルシエピース》——今の待ち時間に弓月から【ファイアウェポン】をかけてもらっていた——を放り、目の前の地面に突き刺さった神槍を引き抜いた。

槍から俺の体に、強い力が流れ込んでくるのを感じる。体の内側から力があふれてくるようだ。

「弓月、悪い。この槍に、もう一度【ファイアウェポン】をかけ直してもらえるか」

「りょ、了解っす！」

弓月の補助魔法で、手にした神槍の穂先にあらためて魔法の炎が宿った。

また【ファイアウェポン】以外にも、いつもの補助魔法セットである【プロテクション】と【クイックネス】は、今の猶予時間に俺たち三人とグリフォンにはひと通りばら撒き終えていた。

もう少し時間があるようなら、人魚族の戦士たちにも補助魔法を全掛けできるのだが——そう思っていたときだった。

ぞわっとするような闇色の波動が怪物の体から奔《はし》って、俺たちを薙いだ。

風音と弓月がびくりと震え、武器を構える。

「大地くん！」

「ああ、分かってる」

「『無敵状態』解けたっす！」

——ウォオオオオオオオッ！

どこにあるのかも分からない怪物の口から、はるか海の果てまで届くのではないかと思うような唸《うな》り声《ごえ》があがった。

＊＊＊

封印解除後の「無敵状態」が解け、魔獣クラーケンがついに動き出した。

海中の洞窟内で、幾多の長大な触手がうねり、のたうつ。

タコともイカともつかない本体も、転がってひっくり返って蠢《うごめ》いてと、まったく予測のつかない奇妙な動きを見せる。

しかもその動きは、あの巨体から想像されるような緩慢なものではない。

獲れたての生きたタコの動きを何倍速にも早送り再生したかのような、見ていると脳がバグりそうな速度で動き始めたのだ。

「な、何すかあれ、キモッ！　照準が定まらねぇっすけど――フェンリルアロー！」

クラーケンへと接近する俺と風音の間を、弓月が放ったエネルギーの矢が瞬速で過ぎていく。

その一射は魔獣の巨体に激突し、氷柱の華を咲かせ、砕け散った。

「うっし！　ダメージ２００以上！　ちゃんと通るっすよ！」

手ごたえありという弓月の声。

最大ＨＰは１８００と言っていたから、一撃でずいぶん削れたことになる。

散々ビビらされたが、いざ戦ってみればそれほどでもない……か？

いずれにせよ、向こうに下手に動かれないうちに一気に畳みかけたい。

俺と風音、グリフォンは、魔法の炎をまとった武器や鉤爪《かぎづめ》を携え、巨大モンスターに向かって一息に距離を詰めていく。

ちなみに俺は、接近戦に参加するかどうか少し迷ったのだが、考えた末に攻め手に出ることに決めた。

というのも、神槍が俺の手に委《ゆだ》ねられたことが大きい。

これを受け取っておいて、悠長に後衛で回復役はないだろう。

「私たちも行くぞ！」

「「うぉおおおおっ！」」

俺たちとほぼ同時に、十人ほどいる人魚族の戦士たちも動いており、槍を手にクラーケンへと殺到していく。

だがそのとき、クラーケンの数多《あまた》ある触手が、一斉にスキルの輝きを帯びた。

直後、それらが荒れ狂うように激しく振り回される。

嵐のごとき触手の乱舞撃は、俺たちと人魚族の戦士たちの行く手を遮り、その支配領域に侵入した者たちを無差別に打ち据えた。

「ぐわぁあああっ」

「がはっ！」

人魚族の戦士たちの何人かが、大きく吹き飛ばされた。

俺もまた、振り回される触手の一撃を受けた。

ものすごい勢いの丸太に横殴りにされたような衝撃が胴に来て、防具効果や【プロテクション】による不可視の防御に守られながらも、かなりのダメージを負った。

どうにか吹き飛ばされることなく踏ん張ることはできたが、あと五、六発も貰《もら》ったらＨＰがもたないだろう。

触手の嵐を切り抜けて本体に接近することができたのは、俺、風音、グリフォンに加えて、人魚族の戦士が四人だけだった。

その四人の中には、人魚族の王とゲラルクさんが混ざっている。

触手たちが攻撃の手を休め、意味のない動きを見せている。

あの乱舞撃を、絶え間なく放ち続けることはできないのかもしれない。

「くらえ、悪魔め！」

「不完全体ならば！」

人魚族の戦士たちが、今が好機とばかりに攻撃を仕掛ける。

幾本かの槍が、魔獣の体に突き立てられた。

だがクラーケンの硬い皮膚に阻まれて、肉に食い込んだのは槍の穂先のわずかな部分だけだった。

「くっ、硬い……！」

「ひるむな、少しでも打撃を与えるのだ！」

予測のつかない動きで暴れ回るクラーケンに振り回されながら、どうにか槍を引き抜き、隙を見て再び突き立てようとする人魚族の戦士たち。

そして俺たちもまた、クラーケンに攻撃を仕掛けていた。

「当たれよ――【三連衝】！」

「やぁああああっ！」

「クアーッ！」

炎をまとった武器による合計七連撃が、瞬時の間に叩き込まれる。

俺の神槍による三連撃は、一撃一撃が人魚族の戦士たちのそれと比べて何倍も深く巨大魔獣の体を穿ち、同時に炎による損傷も与えた。

風音とグリフォンによる攻撃も、それぞれに小さくない打撃を与えたようだった。

「半分近くまで削れたっす！　行けるっすよ――フェンリルアロー！」

後輩の声とともに、二発目の氷の矢が着弾する。

初撃で吹き飛ばされた人魚族の戦士たちも、再び向かってきて攻撃を仕掛けようとする。

俺もまた、二手目の攻撃を仕掛けようとした。

だがそのとき、クラーケンの全身がバチバチと激しく帯電する。

次の瞬間、稲妻が嵐となって、あたり一面にほとばしった。

「「「うわぁああああっ！」」」

人魚族の戦士たちの悲鳴、ばかりではない。風音や弓月の声も混ざっていた。

この稲妻が弓月のところまで届いているとすれば、領域内全体攻撃といった感じだろうか。

無論、俺も稲妻によるダメージを受けていた。全身が痺《しび》れ、焼き切られるような衝撃に襲われる。

俺はそれでも致命傷ではない。

だが人魚族の戦士たちの大半が、稲妻の嵐が収まった後、ぐったりと動かなくなっていた。

「風音、弓月、大丈夫か⁉　――【三連衝】！」

事態を完全には把握しきれない中、俺はクラーケンに向かって突進し、必死に攻撃を仕掛ける。

弓月の報告によれば、クラーケンの残りＨＰは五割を下回っているはずだ。下手に回復を考えるより、一手でも早く撃破を狙った方がいいと判断した。

怪物の尋常ではない動きと速度に翻弄され、危うく攻撃を外しそうになったが、かろうじてヒットを与える。炎をまとった神槍による三連撃が、魔獣の体を激しく穿った。

今の俺はおそらく、この場にいる全員の中で最大火力だ。手ごたえはあった。

だが魔獣はまだ動きを止めない。

「このぐらいなら、まだ大丈夫！　はぁあああっ！」

「こっちも生きてるっすよ！　フェンリルアロー！　――げぇっ、外した⁉」

「クァアアアッ！」

仲間たちの声が聞こえてくる。

一安心だが、珍しく弓月がフェンリルボウによる攻撃を外したようだ。

って、この状況でそのミスは、結構痛くないか？

いや、弓月を責めてもしょうがない。切り替えろ。

クラーケンの触手が、スキルの輝きを帯びる。

アレが来る、と思った次の瞬間には、触手の暴力が吹き荒れていた。

「くっ……！　うぁああああっ！」

風音の悲鳴が聞こえてくる。

俺もまた、ほとんど同時に三方から激しく打ち据えられていた。

ＨＰが凄《すさ》まじい勢いで抉り取られていくのが分かる。

あと一発か二発もらったらまずい、というところで触手の動きが止まった。どうにか耐えきったみたいだ。

風音はどうなった？　分からない。視野が狭くなっている。悲鳴は聞こえた。

俺の目前には、攻撃後の無防備な姿を晒した災厄の魔獣。見たところかなり弱っている。

俺の手には、燃え盛る神槍。おそらくあと一発、【三連衝】を叩き込めれば落とせると思う。

だけど万が一、これを外したらどうなる……？

回復に回るか？　いや、悪手だ。この大火力を相手に悠長に回復なんかしたって焼け石に水、あっという間に押し切られる。

やれ、攻めるしかない――――！

「落ちろぉおおおおっ！　【三連衝】！」

俺はクラーケンに向かって突進すると、右手の槍にスキルの力を宿らせ、渾身《こんしん》の三連撃を放った。

＊＊＊

俺が放った【三連衝】は、瀕死《ひんし》のクラーケンの体を過《あやま》たず穿った。

災厄の魔獣は、その身を黒い靄にして消滅していき、あとには大きな魔石が残る。

「か、勝った……」

脳内でピコンッとミッション達成の通知音が鳴ったが、今はそれもどうでもいい。

俺はクラーケンの魔石を拾いつつ、あたりを見回す。

十人ほどいる人魚族の戦士たちは、その全員が動かなくなっていた。

そして、もう一人――

「風音！」

俺はすぐ近くに、ぐったりとして動かなくなった相方を見つけて、慌てて泳ぎ寄った。

胸に手を当てる。息はあるようだ。

「先輩！　風音さん、大丈夫っすか⁉」

弓月も慌てた様子で泳ぎ寄ってきた。

勢い余って俺にぶつかってきたので、抱きとめる。

「ああ、息はある。大丈夫だ」

「よかったぁ……」

ぐるりと見回すと、動けるのは俺と弓月、それにグリフォンだけのようだった。

ステータスを確認すると、俺のＨＰが残り６４、グリフォンが残り７２だった。

これにも背筋が凍りそうになった。

俺はともかく、グリフォンはＨＰが０になったら消滅してしまう。結果オーライだったが、何か一つでも歯車がズレていたらと思うと……。

ともあれ、俺は意識を失った人たちを全員一ヶ所に集めて、傷が癒えるまで【エリアアースヒール】を連続行使した。

全員のＨＰが全快したことを外傷から確認、安堵する。これであとは、時間さえたてば意識を取り戻すはずだ。

意識を失った人たちを海底都市まで曳行《えいこう》していこうかとも考えたが、ちょっと人数が多すぎる。俺たちはその場で、彼ら彼女らが回復するまで待つことにした。

その間に、弓月に頼んで、俺の手にある神槍を【アイテム鑑定】してもらった。

すると鑑定を終えたらしき弓月が、半笑いになった。

「は、ははっ……何すかこれ。強いわけっすよ。めちゃくちゃな性能っす」

「ほう。具体的には？」

「アイテム名は『海神ウォルニスの槍』、攻撃力＋６５、特殊効果は装備者の筋力＋５、敏捷力＋５、魔力＋５、防御力＋１５、魔法防御力＋５、水属性魔法魔力＋１０っす」

「うっわぁ……。確かにめちゃくちゃだな」

ちなみに俺がもともと装備している槍《アルシエピース》の性能は、攻撃力＋２８だ。これでも金貨１７０枚、すなわち１７０万円相当の店売り最上位品である。

ヤバい、欲しすぎるぞ、「海神ウォルニスの槍」。

このままこっそり俺のものにできないかな……。いや、無理か。かつて人魚族の英雄が手にした武器で、部族で代々言い伝えて祀《まつ》っていた感じのアイテムだし。

まあ戦力的には、人魚族の戦士たちを蹴散らして奪い去ることもできなくはないが……

いやいやいや、何を考えている。邪悪邪悪。邪悪退散。

ちなみに先刻のミッション達成の通知だが、内容はこんな具合だった。


特別ミッション『クラーケン（不完全体）を討伐する』を達成した！

パーティ全員が１５００００ポイントの経験値を獲得！


ミッション『クラーケンを１体討伐する』を達成した！

パーティ全員が２０００００ポイントの経験値を獲得！


新規ミッション『ヤマタノオロチを１体討伐する』（経験値２５００００）が発生！

新規ミッション『フェンリルを１体討伐する』（経験値３００００）が発生！

新規ミッション『ベヒーモスを１体討伐する』（経験値３５０００）が発生！


六槍大地が４９レベルにレベルアップ！

小太刀風音が４８レベルにレベルアップ！

弓月火垂が４８レベルにレベルアップ！

現在の経験値
六槍大地……１４６６２５４／１５７３４８９（次のレベルまで：１０７２３５）
小太刀風音……１３３４１４６／１４１７９６５（次のレベルまで：８３８１９）
弓月火垂……１４１００７１／１４１７９６５（次のレベルまで：７８９４）

完全復活でなかったのに、通常のクラーケン討伐判定まで入ったらしい。

特別ミッションの１５万ポイントと合わせてトータル３５万ポイント獲得という意味不明の莫大《ばくだい》経験値で、全員が一気に2～4のレベルアップだ。うめぇ……。

いやまあ、それに匹敵するかそれ以上にヤバい山だった気もするし、うめぇっていうのもちょっと違う感じもするが。

あと俺の経験値がいつの間にか弓月を上回っていた。クラーケンの撃破経験値だろうが、ずいぶん入ったな。

さておいて、そのまま待つことしばらく。

最初に意識を取り戻したのは、今回の事件の元凶――は言いすぎだが、サハギンに捕まってここまで連れてこられていたレベッカさんだった。

「あれ……ここは……？　おー、少年じゃん。どうしてここに。どゆこと？」

相変わらず能天気な自称冒険家である。助けに来なければよかったかな。

俺はなんとなく、レベッカさんの頭側面に両こぶしを当て、ぐりぐりとやった。俗に言う「うめぼし」という技である。

「痛い痛い痛い痛いっ！　ちょっ、少年、何すんの、痛いよ！」

「いや、ちょっとイラッとしたもので」

「いいっすよ先輩、もっとやれっす。レベッカさんは少し痛い目を見たほうがいいっす」

「ううっ……なんだか分かんないけど、あたしの扱いひどくない？　あたしだって結構ひどい目に遭ったんだよ？　槍でお腹刺されてぐりぐりされたり、サハギンの卵を産まされそうになったり」

「それはご愁傷様ですけど、俺たちそれ見てないんで」

「ひどい！」

一同に笑いが漏れる。弓月とは違う意味でムードメーカーだなこの人。

それからしばらくして、人魚族の戦士たちも次々に意識を取り戻しはじめた。

そして、風音も。

「あ……れ……？　大地くん、私、どうして……」

「風音！」

俺は目覚めた風音に抱きついて、その体を強く抱きしめた。

風音もまた、俺をやんわりと抱き返してくる。

「あー……そっか、私、クラーケンにやられたんだ……」

「よかった、風音……！　ごめん、いつも危険な役回りをさせて」

「もう、何言ってるの。大地くんと一緒なら、どこまでも行くって言ったよ私？　大丈夫、ずっと愛してるよ、大地くん」

風音は俺の頭を、子供によしよしするようになでてきた。こうやって子供扱いしてくるのも風音らしくて、心地よく思える。

と、そこにさらに弓月が、俺たち二人を包むようにしてべたーっと抱き着いてきた。

「そろそろ二人だけのイチャラブタイムは終わりでいいっすか？　うちも混ぜてほしいっす。羨《うらや》ましいっすよ」

「そうだね。じゃあ火垂ちゃんも一緒」

「ああ、弓月も一緒だ」

風音が弓月を一緒に抱いて、俺も弓月を一緒に抱いた。お団子状態完成。

「クアッ、クアーッ！」

「グリちゃんが仲間外れにするなって言ってるっす」

「あははっ。じゃあグリちゃんも一緒」

結果、今度はみんなでグリフォンに抱き着くことになった。何だこれ？

なお例によって、人魚族の戦士たちからどう思われているかは気にしないことにする。

そうして、全員が意識を取り戻してから、俺たちは海底都市へと帰還した。

今度こそ、本当の凱旋だな。

＊＊＊

人魚族の戦士たちとともに海底都市に帰還すると、集落の人魚たちが不安げな表情で出迎えてきた。

それを見て、人魚族の王は高らかに語る。

「皆よ、安心してほしい！　我らを脅《おびや》かさんとするすべての脅威は潰《つい》えた！　サハギンどもは打ち倒され、かつてこの海を恐怖に陥れた魔獣クラーケンも滅ぼされたのだ！」

その王の言葉を聞いて、不安げだった集落の人魚たちは、わっと喚声をあげ喜んだ。男女で抱き合う者、子供を抱きしめて嗚咽《おえつ》する者、様々だ。

王は手を上げて、人々に静まるよう示唆《しさ》する。集落の人魚たちは一度静かになって、次なる王の言葉を待った。

王は再び、朗々と語る。

「この平和のときは、命を懸けて勇敢に戦ってくれた我が部族の戦士たち、そして何よりも、彼らヒト族の勇者たちの働きがあってこそ迎えることができたのだ。わしは彼らヒト族の勇者たち――ダイチ、カザネ、ホタルに心よりの感謝を伝えたい！　皆からも彼らを讃《たた》えてほしい！」

人魚族の王は、俺たち三人を前面に立たせてきた。集落の人魚たちの注目が、俺たちに集まる。

「ありがとう！　勇者ダイチ、カザネ、ホタル！」

集落の人魚の一人が、そう声をあげた。

それを皮切りに、人魚たちは合唱するように俺たちの名前を連呼しはじめた。

ダイチ！　カザネ！　ホタル！

ダイチ！　カザネ！　ホタル！

「ううっ、恥ずかしいよ、大地くん……」

「こ、こういうのは、先輩が代表して讃えられるといいっす」

「そうだよ。大地くんが私たちのリーダーなんだから。——皆さーん！　彼が私たちのリーダー、大地くんです！」

「讃えるなら先輩の名前を呼んであげてほしいっす！」

「ちょっ、お前ら」

二人に背中を押されて、俺が前に立たされた。

集落の人魚たちは、一度は不思議そうな顔をしたが、やがて空気を読むようにして俺の名前を連呼しはじめる。

——ダイチ！　ダイチ！　ダイチ！

俺は喚声の滅多打ちにあった。恥ずかしくて死にそうだ。

くそっ、覚えてろよ後ろの二人。あとでめちゃくちゃにしてやるからな。

しばらくしたところで、人魚の王が再び手をあげて場を静めた。

気が付くと、王女フェルミナも王のそばにいた。ゲラルクさんが別働で、隠れていた洞窟から連れてきたのだ。

　王は再び、集落の民に向かって訴える。

「わしは思うのだ、彼ら三人のヒト族の勇者は、海神ウォルニスによって遣わされた救いの手であると。そしてわが娘フェルミナは、彼らにこう約束した。我らに助力をしてくれれば、必ずふさわしい報酬を支払うと。そう、部族の王であるわしの許しも得ずに、勝手にな」

　王はそう言って、それが冗談であることを示すかのように笑った。

　フェルミナが「ちょっと、お父様！　だってあのときは、しょうがないでしょ！」と食ってかかる。集落の民の間に笑いがもれた。

　それから王は、再び場が静まるのを待ち、今度は手にしていた槍を集落の民に向かって高らかに示した。

　その槍は、神槍――「海神ウォルニスの槍」だ。

　クラーケン討伐を終えて、俺が人魚族の王に返却したものである。

「この神槍は、かつて我らが部族の英雄王の手にあったと伝えられる秘宝である。今日までは災厄の魔獣クラーケンを封印するため、封印の洞窟の奥にて眠っていたものだ。そしてかの災厄の魔獣は倒された、ここにいる勇者たちの手によって！　ゆえにわしは、この神槍を海神ウォルニスの御使《みつか》いに委ねようと思う。皆よ、どう思う！」

　集落の人魚たちは、一瞬きょとんとした。

　だがすぐに、自分たちが王から問われているのだと分かって、周囲の人々と顔を見合わせはじめた。

　やがて一人の人魚が叫んだ。

「賛成だ！　その神槍は、彼らにこそふさわしい！」

　その声を皮切りに、次々と賛成の声があがった。やがて満場一致とばかりに、人々の声が唱和する。

　結論は出たと、王は再び場を静める。それから俺に向かって、槍を差し出してきた。

「ヒト族の勇者ダイチよ、この神槍を受け取ってほしい」

「え、あ……はい。ありがたく使わせていただきます」

　俺は、可能な限り恭《うやうや》しく——卒業証書授与ぐらい——神槍を受け取った。

　集落の人々から喚声があがった。勇者ダイチを讃える声が、再び巻き起こる。

　えーっと……この神槍をもらえるのはめちゃくちゃ嬉しいんだけど、いいのかなこれ。

　俺、一瞬だけど邪悪なことを考えてましたよ？　わりと邪悪ですよ？　いいの？

　いいか。黙っていればバレなそうだ。

　そうして人魚族の人々から賞賛を受け、神槍を受け取った俺たち。

　あとはちょっとした話の後に、解散の流れとなった。

　俺たちはその後、少しの間だけ海底都市を観光させてもらってから、集落を去ることにした。

　別れ際にもう一度、王女フェルミナとその護衛ゲラルクさんが見送りにきてくれた。

「ダイチさん、カザネさん、ホタルさん。私たちを助けてくれて、本当にありがとう。皆

さんが来てくれなかったら、今頃どうなっていたか」

「私からも、あらためて礼を言わせてほしい。本当にありがとう、ヒト族の勇者たち」

「はい、こちらこそありがとうございました。フェルミナとゲラルクさんも、お元気で」

「あと二人とも、お幸せにね♪」

「そうそう。二人とも元気でよろしくやるっすよ。にひひっ」

風音と弓月に茶化されて、気まずそうな顔をして頬を赤らめるフェルミナとゲラルクさん。小型化状態のグリフォンが「クピッ、クピィーッ♪」と鳴きながら、水中をパタパタと泳ぎ回っていた。

それから俺たちは二人とも別れを告げて、海底都市をあとにした。

レベッカさんともども人魚岩まで戻って、ボートで港町バーレンへと帰還する。

その頃には、すっかりと夜の帳《とばり》が下りていて、俺たちは街の灯りを目指してボートを漕ぐことになった。

一時間ほどボートを漕いで、港町バーレンの波止場に到着する。

船乗りにボートを返却してから、レベッカさんは俺たちを集めて、その前に立った。

「いやぁ、とんでもない冒険になっちゃったけど。これで少年たちに依頼したクエストは達成だね。はいこれ、約束の報酬。お疲れちゃーん」

レベッカさんが俺に、報酬入りの巾着袋を渡してくる。

その横では、弓月がこんなことを口にする。

「あー、そういえばそんなのあったっすね。いろいろ大変なことがあったから、すっかり忘れてたっす」

「え、ホント？　しまったー、言わなきゃよかった。そしたら報酬払わずに済んだのに」

「冒険者ギルドでブラックリスト入りしたければどうぞ」

風音がにっこり笑って言うと、レベッカさんはわたわたと慌てる素振りを見せる。

「ご、ごめん、今のなし！　ていうか、ちゃんと報酬払ったからセーフ！　セーフだよね！　ね、少年？」

「分かりました。この場で土下座したら許してあげます」

「そこまで⁉　うぐぐぐっ……！」

「いや、冗談ですから。やらなくていいです」

悔しそうにしながら土下座しそうになったレベッカさんを見て、俺たちはまた笑ってしまった。

ちなみにこの段階で、ミッションも達成と判定されたようだ。


ミッション『Sランククエストを1回クリアする』を達成した！

パーティ全員が３００００ポイントの経験値を獲得！

新規ミッション『Sランククエストを3回クリアする』（獲得経験値８００００）が発生！

弓月火垂が４９レベルにレベルアップ！

現在の経験値
六槍大地……１４９６２５４／１５７３４８９（次のレベルまで：７７２３５）
小太刀風音……１３６４１４６／１４１７９６５（次のレベルまで：５３８１９）
弓月火垂……１４４００７１／１５７３４８９（次のレベルまで：１３３４１８）

その後、レベッカさんとは街の食堂でともに夕食を取ってから、解散の運びとなった。

なおレベッカさんは別れ際に「あの、今夜一晩だけでいいから少年を貸してほしいなー なんて……いえ、何でもないです」などと言って、風音の暗黒微笑《だーくねすすまいりんぐ》に撃退されていた。

それから俺たち三人は、街の少しお高めの宿でいつものように三人一緒の部屋を取った。

そして楽しくも心地のよい夜を過ごし、翌朝を迎える。

宿から外に出ると、さんさんと降り注ぐ朝日に目を細める。

元の世界への帰還まで、あと７３日。

なおこの後、ふと思い立ってダンジョンの妖精二号の店に行ってみると、入り口の扉に「店じまい」と書かれた掛札が示されていたことを付け加えておく。

あとがき

こんにちは、こんばんは、おはようございます。著者のいかぽんです。『朝《あさ》起《お》きたら探索者《シーカー》になっていたのでダンジョンに潜《もぐ》ってみる』四巻、お買い上げありがとうございます。書籍を購入してくれる皆様のおかげで、こうして四巻も出版させていただくことができました。ありがとうございます。ありがとうございます。

さて、三巻のあとがきであのようなことを書いた手前、まずはご報告をしておきます。うちの母上ですが、最悪の事態はひとまず免れました。ただそれまでは自宅で僕が主な介助をしていたのですが、手術の結果、人工肛門や胃ろうといった要素が加わりギブアップ、以後は老人ホームで看《み》ていただくことになりました。幸運なことに自宅からそう遠くないところで良い場所を見つけることができたので、今は週に一度、様子を見に行っています。部屋で一人、ほぼ寝たきりの状態で過ごしているのでいろいろ思うところはありますが、それなりのところで折り合いをつけていくしかありません。面倒をみてくださっている看護師さんやヘルパーさん、老人ホームの職員さんなどにはとても感謝しています。

面会には電車で片道三十分ほどかけて向かうわけですが、なんとなく行ってみると、母上は眠っていたなんてこともあります。わざわざ起こすのもなぁと思って、軽く声をかけても起きなかったら、しばらくして何事もなく帰宅することもあります。また軽度の認知症があり、その程度が時によって落差が激しく、起きていてもほとんど対話が成立しないこともあります。容体もいろいろあり、何やらずっと苦しそうにしているのを手を握って見ているだけのこともあります。

　でもそれなりに話ができるときもあります。僕は雑談が苦手なので、あれこれ話題を探しつつ「来てもあんまり話すことないんだよねー」と笑ったこともありましたが、そのとき母上からは「会いに来てくれるだけでも嬉しいよ」と返されたので、ちょっとぐっと来ました。部屋にテレビがあるので、ニュースを見るなどしながらあれこれ思うところを喋《しゃべ》ったりしています。

　せっかくなので発売した書籍を持っていって、ほらほら立派な本でしょ凄《すご》いでしょあなたの息子はこんな凄い本を出版してもらえているんだよと見せびらかそうと思うこともありますが、お色気シーンを目撃した際の母上の反応が読めないので今のところその案はお蔵入りになっています。母よ、あなたの息子はきっと立派に育っています。異論は認めません。

　つらつらと書いていたら紙面が埋まってきたので、そろそろ謝辞に移ろうと思います。

担当編集の和田《わだ》様。いつもありがとうございます。いろいろスムーズに事が進むのは、その絶妙なバランス感覚や業前《わざまえ》に支えられているのだろうなと想像しています。

イラストのｔｅｆ先生。例によってこれを書いている段階では四巻のイラストはほとんど確認しておりませんが、三巻のイラストもとても素晴らしかったです。たびたび本棚から取り出してはイラストを眺めてニヤニヤしています。ありがとうございます。

ほかにも校正担当の方やデザイナーさん、営業担当の方、流通に携わる方や書店員さんなどなど、本作の出版・流通およびそのサポートには想像しきれないほど多くの方が関わってくださっていると思います。そうしたすべての皆様にも感謝を。

そして本作をまた手に取ってくださった読者の皆様、本当にありがとうございます。大《だい》地《ち》くんたちの旅に触れる時間が、読者の皆様の楽しいひと時となりましたら幸いです。

いかぽん

「探索者」第四巻
発売
おめでとう
ございます。
tef

朝《あさ》起《お》きたら探索者《シーカー》になっていたので
ダンジョンに潜《もぐ》ってみる4

2024年7月30日　初版発行

著　　者　いかぽん
イラスト　tef
発 行 者　山下直久
発　　行　株式会社KADOKAWA
〒102-8177 東京都千代田区富士見2-13-3
電話 0570-002-301（ナビダイヤル）

編集企画　ファミ通文庫編集部

担　　当　和田寛正
デ ザ イ ン　横山券露央、小野寺菜緒（ビーワークス）
写植・製版　株式会社オノ・エーワン
印　　刷　TOPPANクロレ株式会社
製　　本　TOPPANクロレ株式会社

●お問い合わせ
https://www.kadokawa.co.jp/（「お問い合わせ」へお進みください）
※内容によっては、お答えできない場合があります。
※サポートは日本国内のみとさせていただきます。
※Japanese text only

 ISBN978-4-04-738041-7 C0093

定価はカバーに表示してあります。